U0933102

平山冷燕

【清】荻岸山人 编次

中国出版集团公司
華文出版社

图书在版编目（CIP）数据

平山冷燕 /（清）荻岸山人编次. -- 北京：华文出版社，
2018.1（2019.10重印）
（中国古典小说丛书）
ISBN 978-7-5075-4829-7

Ⅰ.①平… Ⅱ.①荻… Ⅲ.①章回小说－中国－清代
Ⅳ.①I242.4

中国版本图书馆CIP数据核字（2017）第314642号

平山冷燕

编 次 者：（清）荻岸山人
责任编辑：刘超平　徐日莉
特约编辑：吴　霜
装帧设计：格林文化
出版发行：华文出版社
社　　址：北京市西城区广外大街305号8区2号楼
邮政编码：100055
网　　址：http：//www.hwcbs.com.cn
投稿信箱：hwcbs@126.com
电　　话：总编室 010-58336239　责任编辑 010-58336222
发行部 010-58336270　010-56249152
经　　销：新华书店
印　　刷：三河市三佳印刷装订有限公司
开　　本：710mm×1000mm　1/16
印　　张：14.5
字　　数：180 千字
版　　次：2018年1月第1版
印　　次：2019年10月第2次印刷
标准书号：ISBN 978-7-5075-4829-7
定　　价：35.00 元

“中国古典小说丛书”出版说明

所谓“古典小说”云者，其义有二焉：一曰，但凡古代之小说，皆可谓之“古典小说”；一曰，但凡技法未受泰西影响之小说，亦可谓之“古典小说”。然此特就今人之观念言之耳。

揆诸坟典，“小说”一词，出自《庄子·外物篇》，其言曰：“饰小说以干县令，其于大达亦远矣。”由此观之，庄子所谓“小说”，不过琐屑之言，以其无关道术，故以小说名之耳。

炎汉成、哀之世，刘向、刘歆父子典校秘书，检讨百家学说，取桓谭《新论》“小说家合丛残小语，近取譬论，以作短书，治身治家，有可观之辞”之意，把《伊尹说》《鬻子说》诸书，归为“小说家”之书，而《汉书·艺文志》(以下简称《汉志》)继之。夷考其说，“小说家者流，盖出于稗官，街谈巷语，道听途说者之所造也”(语出《汉志》)，此亦非后世之小说也。

唐修《隋书》，其《经籍志》立论本诸《汉志》，以小说为“街谈巷语之说”(《隋书·经籍志》语)。当此之时，小说之名虽同，而其类目稍广，举凡《燕丹子》《世说》《迩说》之属，皆可入诸小说名下。

后晋修《唐书》，其《经籍志》立论与《隋志》无异，以《博物志》隶小说，此为“神异志怪之书”入小说之始。

天水一朝，欧阳文忠公撰《新唐书·艺文志》(以下简称《新唐志》)，以《列异传》《甄异传》《续齐谐记》《感应传》《旌异记》等“史部·杂传类”之书移于“小说类”。至是，小说之部类日棼。

及元脱脱修《宋史》，《艺文志·小说类》承《新唐志》之旧而增广之。

明胡应麟以小说繁夥，派别滋多，于是综核大凡，分小说为六类：一曰“志怪”，一曰“传奇”，一曰“杂录”，一曰“丛谈”，一曰“辩订”，一曰“箴规”。至此，小说一类已蔚为大观，脱《汉志》“街谈巷语”之成规。

清修“四库”，《总目提要》（以下简称《提要》）别小说为三派，“其一叙述杂事……其一记录异闻……其一缀辑琐语”，而又损益之。考诸《提要》，则损益可知：一曰，进“丛谈”“辩订”“箴规”为“杂家”；一曰，隶《山海经》《穆天子传》诸书于小说。小说范围，至是乃稍整洁矣。其分目虽殊，而论述则袭诸旧志。

曩者宋元明清之史志，难觅“平话”“演义”之书，此特士夫习气，鄙其为末流所使然也。史家成见，一至于斯。今人刻书，自当脱古人窠臼。

说部诸书，以文体分，有“白话”“文言”之别；以体裁分，有“话本”“传奇”“演义”之别；以内容分，有“佳话”“世情”“侠义”“家将”“神魔”之别。细玩其文，既有劝世之良言，亦有“诲淫诲盗”之糟粕，而抉择去取，转成读说部书之第一要务。以此之故，我社特于说部诸书择其精者，辑之而为“中国古典小说丛书”，凡百余种。

然说部之书浩如烟海，其精者又何限于区区百十之数？此次出版，难免遗珠之憾。然能俾读者因之而省择取之劳，进而得窥说部精要，示人以津梁，则尚不违出版“中国古典小说丛书”之初心。

说部之书，多出自书坊，脱误错乱，在所难免，故于“取其精华，去其糟粕”外，尚需广施校雠，始得成其为可读之书。以此之故，我社多方搜罗以定底本，精排其版以美其观，躬自校雠以正讹误，然后付诸枣梨，装订成书，以飨读者。

限于编者学力有限，书中疏漏之处，在所难免，尚祈广大方家、读者诸君不吝批评斧正。凡能指出书中一二谬误者，皆为吾师，吾人不胜感激之至。

华文出版社编辑部
2017 年 10 月 26 日

目　录

第一回

太平世才星降瑞　圣明朝白燕呈祥

凡善立言者，立言之始，必有一大根蒂而总统之，则枝叶四出，方不散乱。如《水浒》，欲写群贼，而先误走妖魔，则群贼之生，不为无据。此书欲写平、山、冷、燕之才，恐涉虚诞，而先奏才星降瑞，以为根蒂，虽极为夸美，而人不惊怪矣。

文章出没，妙于无因而有因。譬如欲引入桃源，必先散沿溪之桃花。此书本欲见山黛小女子之才，故先见山黛小才女白燕之诗；欲见山黛小才女白燕之诗，故先见时、袁老前辈白燕之诗；欲见时、袁白燕之诗，故先见白燕；欲见白燕，故先见君臣宴赏；欲见君臣宴赏，故先从圣朝称贺才瑞说来。一枝一叶，次第而生，看来宛若天然，而不知良匠苦心，已有穿通天地者矣。

借时、袁之《白燕诗》，引出山黛之《白燕诗》，思路固已微矣。然时、袁《白燕诗》，名作也，久已脍炙人口，设为山黛添画一蛇足，不几令人口俱笑破耶？乃细咏之，而不虚不实，又实又虚，字香句秀，直欲压倒元、白。此又诗人争座，不当于小说家论优劣也。

《白燕诗》不难于形容白，而难于形容白不离燕。此诗妙在句句是白，却句句是燕，而又能使白燕娇娇痴痴，作美人情态，所以妙也。

山黛梦吞瑶光而生之异，在呆笔必赘叙于出身之下。此偏冷冷于问答中逗出，何等幽悄！笔墨真犹龙也！

诗曰：

富贵千秋接踵来，古今能有几多才?
灵通天地方遗种，秀夺山川始结胎。
两两雕龙诚贵也，双双咏雪更奇哉。
人生不识其中味，锦绣衣冠土与灰!

又曰：

道德虽然立大名，风流行乐要才情。
花看潘岳花方艳，酒醉青莲酒始灵。
彩笔不妨为世忌，香奁最喜使人惊。
不然春月秋花夜，草木禽鱼负此生!

话说先朝隆盛之时，天子有道，四海升平，文武忠良，万民乐业。是时，建都幽燕，雄据九边，控临天下，时和年丰，百物咸有。长安城中，九门百逵，六街三市，有三十六条花柳巷、七十二座管弦楼，衣冠辐辏，车马喧阗，人人击壤而歌，处处笙箫而乐。真个有雍熙之化，於变之风！有诗单道其盛：

九重春色满垂裳，秋尽边关总不防。
四境时闻歌帝力，不知何世是虞唐。

一日，天子驾临早朝，文武百官济济锵锵，尽来朝贺。真个金阙晓钟，玉阶仙仗，十分隆盛。百官山呼拜舞已毕，各各就班鹄立。早有殿头官喝道："有事者奏闻！"喝声未绝，只见班部中闪出一官，乌纱象简，趋跪丹墀，口称："钦天监正堂官汤勤有事奏闻。"天子传问："何事？"汤勤奏道："臣夜观乾象，见祥云瑞霭，拱护紫微；喜曜吉星，照临黄道。主天子圣明，朝廷有道，天下享太平之福。臣不胜庆幸，谨奏闻陛下。乞敕礼部，诏天下庆贺，以扬皇朝一代雍熙雅化。臣又见文昌六星，光彩倍常。主有翰苑鸿儒，丕显文明之治。此在朝在外，济济者皆足以应之，不足为奇也。最可奇者，奎壁流光，散满天下。主海内当生不世奇才，为麟为凤，隐伏深幽秘密之地，恐非正途网罗所能尽得。乞敕礼部会议，遣使分行天下搜求，以为黼黻皇猷之助。”

天子闻奏，龙颜大悦，因宣御音道：“天象吉祥，乃天下万民之福。朕菲躬凉德，获安民上，实云幸致，安敢当太平有道之庆？不准诏贺！海内既遍生奇才，已上征于天象，谅不虚应。且才为国宝，岂可使隐伏幽秘之地。着礼部官议行搜求！”

圣旨一宣，早有礼部尚书出班奏道：“陛下圣明有象，理宜诏贺。万岁谦抑不准，愈见圣德之大。然风化关一时气运，岂可抑而不彰？纵仰体圣心，不诏天下庆贺，凡在京大小官员，俱宜具表称贺，以阐扬圣化，为万世瞻仰。天下既遍生奇才，隐伏在下，遣使搜求，以明陛下爱才至意，礼亦宜然。但本朝祖宗立法，皆于制科取士。若征召前来，自应优叙；征召若优，则制科无色，恐失祖宗立制本意。以臣愚见，莫若加敕各直省督学臣，令其严责府县官，凡遇科岁大比试期，必须于报名正额之外，加意搜求隐逸真才，以应科目。督学、府县官即以得才失才为升降。如此，则是寓搜求于制科，又不失才，又不碍制，庶为两便。伏乞皇上裁察！”

天子闻奏，大喜道：“卿议甚善，俱依议行！”礼部官得旨，率百官俱称“万岁”。朝毕，天子退入，百官散出。

此时天下果然多才，文章名公，有王、唐、瞿、薛四大家之名；词赋巨卿，有前七才子、后七才子之号。一时诗酒才名高于北斗，相知意气倾于天下。人人争岛瘦郊寒，个个矜白仙贺鬼。元、白风流，不一而足；鲍、庾俊逸，屈指有人。“白雪”登历下之坛，“四部”执弇州之耳；师生传欧、苏之座，朋友同李、郭之舟。真可谓一时之盛！

这一日，礼部传出旨意，在京大小官员，皆具表次第庆贺。这表章无非是称功诵德，没甚大关系，便各各逞才，极其精工富丽。天子亲御便殿，细细观览，见皆是绝妙之词、惊人之句，圣情大悦，因想道："满朝才臣如此，前日钦天监奏文昌光亮，信不虚也。百官既具表称贺，朕当赐宴答之，以表一时君臣交泰之盛。"遂传旨：于三月十二日，命百官齐集端门赐宴。旨意一下，百官皆欢欣鼓舞，感激圣恩。

到了临期，真个是国正天心顺。这一日恰值天清气爽，日暖风和，百花开放。天子驾御端门。端门阶下，摆列着许多御宴。百官朝见过，惟留阁臣数人御前侍宴。其余官员，俱照衙门大小，鳞次般列，坐两旁阶下。每一座各置御苑名花一瓶，以为春瑞。旨意一下，百官叩头谢恩，各各就座而饮。一霎时，御乐作龙凤之鸣，玉食献山海之异，真是皇家富贵不比等闲！但见：

国运昌明，捧一人于日月天中；皇恩浩荡，会千官于芙蓉阙下。春满建章，百啭流莺聒耳；晴熏赤羽，九重春色醉人。食出上方，有的是龙之肝、凤之髓、豹之胎、猩之唇、驼之峰、熊之掌、鸮之炙、鲤之尾，山珍海错，说不尽八珍滋味；乐供内院，奏的是黄帝之《咸池》、颛顼之《六茎》、帝喾之《五英》、尧之《大章》、舜之《箫韶》、禹之《大夏》、殷之《大濩》、周之《大武》，听不穷九奏声音。班联中衣裳灿日，只见仙鹤服、锦鸡服、孔雀服、云雁服、白鹇服、鹭鸶服、鸂鶒服、鹌鹑服、练鹊服、黄鹂服，济济锵锵，或前或后；阶墀下弁冕疑星，只见进贤冠、獬豸冠、鵕鸡冠、蝉翅冠、鹊尾冠、铁柱冠、金颜冠、却非冠、交让冠，悚悚惶惶，或退或趋。奉温纶于咫尺，尽睹天颜有喜；感湛露之均霑，咸知帝德无私。传宣锡命，《彤弓》明中心之贶；匐伏进规，《天保》颂醉饱之恩。誓竭媚兹将顺，然君曰俞、臣曰咈，人惭献谄；愿言不醉无归，然左有监、右有史，谁敢失仪。君尽臣欢，尊本朝故事，敕赐赋醉学士之歌；臣感君恩，择前代良谟，慷慨进疏仪狄之戒。真可谓明良际遇，鼓钟笙瑟，称一日风云龙虎之觞；天地泰交，日月岗陵，上万年悠久无疆之寿！

君臣们饮够多时，阁臣见乐奏三阕、酒行九献，恐群臣醉后失仪，因离席率领群臣跪奏道："臣等蒙圣恩赐宴，亦已谨卜其昼，醉饱皇仁。今恐叨饮过量，醉后失仪，有伤国体，谨率群臣辞谢。"

天子先传旨平身，然后亲说道："朕凉薄之躬，上承大统，日忧废堕。赖众先生与诸卿辅弼之功，今幸海内粗安，深感祖宗庇祐，上天生成。前钦天监臣奏象纬吉昌，归功于朕，朕惧不敢当。众卿不谅，复表扬称颂，朕实无德以当此，益深戒惧。然君臣同德同心，于兹可见。因卜兹春昼，与诸卿痛饮，以识一时明良雅意。此乃略去礼法而叙情义之举。虽不敢蹈前人夜饮荒淫，然春昼甚长，尚可同乐，务期尽欢。纵有微愆，所不计也。"阁臣奏道："圣恩汪洋如此，真不独君臣，直如父子矣！臣等顶踵尽捐，何能报效，敢不领旨。"天子又道："朕见太祖高皇帝每宴群臣，必有诗歌鸣盛。前钦天监臣奏文昌光亮，主有翰苑鸿儒为文明之助。昨见诸臣贺表，句工字栉，多有奇才，真可称一时之盛。今当此春昼，夔龙并集，亦当有词赋示后，今日之盛，方不泯灭无传。"阁臣奏道："唐虞赓歌，禹稷拜扬，自古圣帝良臣，类多如此。圣谕即文明之首，当传谕群臣，或颂、或箴、或诗、或赋，以少增巍焕之光。"天子闻奏甚喜。

正谈论间，忽有一双白燕从半空中直飞至御前，或左或右，乍上乍下。其轻盈翩跹之态，宛如舞女盘旋，十分可爱。天子伫目视之，不觉圣情大悦。因问道："凡禽鸟皆贵白者，以为异种。此何说也？"阁臣奏道："臣等学术短浅，不能深明其故。以愚陋揣之，或亦孔子所称'绘事后素'之意。"天子点首嘉叹，因复问道："白燕在古人亦曾有相传之佳题咏否？"阁臣奏道："臣等待罪中书，政务倥偬，词赋篇章，实久荒疏，不复记忆。乞宣谕翰苑诸臣，当有知者。"天子未及开言，早有翰林院侍读学士谢谦出班跪奏道："白燕在汉唐未必无作，但无佳者流传，故臣等俱未及见。惟本朝国初时大本七言律诗一首，摹写工巧，脍炙一时，称为名作。后袁凯爱慕之，又病其形容太实，亦作七言律诗一首和之，但虚摹其神情，亦为当时所称，甚有以为过于时作者。此虽嗜好不同，然二诗实相伯仲。白燕自有此二诗以立其极，故至今不闻更有作者。”天子问道：“此二诗卿家记得否？”谢谦奏道：“臣记得。”天子道：“卿既记得，可录呈朕览。”遂命近臣给与笔札。

谢谦领旨，因退归原席，细将二诗录出，呈与圣览。近臣接了，置于龙案之上。天子展开一看，只见时大本一诗道：

春社年年带雪归，海棠庭院月争辉。
珠帘十二中间卷，玉剪一双高下飞。
天下公侯夸紫颔，国中俦侣尚乌衣。
江湖多少闲鸥鹭，宜与同盟伴钓矶。

袁凯一首道：

故国飘零事已非，旧时王谢见应稀。
月明汉水初无影，雪满梁园尚未归。
柳絮池塘香入梦，梨花庭院冷侵衣。
赵家姊妹多相妒，莫遣昭阳殿里飞。

天子细将二诗玩味，因赞叹道：“果然名不虚传！时作实中领趣，袁作虚处传神，二诗实不相上下。终是先朝臣子，有如此才美！”又赏鉴了半晌，复问道：“尔在廷诸臣，亦俱擅文坛之望，如有再赋《白燕诗》一首，可与时、袁并驱中原，则朕当有不次之赏。”众臣闻命，彼此相顾，不敢奏对。天子见众臣默然，殊觉不悦，因又说道：“众臣济济多士，无一人敢于应诏，岂薄朕不足言诗耶，抑亦古今人才真不相及耶？”翰林官不得已，只得上前奏道：“《白燕》一诗，诸臣既珥笔事主，岂不能作？又蒙圣谕，安敢不作？但因有时、袁二作在前，已曲尽白燕之妙，即极力形容，恐不能有加其上，故诸臣逡巡不敢应诺。昔唐臣崔颢曾题诗黄鹤楼上，李白见而服之，遂不复作。诸臣亦是此意，望皇上谅而赦之。若过加以轻薄之罪，则臣等俱该万死！”天子又道：“卿所奏甚明，朕非不谅。但以今日明良际会一堂，夔龙在望，英俊盈庭，亦可谓千载奇逢。而《白燕》一诗，相顾不能应诏，殊令文明减色，非苛求于众卿。”

翰林官正欲再奏，只见阁臣中闪出一位大臣，执简当胸，俯伏奏道：“微臣有《白燕诗》一首，望圣上赦臣轻亵之罪，臣方敢录写进呈圣览。”天子视之，乃大学士山显仁，因和颜答道：“先生既有《白燕诗》，定然高妙，朕所宾师而愿观者，有何轻亵，而先以罪请？”山显仁奏道：“此诗实非微臣所作，乃臣幼女山黛闺中和前二诗之韵所作。儿女俚词，本不当亵奏至尊，因见圣心急于一览，诸臣困于七步，故昧死奏闻，以慰圣怀。”天子闻奏，不胜大悦，道：“卿女能诗，更为快事，可速录呈朕览。”

山显仁得旨，忙索侍臣笔砚，书写献上。天子亲手接了，展开一看，只见上写着“白燕诗。步时、袁二作元韵”：

夕阳门巷素心稀，遁入梨花无是非。
淡额羞从鸦借色，瘦襟止许雪添肥。
飞回夜黑还留影，衔尽春红不浣衣。
多少艳魂迷画栋，卷帘惟我洁身归。

天子览毕，不禁大喜道：“形容既工，又复大雅。细观此诗，当在时、袁之上。不信闺阁中有此美才！”因顾山显仁问道：“此诗果是卿女所作否？”山显仁奏道：“实系臣女所作。臣安敢诳奏！”天子更喜道：“卿女今年十几岁了？”山显仁奏道：“臣女今年方交十岁。”天子闻奏，尤惊喜道：“这更奇了！那有十岁女子，能作此惊人奇句，压倒前人之理？或者卿女草创，而润色出先生之手？”山显仁奏道：“句句皆弱女闺中自制，臣实未尝更改一字。”天子又道：“若果如此，可谓才女中之神童了！”道罢，又将诗细细吟赏。忽欣然拍案道：“细细观之，风流香艳，果是香奁佳句！”因顾显仁道：“先生生如此闺秀，自是山川灵气所钟，人间凡女岂可同日而语！”

山显仁奏道：“臣女将生时，臣梦瑶光星堕于庭，臣妻罗氏迎而吞之。是夜臣妻亦梦吞星，与臣相同，故以为异。臣女既生之后，三岁尚不能言。即能言之后，亦不多言，间出一言，必颖慧过人。臣教之读书，过目即成诵。七岁便解作文，至今十岁，每日口不停吟，手不停披。想其禀性之奇，诚有如圣谕。但恨臣门祚衰薄，不生男而生女。”天子笑道：“卿恨不生男，朕又道生男怎如生女之奇。”君臣相顾而笑。

天子因命近侍将诗发与百官传看，道：“卿以为朕之赏鉴何如？”百官领旨，次第传看，无不动容点首，啧啧道好。因相率跪奏道：“臣等朝夕以染翰为职，今奉旨作《白燕诗》，尚以时、袁二作在前，不敢轻易措词。不意阁臣闺秀，若有前知，宿构此诗，以应明诏。清新俊逸，足令时、袁减价。臣等不胜抱愧！此虽阁臣掌中异宝，实朝廷文明之化所散见于四方者也。今日白燕双舞御前，与皇上孜孜诏咏，实天意欲昭阁臣之女之奇才也。臣等不胜庆幸！”

天子闻奏大悦，道：“前日监臣原奏说奎壁流光，正途之外当遍生不世奇才，为麟为凤，隐伏幽深。今山卿之女，梦吞瑶光而生，适有如此之美才，岂非明征乎！恰又宿构《白燕诗》，若为朕今日宴乐之助。朕不能不信文明有象矣！朕与诸卿当痛饮以答天眷。”百官领旨，各各欢欣就席。御筵前觥筹交错，丹阙下音乐平吹。君臣们直饮至红日西沉，掌班阁臣方率领百官叩头谢宴。

天子因命内侍取端溪御砚一方、彤管兔笔十枝、龙笺百幅、凤墨十笏、黄金一锭、白金一锭、彩缎十端、金花十对，亲赐山显仁道：

“卿女《白燕》一诗，甚当朕意，聊以此为润笔。后日十五阴望之辰，早朝外廷喧杂，卿可率领卿女，于午后内廷朝见。朕欲面试其才，当有重赏。”山显仁领旨谢恩。天子又传旨礼部，命加敕学臣，令其加意搜求隐逸奇才，以应明诏。

传谕毕，圣驾还宫，群臣方才退出。早纷纷扬扬，皆传说山阁老十岁幼女能作《白燕诗》之妙。不上三五日之间，这《白燕诗》，长安城中，家家俱抄写遍了。又闻钦限十五日朝见，人人都以为何等女子，年方十岁，乃有如此奇才，尽思量到十五日朝中观看。只因这一朝见，有分教：朝中争识婵娟面，天下俱闻闺阁名。

不知怎生朝见，且听下回分解。

第二回

贤相女献有道琼章　圣天子赐量才玉尺

人之情态，不摹写不出。若摹写必待口之诵赞，笔之称扬，虽百口百笔，亦赞诵称扬不出。而善于赞诵称扬者不然，但于冷处为之衬点耳。譬如山黛，十龄女子耳，欲摹写其见天子奏对不失礼，若但称其知礼有胆，则称之至再至三，亦浅而不见。却妙在先以羡慕李青莲，自恨不能逢好文之主，吐才人之气一段，作闲想衬点过，已见胸中先有主宰，便觉后之面圣举止安祥，有自来矣。尤妙在父母惊慌虑之，欣喜告之，彼坦然不以为怪。及父母略于礼而必欲补行之，则其端方有若性生，已高出父母矣。前若闻而惊喜，不足见镇定之怀；若竟漠然，又岂有心之人？尤妙在退而暗喜，忽接上“吐才人之气”一段，笔墨忽潜忽见、忽断忽续，遂将山黛定性深心、高才妙用之情态，摹写殆尽。如此摹写，方可谓之摹写耳。

敕撰新诗，使他人为之，必作香艳惊人。此偏以浑穆颂圣以成其正色献规之志。前之照，后之应，俱幽悄不凡。

赐一尺以量才，必借婉儿一秤为来踪。又赐金如意一执，早已埋张寅击头之去迹。文笔踪迹，岂使人知？必知之，方见其文笔之妙。

朝罢即归，则神龙但有头耳。故假皇太后召见，以隐显神龙之尾。及皇太后召入，若再描画，则添蛇足矣，故但虚描一笔作余姿，令人想象不尽。文人之笔，疏密如花，浅深似水矣！

皇太后召见既虚描矣，宠爱之情于何窥之？又以刘太监一送透露全斑，虽虚亦实矣。

刘太监之送，余音也，若送到即回，便不袅袅。故又假求诗发一笑。且前以结题诗之波，后以开求诗之案，真妙不容言！

词曰：

才难拟，古今何独周家美？周家美，有妇人焉，从来久矣。
彤庭香口阴阳理，丹墀纤手龙蛇体。龙蛇体，穆穆天颜，为之喜起。

——右调《忆秦娥》

话说山显仁领了朝廷许多赏赐及十五日朝见旨意，十分兴头。因欣欣然回府，退入后厅，请夫人罗氏商议。夫人见跟随捧入许多赏赐及黄金贵物，不知何故，因问道："今日皇爷赐宴，已是莫大洪恩，为何又赏赐许多礼物？"山显仁道："这不是赏我的，乃是皇上特恩赏赐女儿山黛的。"夫人听了，又惊又喜道："山黛才是十岁幼女，皇爷为何赏赐与他？"山显仁道："夫人有所不知。"乃将天子见白燕飞舞，与诏群臣作诗，及自呈女儿《白燕》一诗，为天子赏鉴，因命赏赐并朝见之事，细细说了一遍。夫人方大喜道："此虽好事，但女儿年幼，虽在家中举动端庄，应对有理。只恐见了皇帝，赫赫威严之下，害怕起来，失了礼体，未免有罪。倘皇爷叫他作诗作文，一时作不出，岂不将今日的《白燕诗》都看假了！"山显仁道："夫人所虑亦是。但据我看来，女儿年纪虽小，胆量实大，才情甚高，料不到害羞害怕作不出的田地。"夫人道："虽如此说，我终觉放心不下。"山显仁道："你我不必多虑，且唤女儿出来，将圣上旨意与他说知，看他如何光景，再作区处。"夫人遂叫侍妾到厅楼之上去请小姐。

原来山显仁原是晋朝山巨源之后，世代阀阅名家。山显仁又是少年进士，才将近五十岁，就拜了相，为人最有才干，遇事敢作敢为，天子十分信重，同官往往畏惧。山显仁正在贵盛之时，未免有骄傲之色、凌虐之气。但这个女儿山黛，却与父亲大不相同。生得美如珠玉，秀若芝兰，洁如冰雪，淡若烟云。此其容貌，一望而知者。至于性情沉静，言笑不轻，生于宰相之家，而锦绣珠翠非其所好。每日只是淡妆素服，静坐高楼，焚香啜茗，读书作文，以自娱乐。举止幽闲，宛如一寒素书生，闺阁脂粉妖淫之态，一切洗尽。虽才交十岁，而体度已如成人。这日正在楼上看书，正看到唐玄宗同杨贵妃在沉香亭赏牡丹，因欲赋新诗作乐，急召李白，其时正值李白大醉，因命杨贵妃捧砚，高力士脱靴，然后挥毫染翰，赋《清平调》三章以入乐一段。因赞叹道："古文人在天子前，有如此之才，有如此之气，谓之才子，方不有愧。自唐到今，千载有余，并未再见，何才之难如此！只可惜我山黛是个女子，沉埋闺阁中。若是一个男儿，异日遭逢好文之主，或者以三寸柔翰，再吐才人之气，亦未可知。"正闲想未完，忽侍妾来请道："老爷朝回，与太太在后厅，立请小姐说话。"小姐闻命，不敢少停，遂同侍妾下楼来见父母。

山显仁一见便说道："我儿，你今日有一桩喜事，你可知道么？"小姐道："孩儿不知，求父亲说明。"山显仁道："今日朝廷赐宴群臣，忽见白燕飞舞，因敕群臣赋诗。众官因见有时大本、袁凯二名作在前，谅不能有警句胜之，故默默无人奉诏。圣上甚是不悦。你为父的一时高兴，忍耐不住，就将你作的《白燕诗》录呈圣览。天子见了，不胜之喜。因细细询问，知你幼年有才，更加喜悦，因赏赐了许多物件与你。又命我于本月十五日带你入宫朝见，要面试真假，另有重赏。你道岂非一桩喜事么？"

小姐开言道："既是圣恩隆眷，有此厚锡，孩儿理当望阙拜谢。"山显仁道："我已亲于御前谢过。汝在深闺之中，谢与不谢，谁人知道？"小姐道："孩儿闻'君子不以冥冥废礼'。孩儿虽系弱女，然君臣之礼，性所生也，岂可令伯玉独自擅美千古。"山显仁大讶道："汝能守礼如此，吾不及也！"因叫侍妾排列香案。小姐重更吉服，恭恭敬敬，望阙拜了九拜。拜毕，遂请拜谢父母。山显仁与罗夫人同说道："这也不必了。"小姐道："若非父母生育教养，孩儿焉有今日？安敢不拜！"山显仁大喜，因与夫人笑说道："我儿不独有才有礼，竟是一个道学先生。"罗夫人也不觉笑起来。小姐却颜色不改，端端正正拜了四拜，方才卸去吉服，坐于旁边。

山显仁因说道："我儿，你小小年纪，便为天子所知，固是一桩好事。但你母亲虑你闺中娇养，从未与人交谈。况天子至尊威严之下，皇宫内院深密之地，仪卫罗列如林。倘或你一时胆怯，行礼不周，圣上有问，对答不来，未免得罪，你也须预先打点。"小姐道："孩儿闻'资于事父以事君'。孩儿日事父母之前，不蒙呵责。天子虽尊，其恩其情，当与父母相近。孩儿虽幼，为何胆怯，便至于失礼，对答不来？若说皇家仪卫森然，孩儿不视其巍巍然，已久奉孟夫子之教矣。爹爹与母亲万万放心，决不至此。"山显仁听了大喜，对夫人道："我就说孩儿素有大志，方信宰相人家闺秀，岂区区小人家儿女所可比！夫人请放心，后日入朝面见，定邀圣眷！"夫人道："只愿如此，便是家门之幸了。"山显仁议定了，因分付女儿道："你可回房静养，以待至期朝见。"小姐领命，退入内楼，因暗喜道："我正恐面圣无期，不能展胸中才学，不期有此机缘。明日入朝时，当正色献规，太白香艳谀词，所当首戒，无辱吾笔。"主意定了。

光阴易过，倏忽之间，蚤已十五。山显仁自去早朝，天子又面谕午朝之事。山显仁回府，忙着夫人与女儿梳妆齐整。打扮停当，候到午时，便叫女儿坐了暖轿，自乘显轿，跟随许多侍妾仆妇，摆列许多执事人员，开道入朝。此时，长安城中都知道山阁老家十岁女儿作得好《白燕诗》，皇帝欢喜，钦召今日午时入朝，一个个都挨挤在西华门两旁争看。真个是人山人海，十分热闹。不多时，山显仁与女儿轿到了。山显仁便先自下了轿，直将女儿暖轿抬到西华门口，方令出轿。蚤有许多婢妾围绕簇拥进去。山显仁独自于后压行。两边看的人，挨挤做一团，也有看得见的，也有看不见的。看见的个个称扬道：“真好一个青年女子！古称西子、毛嫱，想来不过如此！”众人称赞不题。

且说山显仁押着女儿入宫，才行至五凤楼，早有穿宫太监传说道：“皇爷已在文华殿与二三阁臣坐多时了。”山显仁忙领女儿转过五凤楼，一径直到文华殿前。守门太监见了，忙迎说道：“山太师，令爱小姐到了？待咱传奏。”山显仁应道：“到了，相烦老公公引见。”太监进去，不移时即出来道：“有旨宣入。”山显仁叫众侍妾俱住在殿外，独自领了女儿入去。

行至丹陛，山显仁抬头见圣驾已坐在殿上，因令女儿立在半边，先自跪奏道：“臣山显仁遵旨率领臣女山黛见驾。”圣旨：“赐卿平身，入班，着卿女当面。”山显仁谢恩，随立起身，趋入众阁臣之列，忙令山黛朝见。山黛领旨，因走到丹陛当中，正欲下拜，忽又有旨道：“命山黛入殿朝见。”山黛闻旨，不慌不忙，便鞠躬其身，从御阶左侧一步一步拾级而上。行到殿门，将衣抠起而入，直到殿中，然后舞蹈扬尘，行那五拜三叩头之礼。

天子在御座上定睛往下一看，只见那女子生得：

> 眉如初月，脸似含花。眉如初月，淡安鬓角正思描；脸似含花，艳敛蕊中犹未吐。发绾乌云，梳影垂肩覆额；肌飞白雪，粉光映颊凝腮。盈盈一九，问年随道韫之肩；了了十行，品才有婉儿之目。肢体轻盈，三尺将垂弱柳；身材娇小，一枝半放名花。入殿来，玉体鞠躬踧踖，极妩媚，却无儿女子之态；升阶时，金莲趋进翼如，绝娉婷，而有士大夫之风。百拜瞻天，青降九重之盼；十龄颂圣，香呼万岁之嵩。十二当权，羡甘罗为老成男子；三旬失宠，笑张妃为过时妇人。真个是：神童希有还曾见，至于童女称神实未闻。

天子在龙座上，看见山黛娇小嫣媚，礼数步趋，雍容有度，先已十分欢喜。又见山黛叩拜完了，俯伏在地，口称：“礼部尚书东阁大学士臣山显仁幼女，臣妾山黛朝见。愿吾皇万岁，万岁，万万岁！”齿牙声音，历历楚楚，如新莺雏凤。天子听了，不胜大悦。先传旨平身，然后宣近龙案前问道："前《白燕诗》果是汝所作否？"

山黛奏道："《白燕》一诗，的系臣妾闺中所咏。但儿女中阃纤词，不意上呈圣览，死罪，死罪！"天子道："《白燕诗》词虽近倩，然寓意甚正。诗体固应如此，即中阃何妨。"山黛奏道："采风不遗樵牧，圣论诚足尽诗之微。但天子至尊，九重穆穆，即《国风》居三百之首，然绝不敢入于《雅》、《颂》者，赓扬固自有体也。"天子闻奏，连连点首道："汝十龄幼女，如何胸中有此高论，真天才也！"因问道："汝在闺中读书，曾有师否？"山黛奏道："闺中弱女，职在苹蘩，安敢越礼延师以眩名？除父前问字而外，实无执业传经之事。但六经具在，坐卧求之有余，臣妾山黛，又未尝无师。"

天子大加叹赏，因向山显仁说道："卿女一稚子耳，便能应对详明如此，真可羡也。皆卿之教养有方也。"山显仁奏道："儿女家庭质语，上渎圣聪，蒙陛下不加谴责，实出万幸。乃复天语奖赏，令臣父女衔感无地！"天子大悦，因命近侍赐宴。

真是国家有倒山之力。天子只分付得一声，内御厨早已端端正正摆列上来。阁臣俱照常坐于东南殿角。独设一席于西南殿角，赐山黛坐饮。山显仁与山黛再三辞谢，天子不允，方各叩头就座。

原来天子出入，皆有御乐跟随。酒才献上，早已音乐并举，羽干齐舞，此时十分热闹。天子在龙座上偷睛看山黛，只道他小女见了皇家歌舞，定然观看。不料他恭恭敬敬坐于位上，爵至微微而饮，馔至举箸而尝。至于乐人歌舞，端然垂目不视。天子看了半晌，心下大异道："小小女子，乃能端方如此，诚可爱也。"

正想不了，歌舞一停，早有二三阁臣同出位奏道："圣上洪福齐天，天生此才女，以黼黻皇猷。今日朝见，又蒙圣恩赐宴，实千古奇逢。臣等不胜庆幸！谨借御尊，上献万年之寿。山显仁宜命女山黛撰新诗三章上颂，庶不负今日朝见之意。乞圣裁定夺。"天子闻奏大悦道："朕正有此意，不料诸卿与朕同心。"因顾山黛道："众阁臣欲汝撰新诗献朕，汝能在朕前面作否？"山黛忙离席跪奏道："皇上有命，众大臣见推，臣妾焉敢不遵。但恐浅陋之词，不能上扬圣德之万一，伏祈皇恩宽宥。"天子见山黛不辞，愈加欢喜。遂敕中官，另设一低案于御案之旁，即将御用文房四宝移在上面，命山黛道："汝可即于此构思挥毫，待朕亲观。"

山黛叩头谢恩过，遂立起身来，不慌不忙走到案前。此时中官已将御墨磨得浓浓，一幅蟠龙锦笺已铺在案上。真是"学无老少，达者为尊"。山黛虽是十岁女子，然敏慧天生，才情性出，拈起御笔，略不经思，也不起草，竟在龙笺上端端楷楷一直书去，就如宿构于胸中的一般。天子看了，喜动天颜。

没半个时辰，山黛早已写完，双手捧了，亲至御前献上道："愿吾皇万岁，万万岁！"天子亲手接了，铺在龙案上，一面分付平身，一面唤四阁臣同至御前："读与朕听。"四阁臣领旨，俱趋至御前。首相高学士遂朗诵道：

> 天子有道，天运昌明，四海感覆载之有成。四海感覆载之有成，于以垂文武神圣之名。
>
> 天运昌明，天子有道，四海忘帝力之有造。四海忘帝力之有造，于以上荡荡无名之号。
>
> 圣寿万年，圣名万禩，大臣相率捧觞而称瑞。大臣相率捧觞而称瑞，翳予小女亦得珥笔摛词献兹一人之媚。
>
> 右《天子有道》三章，章五句。
>
> 臣妾山黛稽首顿首献祝。

高学士读罢，天子听完，不胜大喜道："体高韵古，字字有'三百'之遗风，直逼'典'、'谟'，且构思敏捷，真才女也！"三阁臣俱交口称赞道："读书识字，女子中容或有之。然求如山黛，年虽幼稚，而学如耆宿，实古今所未有也。今加以才女之名，实当之无愧！”

山显仁在旁观看，见女儿举止幽闲，诗如《颂》、《雅》，满心狂喜。又见天子盛称，诸臣交赞，只得勉强谦奏道：“稚女陋词，圣前无礼，乞圣恩宽宥。”天子道：“卿女才德不凡，卿当慎择佳婿，无失身匪人，伤朕文明之化。”遂命近侍传旨，赐黄金百两、白金百两、明珠十颗。面谕山显仁与山黛道：“昔唐婉儿梦神人赐一秤，以称天下之才。今朕再赐汝玉尺一条，汝可以此为朕量天下之才。再赐金如意一执，此文武器也，文可以指挥翰墨，武可以扞御强暴——倘后长成择婿，有妄人强求，即以此击其首，击死勿论。”又命近侍磨墨，展开一幅龙笺，亲洒宸翰，御书“弘文才女”四大字以赐之。山显仁与山黛俯伏于地，再三谢恩道：“圣眷宏深，皇恩浩荡。微臣父女，踵顶俱捐，何能上报万一！”

正奏不完，早有一个内臣走来跪奏道：“皇太后娘娘闻知万岁爷召见才女，喜以为奇，着奴婢来奏知：如万岁爷朝见毕，命奴婢宣入后宫朝见。”天子听见，欢喜道：“朕正欲命彼朝见太后娘娘，不期太后娘娘早来宣召。”就降旨着山黛入后宫朝见太后娘娘。山黛领旨欲行，天子又止住，顾山显仁道：“深宫内院，卿女从未入朝，恐年幼恐惧，朕当亲率入宫朝见太后。众卿且退。山卿可退出午门候旨。”说罢，则退驾，带领山黛退入后宫去了。

众阁臣俱各散去，惟山显仁领了众侍妾坐在朝房伺候。只候至日色沉西，方见四个小太监捧着许多赏赐，又一个大太监刘公押送山黛出来。山显仁迎着，又望内叩头谢恩。然后率众侍妾一同簇拥，直出西华门外，方令山黛上了暖轿。山显仁就要辞谢刘公回去，刘公道：“咱奉太后娘娘与万岁爷旨意，叫送小姐到府，怎敢半路便回？”山显仁见辞不得，便同坐显轿，并押在后，摆列执事回府。此时，街上看的人挨肩擦背，一发多了。

不一时到了相府，山小姐轿子直入后厅，方才下了进去。山显仁与刘公到了仪门就下轿。山显仁拱揖到厅，先将赏赐供在上面，然后分宾主坐下。

献茶毕，刘公就笑嘻嘻说道：“好一位令爱小姐！点点年纪，怎么这样聪明！莫要说才学高，皇爷爱他。只方才朝见皇太后老娘娘并皇后娘娘，行的礼数，从从容容，就像见惯的一般，就是嫔妃也及他不来。对答的话儿，一句句清清楚楚，就是朝中大臣，也没有这样明白。两宫皇太后见了，俱欢喜得要不得，就要留他在宫中过夜耍子。转是万岁爷说他年小，恐怕老太师父母牵挂，故赐茶留到这时候，方赏赐了，着咱送来。”山显仁道：“圣上与太后皇恩，真天高地厚，感激不尽！又劳公公台驾远送，何以克当？今日仓卒中，不敢草草简亵，容改一日，洁治一尊奉屈，再备薄礼奉酬。”

刘公笑说道：“咱与老太师通家往来，不要说这等客话。盛酌也不敢叨，厚礼也不敢受。咱直说了罢，老太师若是见爱，只求令爱小姐亲写一把扇子见赐，便是异宝了。别样东西咱都不爱。”山显仁道：“老公公台命，安敢不尊。明日命小女写了送来。”刘公笑道：“别的物件，便没个逼取的道理，求诗求文，坐索无妨。老太师与令爱小姐若是肯见爱，何不就当面赐了，使咱欢喜欢喜。省得许下，又要牵肠挂肚。”山显仁见说，也笑将起来道：“老公公台谕，到也直截痛快。”就分付侍妾：“传禀小姐，快写一柄诗扇来送刘公公。”刘公拦住道：“且不要去！咱们内官家的性儿是这样直的，还有一句话，率性实实说了罢。诗文的好歹，咱们实不知道。只见皇爷这等贵重，定然是希罕的了。故思量也要求一柄诗扇，以为镇家之宝，真假委实看不出来，若求了一把假的去，岂不叫人家笑杀！令爱小姐，咱又是在上位前伏侍过的，必得当面写几个字儿，咱方肯信真。若是内里边写出来的，咱终有些疑疑惑惑。老太师，你心下肯也不肯？”山显仁笑道：“老公公既是这等疑心，请到后厅去。”随立起身，拱他入去。刘公方欢喜道："若是这等，足见老太师盛情了。进去，进去！"遂起身同到后厅来，求山小姐面写诗扇。只因这一求，有分教：砚池飞出北溟鱼，笔毫杀尽中山兔。

刘公进去，不知小姐肯写诗扇不肯写诗扇，且听下回分解。

第三回

现丑形诗诮狂且　受请托疏参才女

此回起衅，不过为下回开端耳。却于考较外，明明引出一晏文物，为松江做知府；又暗暗引出一窦国一，为扬州做知府；又半明半暗引出一宋信，为往来松江、扬州之地。譬如一树，人但见后来之东一蕊、西一花，而不知枝枝叶叶悉生于此矣。文人最闲之笔决不闲下，故到忙时取之左右而逢源，绝不手慌脚乱。

赠刘公诗，妙在恰是赠刘公，一字移易不得。虽游戏，实风雅，不可糊涂读过。

晏文物之敢于怒、敢于恨，只为是故相子孙。山小姐偶戏之、偶讥之，只为眇一目、跛一足、自夸文章政事。宋信从旁挑拨，只为卖弄奸巧。各心各性，斗凑成文，故一段情态宛然在目。

“日孤明”讥目，“路不平”讥足，原讥得有趣。晏文物若稍知风雅，便当失笑，而不当蓄怒。

窦国一之参山黛，虽受晏文物之托，贪其千金，然其心实实不信小女子有此大才，非妄言也。天子目为“腐儒坐井观天”，罪案定矣。

荐五名公、一山人，与一小女子并较，亦可谓万无一失矣。而不知“迂腐儒绅”四字，已为山小姐笑尽矣！由此知迂腐儒绅于国家无毫发之补。

词曰：

笔墨何尝有浅深，兴至自成吟。有时画佛，有时画鬼，苦不能禁。　意气相投芥与针，最忌不知音。乍欢乍喜，忽嗔忽怒，伤尽人心。

——右调《眼儿媚》

话说山显仁因刘太监要求女儿面写诗扇，无法回他，只得邀入后厅坐下。一面分付侍妾传话，请小姐出来，一面就分付取金扇与文房四宝伺候。

原来山小姐退入后楼，正与母亲罗夫人讲说宫中朝见之事，尚未换衣。忽侍妾来禀说刘公求写扇之意，小姐笑道："他一个太监，晓得甚么，也要求我写扇。"罗夫人道："刘太监虽不知诗，却是奉御差送你来的，若轻慢他，便是轻慢朝廷了。"山小姐道："母亲严命极是，孩儿就去。"因起身随侍妾出到后厅。因是相见过的，便不行礼。此时案上笔墨扇子俱已摆列端正。山显仁因说道："唤你出来，别无甚事，刘老公公要你写一把扇子。"山小姐未及回答，刘公就接说道："咱学生奉御差来送小姐一场，也是百年难遇。令尊老太师要将些礼物谢咱，咱想礼物要还容易，小姐的翰墨难得，故不要礼物，只求小姐一柄诗扇。老太师已许了，小姐不要作难方好。"山小姐道："写是不难，只怕写得不好，老公公要笑。"刘公道："万岁爷见了尚且千欢万喜，咱笑些甚么！这是小姐谦说了。"小姐笑一笑，就展开扇子，提起笔来，一挥而就，送与父亲，就进去了。

山显仁看了一遍，微笑笑，就送与刘公。刘公接在手，见淋淋漓漓，墨迹尚然未干，满心欢喜，因笑说道："小姐怎么写得这等快！"山显仁道："凡写字有真、草、隶、篆四体，真、隶、篆俱贵端楷精工，惟草书全要挥毫如风雨骤至，方有龙蛇飞舞之势。小女此扇，乃是草书，故此飞快。"刘公笑道："咱常见人家慢慢写的还要错了，怎这样快，却不掉字，真个是才子！但这个字，咱学生一个也不识，老太师须念一遍咱听。”山显仁就将扇子上字，指着念与他听道：

麟宫凤阁与龙墀，奉御承恩未暂离。
莫道嚬笑全不假，天颜有喜早先知。
后学钦赐才女山黛题赠尚衣监刘公。

刘公听了道："老太师念来，咱学生听来，'凤阁'、'龙墀'像说的都是皇爷内里的事情，但其中滋味咱解不出。一发烦老太师解与咱听，也不枉了小姐写这一番。"山显仁因解说道："小女这首诗，是赞羡老公公出入皇朝，与圣上亲密的意思。头一句'麟宫'、'凤阁'、'龙墀'，是说皇帝宫阙之盛，惟老公公出入掌管，与圣上不离，故第二句说'奉御承恩'。古来圣明天子，绝不以一嚬一笑假人。万岁爷圣明，岂不如此？但老公公与圣上不离，若是天颜有喜，外人不知，惟老公公早已先知。这总是赞羡老公公与圣上亲密之意。"

刘公听了，拍手鼓掌的欢笑道："怎么说得这等妙！只是咱学生当不起。真个是才女，怪不得皇爷这等贵重。多谢了！小姐明日有事入朝，咱们用心服侍罢。"山显仁道："一扇不足为敬，改日还要备礼奉酬。"刘公道："这首诗够得紧了！礼物说过不要，就送来咱也不收。"说罢就起身。山显仁尚欲留他酒饭，刘公辞道："天晚快了，还要回复皇爷与两宫娘娘的旨意哩。"竟谢了，一直出来。正是：

芳草随花发，何曾识认春。
但除知己外，都是慕名人。

刘公辞去，得了这把诗扇，到各处去卖弄不题。

却说山显仁退入后厅，与罗夫人、小姐将御赐礼物检点，商量道："金银表礼还是赏赐。御书'才女'四字与玉尺、金如意，此三物真是特恩，却放在何处？"罗夫人道："既赐女儿，就付女儿收入卧房藏了。”山显仁道：“朝廷御物，收藏卧房，岂不亵渎？明日圣上知道不便。”罗夫人道：“若如此说，却是没处安放。”山显仁道：“我欲将大厅东旁几间小屋拆去，盖一座楼子，将三物悬供上面，就取名叫做‘玉尺楼’，也见我们感激圣恩之意，就可与女儿为读书作文之所。夫人你道何如？”罗夫人道：“老爷所论甚妙。”

商量停当，到了次日，山显仁就分付听事官，命匠盖造。真是宰相人家，举事甚易，不上一月，早已盖造停当。即将御书的四个大字镶成扁额，悬在上面。又自书“玉尺楼”一扁，挂在前楹。又打造一个朱红龙架，将玉尺、金如意供在高头。周围都是书厨书架、牙签锦轴，琳琳琅琅。四壁挂的都是名人古画墨迹。山黛每日梳妆问安毕，便坐在楼上，拈弄笔墨，以为娱乐。

此时山黛的才名满于长安，阁部大臣与公侯国戚、富贵好事之家，无不备了重礼，来求诗求字。山显仁见女儿才十岁，无甚嫌疑，又是经皇帝钦赐过的，不怕是非，来求者便一概不辞。此时天下太平，宰相的政务到也有限。府门前来求诗文的，真是络绎不绝。

一日，有个江西故相的公子，姓晏名文物，以恩荫官，来京就选，考了一个知府行头，在京守候。闻得钦赐才女之名，十分欣慕，便备了一份厚礼，买了一幅绫子，一把金扇，亲自骑马来求。原来山小姐凡有来求诗扇的，都是一个老家人袁老官接待收管。这日晏文物的礼物、绫扇，老家人就问了姓名，登帐收下，约定随众来取。晏文物去后，老家人即将礼物交到玉尺楼来。不期小姐因老夫人有恙，入内看视，不在楼上。老家人就将礼物、绫绢交与侍女，叫他禀知小姐。不期侍女放在一个厨里，及小姐出来，因有他事忙乱，竟忘记了禀知小姐。及临期，各家来取诗文，人人都有，独没有晏公子的诗扇。晏公子便发急道：“为何独少我的？”老家人着忙，只得又到玉尺楼来查问。一时查不着，只得又出来回复晏公子道：“晏爷的绫扇，前因事忙，不知放在那里，一时没处查。晏爷且请回，明日查出来再取罢。”晏公子听了，大怒道：“你莫倚着相府人家欺侮我，我家也曾做过宰相来。怎么众人都有，独我的查不出？你可去说，若肯写时就写了，若不肯写时，可将原物还了我！”老家人见晏公子发话，恐怕老爷知道见怪，因说道：“晏爷不消发怒，等我进去再查。”

老家人才回身，晏公子早跟了入来，跟到玉尺楼下，只见楼门旁贴着一张告示，说道：“此楼上供御书，系才女书室，闲人不得在此窥觑。如违，奏闻定罪！”晏公子跟了入来，还思量发作几句。看见告示，心下一馁，便不敢做声，捏着足悄悄而听。只听见老家人在楼上禀道：“江西晏爷的绫扇，曾查出么？”楼上侍女应道：“查出了。”老家人又禀道：“既查出了，可求小姐就写一写。晏爷亲自在楼下立等。”过了一晌，又听见楼上分付老家人道：“可请晏爷少待，小姐就写。”晏公子亲耳听见，满心欢喜，便不敢言，只在楼前阶下踱来踱去等候。

却说小姐在楼上查出绫子与金扇，只见上面一张包纸写着：“江西晏阁老长子晏尧明，讳文物，新考选知府。政事文章，颇为世重，求大笔赞扬。”小姐看了，微笑道：“甚么人，自称政事文章！”又听见说“楼下立等”，便悄悄走到楼窗边，往下一窥，只见那个人头戴方巾，身穿阔服，在楼下斜着眼拐来拐去。再细细看时，却是个眇一目跛一足之人。心下暗笑道：“这等人，也要妄为！”便回身将绫子与金扇写了，叫侍女交与老家人，传还晏公子。晏公子打开一看，其中诗意虽看不出，却见写得飞舞有趣，十分欢喜，便再三致谢而去。正是：

诗文自古记睚眦，怒骂何如嬉笑之。
自是登徒多丑态，非关宋玉有微词。

晏公子得了绫子与诗扇，欣欣然回到寓处，展开细看。因是草书，看不明白。却喜得有两个门客认得草字，一一念与他听。只见扇子上写：

三台高捧日孤明，五马何愁路不平；
莫诧黄堂新赐绶，西江东阁旧知名。

又见绫子上写两行碗大的行书：

断鳌立极，造天地之平成。
拨云见天，开古今之聋瞶。

晏公子听门客读完了，满心欢喜道："扇子上写的'三台'、'东阁，是赞我宰相人家出身，'五马'、'黄堂'是赞我新考知府。绫子上写的'断鳌'、'拨云'等语，皆赞我才干功业之意。我心中所喜，皆为他道出，真正是个才女！"门客见晏公子欢喜，也就交口称赞。晏公子见门客称扬，愈加欢喜，遂叫人将绫子裱成一幅画儿，珍重收藏，逢人夸奖。

过了月余，命下，选了松江知府。亲友来贺，晏文物治酒款待。饮到半酣，晏文物忍耐不定，因取出二物来与众客观看。众客看了，有赞诗好的，有赞文好的，有赞字好的，有赞做得晏文物好的，大家争夸竞奖不了。

内中只有一个词客，姓宋名信，号子成，也知作两首歪诗，专在缙绅门下走动，这日也在贺客数内，看见众人称赞不绝，他只是微微而笑。晏文物看见他笑得有因，问道："子成兄这等笑，莫非此诗文有甚不好么？"宋信道："有甚不好？"晏文物道："既没不好，兄何故含笑？想是有甚破绽处么？"宋信道："破绽实无，只是老先生不该如此珍重他。"晏文物道："他十分称赞我，教我怎不珍重？"宋信道："老先生怎见得他十分称赞？"晏文物道："他说'三台'、'东阁'，岂不是赞我相府出身？他说‘黄堂’、‘五马’，岂不是赞我新选知府？‘造天地’、‘开古今’，岂不是赞我功业之盛？”宋信笑道：“这个是了。且请问老先生：他扇上说‘日孤明’、‘路不平’，却是赞老先生那些儿好处？他画上说‘断鳌’、‘拨云’、‘平成’、‘聋瞶’，却是赞老先生甚么功业？请细细思之。”晏文物听了，哑口无言，想了一回道：“实是不知，乞子成兄见教。”宋信复笑道：“老先生何等高明，怎这些儿就看不出？他说‘日孤明’是讥老先生之目，‘路不平’是讥老先生之足，‘断鳌’、‘拨云’犹此意也。”晏文物听了，羞得满面通红，勃然大怒道：“是了，是了！我被这小丫头耍了！”因将绫画并扇子都扯得粉粉碎。众客劝道：“不信小小女子有这等心思。”宋信也劝道：“老先生如此动怒，到是我学生多口了。”晏文物道：“若不是兄提破，我将绫画挂在中堂，金扇终日持用，岂不被人耻笑！”宋信道：“若是个大男子，便好与他理论。一点点小女儿，偶为皇上宠爱，有甚真才？睬他则甚！”晏文物道：“他小则小，用心其实可恶！他倚着相府人家，故敢如此放肆。我难道不是相府人家？怎肯受他讥诮，定要处治他一番，才泄我之恨！”众客再三解劝不听，遂俱散去。

晏文物为此踌躇了一夜。欲要隐忍，心下却又不甘；欲要奈何他，却又没法。因有一个至亲，姓窦名国一，是个进士知县，新行取考，选了工科给事中，与他是姑表弟兄，时常往来。心下想道：“除非与他商议，或有计策。”

到次日，绝早就来见窦国一，将前事细细说了一遍，要他设个法儿处他。窦国一道：“我一向闻得小才女之名，那有个十岁女子便能作诗作文如此？此不过是山老要卖弄女儿，代作这许多圈套。圣上一时不察，偶为所愚，过加宠爱。山老遂以假为真，只管放肆起来。”晏文物道：“若果是小女子所为，情还可恕。倘出山老代作，他以活宰相戏弄我死宰相之子，则尤为可恨！只是我一个知府，怎能够奈何他宰相？须得老表兄为我作主。”窦国一道：“这不难。待我明日参他一本，包管叫他露出丑来。”晏文物道：“得能如此，小弟不但终身感戴不尽，且愿以千金为寿。”窦国一笑道：“至亲怎说此话！”

过了数日，窦国一果然上了一疏。此时天子精明，勤于政事，凡有本章，俱经御览。这一日，忽见一本上写着：

> 工科给事中窦国一奏，为大臣假以才色献媚，有伤国体事：窃闻朝廷重才，固应有体。是以五臣称于虞廷，八士显于周代；汉设三老于桥门，唐集群英于白虎。此皆淹博鸿儒、高才学士。未闻以十龄乳臭小娃，冒充才子，滥叨圣眷，假敕造楼，哄动长安，讥刺朝士，有伤国体，如阁臣山显仁之女山黛者也。山黛本黄阁娇生，年未出幼，纵然聪慧，无师无友，不过识字涂鸦，眩闺阁之名而已。怎敢假作《白燕》之诗，上惑圣主之聪，下乱廷臣之听？妄邀圣恩，叨窃女才子之名；倚恃相府，建造玉尺楼之号。此其过分为何如！若借此为择婿声价，犹之可也。乃敢卖诗卖文，欲以一乳臭小娃，而驾出翰苑公卿之上，甚且狂言呓语，讥笑绅士。夫绅士，朝廷之臣子也。辱臣子，则辱朝廷矣。山黛幼女无知，固不足责。山显仁台阁大臣，忍而以假乱真，有伤国体如此，不知是何肺肠！臣蒙恩拔至谏垣，目击幼女猖狂，不敢不奏。伏乞圣明，追回御书，拆毁建楼，着该部根究其代作之人。如此则狐媚现形，而朝绅吐气矣。谨此奏闻。

天子览毕，微微而笑道：“他以山黛为虚名，说朕为之鼓惑。朕岂为人鼓惑者哉！此腐儒坐井观天之见也。”因御批道：“窦国一既疑山黛以假作真，可亲诣玉尺楼，与山黛面较诗文。朕命司礼监纠察。如汝胜山黛，朕当追回御书究罪。若山黛胜汝，则妄言之罪，朕亦在所不赦！该部知道。”

旨意一下，窦国一见了，着慌道：“别人家的事，倒弄到自家身上来了！我虽说是个进士，只晓得作两篇时文，至于诗文一道，实未留意。若去与他面较，胜了他，他一个小女子，有甚升赏？倘一时作不出，输与他，则谏官妄言之罪，到只有限，岂不被人笑死！”因请了晏文物与许多门客，再四商量。此时宋信亦在其中，因说道：“十岁女子，善作诗文，定是代笔传递。若奉旨面较，着侍妾近身看紧，自然出丑。即使涂抹得来，以窦老先生科甲之才，岂有反出小女子下之理？若是窦老先生恐怕亵体，不愿去，何不另荐几个有名才学之士去较试，岂不万全？”窦国一听了，大喜道：“有理，有理！”遂到次日另上一本道：

工科给事中窦国一，为特荐贤才较试，以穷真伪，以正国体事：臣前疏曾参阁臣山显仁之女山黛以假才乱真，蒙御批，着臣亲诣玉尺楼，与山黛面较诗文以定罪。遵旨即当往较。但臣一行作吏，日亲簿书，雕虫文翰，日久荒疏，倘鄙陋不文，恐伤国体。今特荐尚宝司少卿周公梦、翰林院庶吉士夏之忠，雄才伟笔，可与山黛考较文章；礼部主事卜其通、山人宋信，古风、近体，颇擅“三百”之长，可与山黛考较诗歌；行人穆礼，声律精通，可与山黛考较填词；中书颜贵，真、草兼工，可与山黛考较书法。伏乞陛下钦敕六巨前往考较，则真伪自明，虚实立见。如六臣不胜，臣甘伏妄言之罪。倘山鬼技穷，亦望陛下如前旨定罪。则朝士幸甚！国体幸甚！

天子看了，又微笑道：“自不敢去，却转荐别人。若不准他，又道朕被他鼓惑了。”因批旨道：“准奏。即着周公梦、夏之忠、卜其通、穆礼、颜贵、宋信前往玉尺楼，与山黛考较诗文。该部知道。”

旨意一下，早有人报到山显仁府中来。山显仁着惊道：“窦国一为何参我？”因着的当家人去细细打听，方知为晏文物诗文讥诮之故。因与女儿山黛说知前事，道：“大凡来求诗文的，皆是重你才名，只该好好应酬他才是。为何却作微词讥诮，致生祸端？”山黛道：“前日这晏知府送绫、扇来时，因孩儿在内看母亲，侍女收在厨中，失记交付孩儿，未曾写得。他来取时，见一时没有，着了急，就在府前发话，又跟到玉尺楼，踱来踱去，甚无忌惮。孩儿因窥他眇一目、跛一足，一时高兴，讥诮了几句。不期被他看破，有此是非。实是孩儿之罪。”

山显仁道：“这也罢了。只是有旨着周公梦等六人来与你考较诗文，他们俱是一时矫矫有名之人，倘你考他不过，不但将前面才名废了，恐圣上疑你《白燕》等诗俱是假的，一时谴怒，岂不可虑。”山黛笑道：“爹爹请放心。不是孩儿夸口，就是天下真正才人，孩儿也不多让。莫说这几个迂腐儒绅，何足挂于齿牙！他们来时，包管讨一场没趣。”山显仁听了大喜道：“孩儿若果能胜他，窦国一这厮，我决要处他一个尽情，才出我恶气！”只因这一考，有分教：丈夫气短，儿女名香。

不知后来毕竟如何，且听下回分解。

第四回

六儒绅气消彩笔　十龄女才压群英

天下文才，原有一定之品，毫忽假借不得。却被一辈无真识见人，只就眼前等第，模糊揣度，害事不浅。譬如山黛，有才无才，当就其所已见之才而参观之，当再求其未见之才而推究之，或真或假，庶乎得之矣。奈何全不探访，但以一小女子轻薄之？虽所荐之五名公皆享科甲荣名，然到与人对考之时，亦须自揣所学，限于一时之中，果能成词、成诗、成赋，出语惊人、压倒寻常否。奈何竟不自揣，但以科甲自雄，但以小女子藐视之？既不知己，又不知人，几何而不取辱也耶！

山显仁与各官座位先打点停当，到坐时，只指着一问便了，又楚楚可辨，又见有权术，又省却许多笔墨奔忙。及众官相见，或虚谦，或隐诮，或默默无言，或直直道破，俱各尽其情态，方觉叙事委婉，不堕枯寂。既已登楼，宜各就座，仍复以拜御书挫其气，真有平地生波、无风作浪之妙！若平平看过，俱非善看书人。

考五题，虽俱山黛先完，然完法各有其妙：或在对考者眼中，或在赵公笑中，或在山黛口中，或在山显仁喜中。——错杂而出，出必可惊可喜，绝不雷同。

从来小说，戏言谑语，或有可观；至于诗词，若舍古人真作，其余往往令人喷饭。试看此三词一诗，虽杂入宋词唐诗中，亦不多让。——此又假作而逼真者矣！《五色云赋》虽非正体，而游戏为之，不知小说家恰又以游戏为正体。且此游戏，偏能于古今形气中，推测出一段妙理，作正色之谈。令人阅之而不敢认以为游戏，亦游戏之入于三昧者也。

所问十事，独于山涛称为“先公”，可谓善于说慌独于《十香词》，但以“回心裙带”一语包括之，使人不敢疑其不知九事，又可谓假作老成。笔墨犹龙，真不可测！

词曰：

才须好，何女何男何老。十岁闺娃天掞藻，直压群英倒。
温李笑他纤巧，元白怪他潦草。绣口锦心香指爪，真个千秋少！

——右调《谒金门》

话说廷臣得了考较诗文旨意，不敢迟慢。礼部便将考较事宜商量停当，奏闻朝廷道：

礼部为遵旨回奏事，谨将条定考校事宜，开列于后：

一、考期：拟于七月初三。是日立秋，正才子宾兴之候。

一、考时：限辰时齐集玉尺楼，巳时考书法，午时考填词，未时考诗，申时考文，酉时考古。先时而成者为优，过时不成者为劣。

一、考书法：真、草、隶、篆各一纸。

一、考填词：宋词、时曲各一阕。

一、考诗：五言近体一首。

一、考文：或论或赋，内科一道。

一、考古：诘问往事三段，不多不寡，庶寸晷可完。

一、出题：召翰林院官齐集文华殿，临时拟上，御笔亲定，走马赐考。

一、题文完，走马呈览，再发二题，庶无私传等弊。

一、监考：委司礼太监一员，并窦国一、山显仁督同纠察，庶无后言。

一、考后，除山黛幼女免赴，其余俱至文华殿，听候圣上亲定优劣功罪，庶免虚传妄报。

以上数款，俱考较事宜。谨遵旨条奏，乞圣明裁鉴定夺。

御批：“条议允合，俱依议。”

旨意下了，周公梦即知会夏之忠、卜其通、穆礼、颜贵、宋信等，同集窦国一私衙，商议道："山家小女，我闻他前日朝见时，笔不停腕，而赋《天子有道》三章，古雅绝人，所以天子十分宠爱，恐与寻常浪得虚名者不同。列位先生亦不可轻视。"窦国一道："周老先生如何这等说？莫说虚名，就是真才实学，一个十岁女子能读多少书，岂有转胜似列位老先生之理？此一考较，立见其败也。周老先生更何疑何虑而为此言？"宋信道："若说考古、作文，我晚生学疏才浅，实实不敢夸口。倘只要作这五言八句的歪诗，我晚生遍游天下，凡诗社名公、词坛宿彦，俱曾领教。无过是限韵，无过是刻烛，从未见笑于人，岂至今日而失利于弱女？我晚生一山人布衣，尚且藐视。何况列位老先生，金马名卿，玉堂学士，不必明日旗鼓相当而丧其气，即此先声所至，已足令彼胆落闺中矣！"大家齐笑道："宋兄之言有理！"窦国一道："只有一事可虑。"众问："何事？"窦国一道："所虑者传递耳。虽说召学生纠察，也须大家觉察。临考时或有疑难，彼此须互相提拔，方不失利。"众人道："这个自然。"商量停当，遂各各散去。

到了七月初三正日，山显仁早在玉尺楼御书才女扁额之下铺设龙案，焚香点烛。下面设三座，为司礼太监、窦国一并自己纠察之位。左边西向设六座，为周公梦等六人之位。右边东向设一座，为女儿山黛之位。各铺笔砚于上。打点端正，却自在厅上等候。

将交辰时，司礼监太监赵公早先到了。山显仁迎入，叙礼未毕，各官陆续俱到。山显仁侍茶。茶罢，因说道："小女闺娃识字，过蒙圣恩，谬加奖赏，实伤国体。今辱窦掌科白简，亟赐追回改正，已出万幸。不意圣心不肯模糊，欲明正小女虚假之罪，又劳列位老先赐教。小巫岂折大巫，固不必言。但以闺中乳臭，而与翰苑大臣逐词坛之鹿，其亵渎之罪，又当何如！"周公梦道："晚生陈腐迂儒，本不当唐突令爱阆苑仙才。但辱窦掌科荐剡，又蒙圣上诏遣，故不得已应诏而来，实惶愧不安。”窦国一此时，要谦不得，要让不得，要争论又不得，只老着脸默默不则一声。只有太监赵公笑说道：“列位老先生，太谦也不中用，讥诮也不中用。既奉旨来了，只是早早去考较诗文罢了。”众官都说道：“有理。”遂一齐起身，山显仁就邀入玉尺楼来。

众官上得楼一看，只见正当中上面悬着御书“弘文才女”一匾，下面焚香点烛，四边座位摆得端端正正。众官正打帐序坐，山显仁乃说道：“御书在上，臣子例当展拜。但在老夫私第，又系特赐小女，在御书则重，在老夫与小女则轻，还是该拜不该拜，请教窦掌科与赵老公，无使朝廷闻之，谓我辈失礼。”窦国一欲说不该拜，又恐得罪朝廷。欲说该拜，又恐折了锐气，踌躇不定，挣得满面通红。又是赵公说道：“御书在上，谁敢不拜！老太师怎么替万岁爷谦起来？”山显仁道：“既是这等，可铺毡。”只说得一声，左右已将红毡条铺在楼板上，早有府中掌礼人唱喝排班。窦国一与周公梦等面面相觑，然事已到此，无可奈何，只得叙位而拜。拜罢，山显仁又指着座位道：“这座位，据学生之意虽是这等摆设，不知可该如此？”众官道：“礼该如此，老太师所设不差。”山显仁道：“既不差，”因分付左右道：“可请小姐出来，相见过，好就座。”

左右去不多时，只见内阁中一二十个侍婢簇拥小姐出来。山显仁道：“小女见列位大人，本该下拜，恐怕反劳重大人，只常礼罢。”众官俱道：“常礼最便。”小姐因走到正中，朝上深深拜了四拜。众官俱立在东首还礼。礼毕，方各各就座。周公梦六人坐于东，山黛一人坐于西，赵公、窦国一、山显仁三人坐于下。坐定，一面献茶，一面就着传题员役飞马入朝领题。

此时，拟题翰林官已在文华殿伺候。不一刻，天子驾御文华殿。近臣奏言：“蒙诏玉尺楼考较诗文，将近巳时，宜考较书法。众臣遵旨，走马领题。”天子命翰林官拟来。翰林官拟上：真书《猗兰操》，草书《蟪蛄吟》，隶书《龟山操》，篆书《获麟歌》，各一幅。天子依拟，又于题纸上御笔加四字道：“俱着默书。”付与近侍。近侍付与领题员役，飞马打入玉尺楼来。先是纠察赵公、窦国一、山显仁三人接着开看。看罢即分抄二纸：一纸送与颜贵，一纸送与山黛。又各送锦笺四幅。原题供于龙案之上。题纸分送毕，山显仁即命侍妾俱退。侍妾一哄散去，止是山黛一人在座。山黛接题一看，不慌不忙，即亲手磨墨濡毫，展开锦笺，次第而写。

却说颜贵，乃是一个考选中书，字虽写得几个，却不曾读书，那里晓得《猗兰操》、《蟪蛄吟》、《龟山操》、《获麟》等歌是何物？见御笔“俱着默书”四字，吓得魂不附体。心下犹想：“我虽记不得，山黛一个小女子，他如何记得。大家不知，便好奏请底本。”及抬头一看，早见山黛从从容容的写了，急得他满身上汗如雨下。急不过，只得开口说道：“我晚生原系中书，只管书写，四歌实记不得。还求窦老先生与赵公代奏。”

窦国一见第一考颜贵就写不出，十分着忙，就接说道：“颜先生也说得是。座中有记得四歌的，不妨抄出，与颜先生写了，再奏闻圣上可也。”赵公道：“这个使不得。皇爷既批说默写，谁敢抄出？若是私抄出，便是背旨了。”窦国一道：“不是背旨私抄。但考字与考学不同，书写之人焉能兼读古歌？自当明将此情奏知圣上。但恨时促迫，往反不及，故说先抄写了，然后奏闻。”赵公道：“若是两家都记不得，便好奏闻。倘一家记得，单为一家奏请，如何叫做考较？”周公梦、夏之忠等若果是记得，或是明抄，或是暗传，也好用情，奈何总记不得，只得假说公言道：“赵老公所言有理。且看山小姐写得何如，再作区处。”

正说不了，只见山黛已将真、草、隶、篆四幅写完，对父亲说道：“四歌遵旨写完。还是竟呈御览，还是先请教过列位大人？”山显仁踌躇未及答，赵公听见，先笑说道："山小姐倒记得，写完了。妙耶，妙耶！这不比封函奏章，大家先看看不妨事。"山显仁遂令另设一张书案于正中，将四幅字摆列于上，请众官出位同看。只见第一幅楷书：

猗兰操

孔子历聘诸侯，诸侯莫能任。自卫反鲁，隐谷之中，见芗兰独茂，喟然叹曰："兰当为王者香，今乃与众草伍！"止车援琴歌之。歌曰：

习习谷风，以阴以雨。之子于归，远送于野。何彼苍天，不得其所。逍遥九州，无所定处。时人暗蔽，不知贤者。年纪逝迈，一身将老。

第二幅草书：

蟪蛄吟

政尚静而恶哗。时鲁政日非，孔子伤之。歌曰：

违山十里，蟪蛄之声，尚犹在耳。

第三幅隶书：

龟山操

季桓子受女乐。孔子欲谏不得，退而望鲁龟山，以喻季氏之蔽鲁也。歌曰：

予欲思鲁兮，龟山蔽之。手无斧柯，奈龟山何！

第四幅篆书：

获麟歌

叔孙氏之车子钼商，樵于野而获麟焉。众莫之识，以为不祥。夫子往观焉，泣曰："麟也！麟出而死，吾道穷矣！"歌曰：

唐虞世兮麟凤游，今非其时来何求？麟兮麟兮我心忧！

众官看了，见楷书如美女簪花，草书如龙蛇飞舞，隶书擅蔡邕之长，篆书尽李斯之妙，无不点首吐舌，啧啧称美。颜贵心下暗忖道：“早是记不得，不曾写，还好藏拙。若是写出来，怎能及他秀美，岂不反惹他一场耻笑！”便口也不敢再开。窦国一俱看得呆了。惟赵公笑嘻嘻说道：“不但记得，又四体俱写得精妙入神，真是个才女，难得，难得！快着人进呈，领第二题来。”左右卷好，付与传题员役，飞马进呈。

不半个时辰，早又飞马领了第二题来。山显仁与窦国一、赵公三人打开看时，却是早朝、午朝、晚朝词各一阕，仍前抄作二纸，分送二处。

此时穆礼见颜贵默写不出，十分没趣，犹恐也是个难题，心下甚是徬徨。及题目送到，见是早、午、晚朝三题，颇觉容易，满心欢喜，便磨墨拈笔，打点欲作。忽又想道：“用甚牌儿名好？”欲作“如梦令”、“长相思”、“忆秦娥”等词，却又不合时宜。欲想合时宜之名，却又想不起。因又想道：“只要作得词好，词名或可不论。”遂下笔而写。尚不曾写得三两句，只听见赵公哈哈大笑说道：“怎么山小姐完得这等快！奇才，奇才！大家来同看了好进呈。”再抬头一看，只见众官已出席矣。穆礼自料一时做不完，便也起身，随众而看。只见一幅龙笺上面，三个词儿已写得端端正正：

早朝

鸡鸣晓，殿角明星稀少。天上六龙飞杳杳，圣主临轩早。　双阙云霞缥缈，万国衣冠颠倒。初日上升红杲杲，帘卷瞻天表。

——右调《谒金门》

午朝

中天红日刚刚午，御当阳圣主。花砖鹄立，丹墀虎拜，共瞻九五。　　三勤晋接，稀闻昼漏，宣琅琅天语。停经赐食，分班染翰，自惭无补。

——右调《贺圣朝》

晚朝

九重向晏，北阙明星烂。天子劳宵旰。趋承环佩响，起伏火灯乱。励政治，贾生前膝夜常半。　　夕阳牛歌旦，红烛苍生叹。君交警，臣交赞。久咨禁鼓动，迟出明河暗。君恩重，金莲撤赐驰归院。

——右调《千秋岁》

众官看了，大家惊叹，以为奇才，犹不为异。独窦国一见第二题又被山黛占先，愈加着急，却又无力可助。赵公早喜得打跌道："好才女，好才女！快卷好进呈！"窦国一道："须候穆老先生完了同进。"赵公因回头对穆礼道："老先生佳作曾完了么？"穆礼挣红了脸道："尚未。"窦国一道："圣上原限午时考填词，如今尚在巳时，不妨少缓。"赵公遂走到穆礼座上一看，只见草稿上才写得两行，倒又抹去了一行。赵公说道："如此作来，尚早尚早，如何等得？且将山小姐的进呈了，穆老先生完了再进罢。"便不由分说，竟付与传题员役，飞马进呈去了。

穆礼欲待不作，恐怕得罪；欲要作完续进，莫说衬点早午晚词意之美，万不可及，即《谒金门》、《贺圣朝》、《千秋岁》三个词名、已含蓄无穷颂圣之意，如何再作得来？拈笔左思右想，愈觉艰难。

笔尚未下，第三题早又飞马传递到了。赵公三人看了，却是"《赋得立秋梧桐一叶落》，五言近体一首，限'秋'、'留'、'游'、'愁'四韵。"此考是卜其通、宋信、山黛三人。遂抄写三纸，仍前分送三处。

山黛接到手，见是一首诗，越要卖才，便提起笔来，草也不起，竟如风雨骤至，龙蛇飞舞。卜其通拿着题目，连限韵尚未看清，山黛早已写完，送至正中案上。山显仁看见，自也爱之不了，喜得眉欢眼笑，忙起身邀众官同看。卜其通惊得满身汗下，暗想道："这丫头怎这等敏捷！不知做作甚么？"因搁下笔，不顾众人，先走至案前去看。宋信还强着要作，当不得众官俱已围看，没奈何，也只得走到案前去看。只见上写着：

立秋日，赋得"梧桐一叶落"
（限秋、留、游、愁四韵）
万物安然夏，梧心独感秋。
全飞犹未敢，不下又难留。
乍减玉阶色，聊从金气游。
正如衰盛际，先有一人愁。

卜其通看完，不禁拍案大叫道："真才女，真才女！不独敏捷过人，而构思致意，大有'三百'遗风。"因回头对窦国一道："此殆天授，非人力所及也。吾甘拜下风矣！"窦国一听了，目瞪痴呆，开口不得。宋信还打帐说甚么，赵公早笑道："还是卜老先肯服善。快进呈，快进呈！"说不了，传题员役早接了飞马而去。

第四题该到夏之忠了。夏之忠见三人垂头丧气，自暗思道："他们外官输了，尚犹自可。我一个翰林院，若作不过他，明日如何典试？"又想道："诗词小道，小女儿家或者拈弄惯了，作文难道也能如此？"正想未完，第四题早已传到。打开看时，却是一篇《五色云赋》。夏之忠又惊又喜。喜的题目难，他女儿难作；惊的是题目难，自作吃力。自且不作，先偷眼看山黛如何。只见山黛提着一管笔，如兔起鹘落，忽疾忽徐，欣然而写，全无停搁苦思之态，目不及瞬，早已有十数行下矣。自已着忙，再拈笔时，心先乱急，那里还有奇想，只得据题平铺。急急忙忙，尚铺不到半篇，而山黛之作又报完矣。

此时，众官见山黛一小女子挥洒如此，俱忘了考较妒忌之心，反叹赏以为奇。见完了，团聚而观，只见上写着道：

五色云赋

粤自女娲氏炼五色石以补天，而青黄赤白黑之气，遂蕴酿于太虚中，而或有、或无、或潜、或见，或红抹霞天，或碧涂霄汉，或墨浓密雨，或青散轻烟，或赤建城标，或紫浮牛背，从未聚五为一，见色于天。矧云也者，气为体，白为容，薄不足以受彩，浮不足以生华。而忽于焉种种备之，此希遘于古，而罕见于今者也。惟夫时际昌明，圣天子在位，备中和之德，禀昭朗之灵，行齐五礼，声合五音，政成五美，伦立五常，出坎向离，范金白、木青、水黑、火红、土黄之五行于一身，而后天人交感，上气下垂，下气上升，故五色征于云，而祯祥见于天下。猗欤盛哉！仰而观之，山龙火藻，呈天衣之灿烂；虚而拟之，镂金嵌玉，服周冕之辉煌。绮南丽北，彩凤垂蔽天之翼；艳高冶下，龙女散漫空之花。濯自天河，不殊江汉；出之帝杼，何有七襄。不线不针，阴阳刺乾坤之绣；非毫非楮，烟霞绘天地之图。浓淡合宜，青丹相配。缥缈若美人临镜，姿态横生；飞扬如龙战于野，玄黄百出。如旌如旆、如轮如盖，六龙御天上之銮舆；为楼为阁、为城为市，五彩吐空中之蜃气。初绚焉呈卿庆于九重，既块然流丰亨于四海。落霞孤鹜，不敢高飞；秋水长天，为之减色。锦鸡羞而匿影，山雉惭而藏形。他如奁盒膏脂，筐箱玉帛，莫不望而失色，比而减价。矧妖红亵紫，安敢以草木微姿，而上分其万一之光华。猗欤盛哉！是诚地天昌泰，国家文明，而一人流光，千古昭朗者也。臣妾才谢班姬，学惭谢女，剪裁无巧，雕绣不工。瞻天仰圣，双眼有五色之迷；就日望云，寸管窥三才之妙。此盖天心有眷，上降百福之祥，下献无疆之瑞。谓臣言不信，请远质古娲之灵，近征当今之圣。谨赋。

众官才看“女娲”起句，便吐舌相告道：“只一起句，便奇特惊人矣！”再读到“彩凤垂蔽天之翼”，“阴阳刺乾坤之绣”等句，都赞不绝口道：“真是天生奇才！”及读完，夏之忠连连点首叹服道：“王子安《滕王阁序》未必敏捷如此，吾不得不为之搁笔也！”

赵公见众人甘心输服，大笑道：“这等看来，还是万岁爷有眼力。快进呈！”此时，只有窦国一脸上红一块、紫一块，默默无言。赋传递去，赵公因问左右道：“今日甚么时候了？”左右回道：“午末未初了。”赵公因对众人道：“若论时候，尚未为迟。列位老先生还是作也不作？”夏之忠、卜其通同说道：“学问才情矫强不得。此时若要成篇，也还容易。只恐成篇终不及山小姐词意秀美，倒不如见圣上认罪罢了。”赵公道：“转是高见。皇爷倒不计较。”

正谈论未完，忽第五题又到了。上写是，问：

太虚一点，何物？　　伏羲二相，何氏？
海上三神，何山？　　商山四皓，何老？
汉五陵，何地？　　汤六祷，何事？
竹林七贤，何贤？　　穆王八骏，何马？
香山九老，何人？　　萧后十香，何词？

俱着详书。

题目分开。周公梦接了一纸看时，事迹虽都知道，但要一一还个明白，却是记得不清。有写得一件忘记两件的，有记得三件忘记五件的，想来想去，毕竟记得不全。

不期才慧实是天生，山黛一个小女子，偏生记得清清白白，逐款填写分明。因对众说道：“诗赋系各人才情，不妨共见。此不过记诵之学，若大家看明，便非考较之意。”赵公听了，便先说道：“小姐说得有理，但不许周老先生看就是了。我们众人看看不妨。”山黛依命送出，众官围绕而看。只见上面已将所问十事概括作一首七言古风道：

太虚一点原无物。二相初求自伏羲：
上相共工先独立，柏皇下相共为之。

三神山首蓬莱岛，方丈瀛洲俱缥缈。
东园绮里夏黄公，角里先生称四老。
五陵佳气何日无，长陵马走安陵途，
茂陵风雨相如病，阳陵平陵多酒徒。
政不节兮民失职，女谒盛兮崇宫室，
苞苴大行谗夫猖，桑林六事祷何亟。
七贤久矣醉刘伶，阮籍猖狂总不醒，
钻李笑戎嵇锻柳，阮咸向秀眼还青，
惟有先公称大志，手掌铨衡日启事。
穆王八骏几时还，白兔黄骖随赤骥，
骅骝騄弭日追风，山子挠渠电掣空，
况是盗骊飞捷足，瑶池万里远留踪。
香山九老居易一，郑据吉皎兼谟狄，
刘真张浑过卢贞，胡杲卢真九老毕。
君王若问《十香词》，公事公言不及私，
敢以回心裙带事，渎陈尧舜圣明时。

众官看了，无不惊异道："著作之才又敏捷绝人，淹贯之学又该详如此，真不愧女中才子矣！"

周公梦见众人赞扬，便也离席说道："我学生实记不全，愿作输了。既山小姐写完，敢求一观。"赵公道："既算输，便请看看。"周公梦看完，满口称许道："真才女，真才女！我辈不如也！"赵公因问："甚么时候了？"左右回："未时了。"赵公道："考较已完，须遵旨回奏。此题也不必传递了，我们自同奏上罢。"

周公梦对夏之忠等说道："才学矫强不得。我们既考较不如，须面圣认罪，不必强辩，以触圣怒。"夏之忠等俱道："周老先生所教最是。"遂一齐起身要行。只见窦国一拦住道："列位且慢行！事有可疑，还须考究！"众官惊讶道："有何可疑，又要考究？"只因这一考究，有分教：才上添才，罪中加罪。

不知窦国一考究些甚么，且听下回分解。

第五回

补绝对明消群惑　求宽赦暗悦圣心

前回考较，虽为山黛显才，然亦欲借考较之罪，降罚窦国一、宋信二人于扬州，以为援引冷绛雪之地。设于考较后，明知不如，甘心认罪，则言官偶言不当，不过罚俸，岂至降调？窦国一若不降调，则冷绛雪何由出头？故疑而不信，复以先事传题、关通天子又作一波，所以触怒圣心，而有扬州之行矣。览此者，但知竿头进步，又逼出山黛二妙对，耸人耳目，不知冷绛雪秀色芳香，已结胎于此矣。文心缥缈，不容人见。

戏文虽极正大，亦必有丑净插科打诨，解人之颐也。小说犹是也。故百忙中忽夹出二对，使览者既惊其奇，又诧其巧，耳目为之一醒。虽微伤诞，亦所不惜，所谓未能免俗耳。

食瓜果而美，撤赐山黛，似属闲笔，不知眷顾深情，正于此见。且急急回照立秋，又紧紧附出宽罪之表，正忙不了。

表请宽窦国一之罪、免宋信之杖，虽欲见山黛之德性才学高人，实又开宋信归附之门，辟窦国一献女之路，何等微妙！至于因检贮无人，买识字之婢，与宋信买婢不中意，打骂媒人，引出冷绛雪之父。此则寻常过接，人所知也，妙亦妙矣，不足为奇。

词曰：

眉笔生花，笑杀如椽空老大。应诏赓歌，不数虞廷下。

钝足庸驽，岂惯文章驾？空骄诈，不须谩骂，丑态应如画。

——右调《点绛唇》

话说周公梦众官，因考较输了，欲入朝认罪，窦国一拦住道：“才情还有天生，学问必由诵读。十岁一个女子，从三岁读起，也只七年工夫，怎能诗赋信笔而成，考古不思而对，如此毫发不爽？此必天子过于宠爱，相公善于关通，先事传题，文章宿构，故能一一不爽。若说真真实实，落笔便成，虽斩头沥血，吾不信也！”夏之忠等听了，俱回想道：“窦老先生此一论，实为有理。天下文章，出于科甲；科甲雄才，俱归翰苑。岂有翰苑所不能对，而一小女子能条对详明如此？实有可疑，还烦纠察老先生奏诘。”山显仁质辩道：“天子宠爱，岂独宠爱老臣一人？老臣关通，岂便能关通天子？”

正说不了，山黛便接说道：“父亲大人，不是这等说了。窦大人既疑天子宠爱，大人关通，此实难辨。但求窦大人自出一题，待贱妾应教，真假便立见了。”赵公道：“这最有理！窦先儿，你就出一题，看他作得来作不来，便大家没得说了。”窦国一道：“奉旨考较，我学生怎好出题？”宋信便接说道：“既是山小姐情愿受考，老先生便出一题也无碍。若不如此，则大家之疑终不能解。”赵公又说道：“倒是出一题的好，真假立辨，省得又要说长说短！”

窦国一因目视宋信道：“出甚么题目好？”宋信便挨近窦国一身边低低说道：“不必别寻题目，何不就将前日对不来的对句，烦山小姐一对？”窦国一被宋信提醒，因喜道：“山小姐既要我学生出题请教，我若出长篇大论，只道我有意难他，我学生有一个小学生的对句在此，倒正与山小姐相宜。若是山小姐对得来，我学生便信是真才子了。”赵公道：“既是这等，快写出来！”窦国一因取纸笔写出一句，与大家同看。众官一齐观看，却是将《孟子》七篇篇名编成一对，道：

梁惠王命公孙丑请滕文在离娄上尽心告子读万章。

大家看了，都说道："这是个绝对了。"山显仁不胜大怒道："窦掌科也太刻薄了！原说考诗考文，怎么出起绝对来？此对若是窦掌科自对得来，便算小女输了！"窦国一道："老太师不必发怒。令爱小姐既是奇才，须对人所不能对之对，方才见得真才。若是人不能对，小姐亦不能对，便不见奇了。"赵公道："二位且不必争。且送与小姐看一看，对得对不得，再理论。"大家齐道："有理。"左右随将对纸送到山小姐席上。

山黛看了，微微一笑道："我只道是'烟锁池塘柳'，大圣人绝无之句，却原来是腐儒凑合小聪明，如何将来难人！"山显仁听了，道："我儿，此对莫非尚有可对么？"山黛道："待孩儿对与列位大人看，以发一笑。"遂提起笔来，对了一句，送与父亲。众人争看，只见是：

卫灵公遣公冶长祭泰伯于乡党中先进里仁舞八佾。

众官看了，俱惊喜欲狂。赵公只喜得打跌。连窦国一亦惊讶吐舌，回看着宋信道："真才女，真才女！这没得说了！"

宋信道："窦老先生且莫慌。山小姐既这等高才，我晚生还有一对，一发求山小姐对了何如？"窦国一道："方才这样绝对，他也容容易易对了，再有何对可以相难？倒不如直直受过，不消又得罪了。"宋信遂不敢开口，转是赵公说道："宋先儿既有对要对，率性写出来与山小姐看，对得对不得，须见个明白。莫要说这些人情话儿，糊糊涂涂，到皇爷面前不好回奏！"众官齐道："这论极是。"宋信因回席写了一对，送与众人看。众人见上写着：

燕来雁去，途中喜遇说春秋。

众人看完，俱道："春秋，二字有双关意，更是难对。"山显仁道：

“这等绝对，一之已甚，岂可再乎！宋兄何相逼乃尔！”宋信道：“晚生因见令爱小姐高才，欲闻所未闻，故以此求教。若老太师加罪晚生，则晚生安敢复请。”就要收回。赵公止住道：“这个使不得！既已写出，便关系朝廷耳目，须与山小姐一看，看是何如。岂可出乎反乎，视为儿戏？”因叫人送与山小姐道：“这个对儿虽不是皇爷出的题目，却也是诗文事情。小姐看看，还是有得对没得对？”

山黛接了一看，又笑说道：“这样对，巧亦巧矣，那有个对不得之理？待贱妾再对一句，请教列位大人。”一面说，一面信笔写了一句道：

兔走乌飞，海外欣逢评月旦。

山黛写完，送与赵公与众人看了，俱手舞足蹈，赞不绝口道：“好想头！真匪夷所思！”宋信惊得哑口无言。山显仁快活不过，只是哈哈大笑。

窦国一见山黛才真无疑，回奏自然有罪，因向山显仁再三请罪道：“此一举，元非我晚学生敢狂妄上疏，实系舍亲晏知府求诗，为令爱所讥，哭诉不平，我晚学生一时不明，故有此举。今知罪矣。倘面圣时，圣怒不测，尚求老太师与小姐宽庇！”山显仁笑道：“此事自在圣上。我学生但免得以假乱真、有伤国体与关通天子之罪，便是万幸了。其余焉能专主？”赵公道：“不必说闲话，且去回奏天子，再作区处。”大家遂一哄而出。

此时天子正在文华殿与几个翰林赏鉴山黛的诗赋，忽赵公领了众官来回旨，因将第五题呈上。天子看见山黛条写一人一事不差，满心欢喜。因问周公梦六人道：“尔六人与山黛考较诗文，还是如何？”周公梦等齐对道：“臣等奉旨与山黛考较诗文，非不竭力，但山黛虽一少年女子，然学系天成，才由天纵，落笔疑有鬼神辅助，非臣等庸腐之才所能及。谨甘心待罪，伏乞圣明原谅。”天子大悦道：“汝等既甘心认罪，则山黛非假才，而朕之赐书赐尺，不为过矣。”此时正交新秋，天子正食瓜果而美，因命近侍撤一盘，飞马赐与山黛。近侍领旨而去。

天子因问窦国一道：“尔何所见而妄奏？”窦国一奏道：“臣待罪谏垣，因人言有疑，故敢入告。今亲见其挥洒如神，始信天生以佐文明之治。臣妄言有罪，乞圣恩宽宥。”天子闻奏，倒也释然。只见山显仁奏道：“窦国一谓臣女以假为真其事小。其论臣以才色献媚，又论臣关通天子。此事，关臣一生品行，不可不究。”天子变色道：“怎么叫做关通天子？”山显仁道：“臣不敢言。只问纠察司礼监臣即知。”天子目视赵公，赵公因跪奏道：“方才众臣考较完，欲同入朝回旨，窦国一拦住道：事有可疑，从未见小小女子敏捷如此，必是圣上宠爱山黛，阁臣有力关通，先知了题目，夙构成诗文，故能信笔抒写如此。众臣便都疑惑起来。”天子问道：“众臣既疑，为何又同来认罪？”赵公奏道：“因山黛说道：圣上宠爱，与阁臣关通，一时难辨，只须窦科臣自出一题考较，真假便立见了。窦国一尚不欲出题，是山人宋信撺掇出了一个绝对与山黛对，山黛飞笔就对了。众臣无词，故同来回旨认罪。”

天子闻奏，大怒道：“窦国一说山显仁关通，已是毁谤大臣，怎么说朕宠爱，先事传题？难道朕一个穆穆天子，为此诡秘之事？蔑圣污君，当得何罪！着锦衣卫拿付法司究问！周公梦、夏之忠、卜其通、穆礼、颜贵五人，俱系窦国一荐考，原非有意，既认罪，俱姑免不究。宋信以幺幺山人，一诗不成，辄敢厮名绅列同考，以辱朝廷，定系窦国一播弄起衅之私人，着锦衣卫拿至午门外，打四十御棍，递解还乡。山黛赐金花表礼，以旌其才。”圣旨一下，早有锦衣卫官已将窦国一、宋信鹰拿雁捉的拖了出来。周公梦等五臣，齐齐伏在丹墀下，叩头请罪。

天子又问赵公山黛所对之对。赵公口奏，天子御笔写在龙案观看，不胜大喜。因敕周公梦五臣平身，并召拟题几个翰林，至龙案前观看，道："小小女子，有如此异才，怎教朕不爱！"众翰林奏道："此女实系才星下降，非寻常可比。陛下爱之，正文明之所启也。"还说不了，只见赐瓜果的近侍回旨，附上山黛谢表一通。天子亲览，只见上写：

> 大学士礼部尚书山显仁女臣妾山黛奏，为谢恩事：蒙恩钦赐瓜果一器，感激圣恩。谨望阙谢恩祗受外，闻科臣窦国一蔑圣污君，拿付法司；山人宋信播弄起衅，赐打四十御棍。二臣罪固应尔。但念事由妾起，妾虽蒙恩隆重，谬谓贤才，然不过十岁一女子耳，得失何足重轻。窦国一虽过为诋毁，实朝廷耳目之臣；山人宋信虽不无起衅，然士也。赏罚皆关典礼。若为臣妾一小女，而缧绁廷臣，榜挞下士，是为诗文小爱而伤国家之大体也，实非圣明朝之所宜有者也。故敢昧死谏言，望皇上展如天之度，宽赦之。国体幸甚！臣妾幸甚！仓卒干冒，不胜惶惧待命之至！

天子见表，龙颜大悦道："山黛不独有才，德性度量又过人矣！"因将本付与山显仁道："卿以为何如？"山显仁见拿下窦国一与宋信，满心欢喜，还打帐嘱托法司重处。却见女儿上疏，反为解救，一时没法，只得奏道："恩威俱听圣裁，微臣何敢仰参。"天子笑道："论法原不该宥，朕但要全卿女之德，故屈法宥之耳。"因批本道："准奏。窦国一免付法司，吏部议处。宋信饶打，限一月解回。该部知道！"旨意一下，天子驾起还宫，各官退出。与窦国一相好的内臣急急传出旨意。宋信已打了十棍，方才放起。窦国一已将到法司，赶回。二人细问饶免情由，方知亏山黛本救之力。窦国一无限没趣，躲了回寓，闭门听处，不题。

却说宋信，虽然饶了，已被打了十棍，打得皮开肉绽，痛苦不禁，又有人押着，要递解还乡。宋信再三央人保领，方许棒疮好后起解。心下想道："我宋信聪明了一世，怎么一时就糊涂到这个田地！他一个相府女儿，又是真正奇才，天子所重。倒不去奉承他，反倚着一个科官与他为仇，岂不差了主意。今日若不是山小姐讨饶，再加上三十御棍，便活活要打杀了。明日何不撺转面皮，借感谢之意，作入门之阶。倘得收留，又强似与晏知府、窦给事相处了。"宋信自家筹算不题。

却说山显仁回到府中，埋怨女儿道："窦国一这厮，十分可恶。今日若不是你有真才，将众人压倒，他还不知怎生作恶。后来已奉旨拿送法司，正中我意。你为何转上本替他解救？"山黛笑道："古人贵'宠而不骄，骄而能降'，天子圣明，岂不知此？今日之事，正不骄能降，一可结天子之心，一可免满盈之祸。此自安也，岂救人哉！"山显仁默默点首。山黛又说道："况此事实系孩儿前日讥刺晏知府起的衅端。今一旦加之宋信，孩儿于心，实有未忍。"山显仁道："这也罢了。但是前日晏文物的绫、扇，为何得能遗失？"山黛道："皆缘侍女辈不识字，故混杂错乱，忘记交付孩儿。不独此也，前日还有张副使的册叶、钱御史的手卷，俱安放错了。若不是孩儿细心，又要差写。"山显仁道："我想凡是著作名公，莫不皆有记室，或是代笔，或是为之查考事迹。你今独自一个，如何应酬得来？"山黛道："男人家好寻记室代笔，孩儿一女子，却是没法。"山显仁道："这也不难。以天下之大，岂无识字女子？我明日不惜千金，差人各处寻访，买他十二个，分了职事，伏事你，你便不消费心了。"山黛道："如此甚好。只恐一时没有。"山显仁道："若要能诗能赋，这便稀少。若只要识几个字儿，只怕也还容易。"父女商量。迟了数日，山显仁果然差人四处寻访，只因肯出重价，便日日有人送女子来看。

这日，山显仁正在厅上选看女子，忽报宋信青衣小帽来请罪。山显仁因女儿宽洪大量，便也宽洪大量起来，因分付叫"请宋相公更了衣巾相见"。宋信依命趋入，拜伏在地，口称："罪人宋信，死罪死罪！”山显仁叫人搀扶。宋信不肯起来，连连叩头道：“宋信愚蠢，不识天地高厚，获罪如此。蒙圣上谴责，自分以死谢愆，尚犹不尽。乃复辱令爱小姐疏救，霁天子之威，使白骨再肉，此天地父母所不能施之恩，而一旦转加之罪人，真令人顶踵尽捐，不能少报万一。今碎首阶前，已为万幸，安敢复承礼待！”山显仁道：“足下既能悔过，便见高情。何必如此，快请起！”宋信又谦逊了半晌，方扒了起来。山显仁逊坐留茶，因问道：“足下几时行？”宋信道：“钦限一月，不敢久迟，明日就要起身。蒙老太师与令爱小姐大恩，不知可有日再得侧身于山斗之下。”山显仁道：“这也不难。此不过是圣天子一时之怒。且暂回几日，容有便，挽回圣意，当得再见。”宋信道：“若能再趋门下，真是重生父母了！”

正说话间，忽抬头看见这许多女子，俱穿青衣，列于两旁，因问道：“这许多女子为何在此？”山显仁道：“因小女身边没有几个识字的侍女，故致前日遗失了晏文物的绫、扇，惹出许多事来。今欲买几个识字的女子，服侍小女。不期偌大京师，选来选去，俱是这一辈人物，并无一个稍通翰墨可佐香奁之用者。”宋信道：“原来为此。京师若无，天下自有。”山显仁道：“此言有理。足下所到之处，当为留意。倘获佳者，自当重报。”

又叙些闲话，宋信方辞起身。山显仁送至厅门口，便不送了。宋信又立住说道：“宋信还有一事，禀上老太师。”山显仁道：“何事？”宋信道：“宋信蒙令爱小姐再生之恩，不敢求见，只求至玉尺楼下望楼一拜，以表犬马感激之心。”山显仁道：“这也不消了。”宋信执定要拜，山显仁只得叫老家人领至楼下。宋信果然望着楼上，端端正正、恭恭敬敬拜了四拜，方才辞出。山显仁发放了许多不用的女子，因入内与山黛说知宋信拜谢之事，父女耍笑，不题。

却说宋信辞了出来，押解催促起身。欲要来见窦国一，讨些盘缠，窦国一正在议处之时，不肯见人，只得来见晏文物，诉说解回之苦。晏文物见事为他起，没奈何，送他二十金盘缠，又约他道："兄京中既不容住，小弟我只候领了凭便行。兄若不嫌弃，云间也是名胜之地，可来一游，小弟当为地主。"宋信谢了。又捱得一两日，押解催促，只得雇了一匹蹇驴，携了一个老仆，萧然回山东而去。正是：

一个贫人，冒作山人。
随着诗人，交结贵人。
做了谗人，伤了正人。
恼了圣人，罚做罪人。
押作归人，原是穷人。

宋信虽是山东人，却无家无室，故一身流落京师，在缙绅门下游荡过日。今被押解还乡，到了故乡，竟无家可归，只得借一客店住下。押解见如此光景，没有想头，只得到府县讨了回文，竟自回去，不题。

宋信虽然无亲无眷，却喜得身边还积有几两银子，一身游客的行头还在。见押解去了，便依旧阔起来，到乡绅人家走动。争奈府县有人传说解回之事，往往为人轻薄，心下不畅。过了些时，一日在一乡绅人家，看见新缙绅上，窦国一已降了扬州知府，满心欢喜道："此处正难安身，恰好有此机会。且捱过残年，往扬州去一游。"却喜得一身毫无牵绊，过了年，果然就起身渡过淮来。不半月，便到了扬州。入城打听新知府，不期尚未到任，只得寻一个寺院住下。他便终日到钞关埂子上顽耍。见各处士大夫都到扬州来，或是娶妾，或是买婢，来往媒人，纷纷不已。

宋信心下想道："山老要买识字之婢，我闲在此处，何不便中替他一寻？倘寻得一个，也可为异日进身之地。就寻不出，落得看看也好。"主意定了，因与媒人说知，要寻一个识字通文之女，价之多寡勿论。媒人见肯出高价，便张家李家，终日领他去看。看来看去，并无中意。一日，一个孙媒婆来说道："有一个绝色女子，住在柳巷里，写得一手好字。宋相公若肯出三百两身价，便当面写与宋相公看。"宋信道："三百两身价不为多，只要当面写得出便好。"孙媒婆道："若是写得不好，怎敢要三百两身价？"宋信道："既是这等，明日便同去一相。"约定了。到次日，果然同到一个人家，领出一个女子来。年纪只好十五六岁，人物也还中中。见了礼，就坐在宋信对面。桌上铺着纸墨笔砚，孙媒婆就帮衬磨起墨来，又取了一枝笔，递与那女子道："你可写一首诗，与宋相公看。"那女子接笔在手，左不是，右不是，不敢下笔。孙媒婆又催逼道："宋相公不是外人，不要害羞，竟写不妨。"那女子被逼不过，只得下笔而写。写了半晌，才写得"云淡风轻"四个字，便要放下笔。孙媒婆又说道："用心再多写几个宋相公看，方信你是真才。"那女子只得又勉强写了"近午天"三个字，再也不肯写了。宋信看了，微微而笑。孙媒婆说道："宋相公不要看轻了。似这样当面写字的女子，我们扬州甚少。"宋信笑道："果然，果然。"就送了相钱，起身出来。孙媒婆道："若是这个不中意，便难寻了。"

一日，又有一个王媒婆来说道："有一个会作诗的女子，真是出口成章，要五百两身价。"哄了宋信去看。也只记得几首唐诗，便说是会作诗了。宋信看来看去，并无一个略通文墨的，便也丢开。

不想过了数月，窦国一忽到任上。到任后，宋信即去拜谒。窦国一接见，一来原是相知，二来又念为他受了廷杖之苦，十分优待。便改送在琼花观里作寓，又送许多下程，又亲自来拜，随即请酒，又时时邀入私衙小叙，又逢人便称荐他诗才之妙。不多时，借着窦知府声价，竟将宋信喧传作一个大才子了。凡是乡绅大夫与山人词客，莫不争来与他寻盟结社。

宋信一时得志，便意气扬扬，竟自认作一个司马相如再生。又在各县打几个秋风，说些分上，手头渐渐有余。每日同朋友在花柳丛中走动，便又思量相看女子了。起初相看，还是欲为山显仁买婢。此时相看，却自要受用了。媒婆见他有财有势，与前不同，那个不来奉承，便日日将上等识字女子，领他去看。宋信只因见过山黛国色奇才，这些抹画姿容、涂鸦伎俩，都看不上眼。

一日，相看一个女子不中意，因媒人哄他来的路远了，肚中饥饿，歇下轿，坐在一个亭子上，将两三个媒婆百般痛骂，挥拳要打。亏着旁边坐着一个花白髯的老者看见，再三苦劝，方才上轿而去。那老者因问媒人道："他是甚么样人，这等放肆，要将你们难为？"众媒人道："他的势头大哩！打骂值甚么，若是送到官，还要吃苦哩！"那老者又惊讶问道："他实是何等样人？不妨明对我说。"众媒人道："待我说与老爹听。"只因这一说，有分教：小文君再流佳话，假相如重现原身。

不知媒人说出甚么话来，且听下回分解。

第六回

风筝咏嘲杀老诗人　寻春句笑倒小才女

人之有才无才，才真才假，实为难知，然亦易知也。但凡真正有才之人，往往自信、自喜，必不动心于人之奖誉。虽或有时而狂，然狂从才出，必有一段高傲之气，蚁视小人，决不加于有才英俊。若夫满口朝绅，言言权贵，借结交作声价，假舆从为势头，百般做作，一味夸张者，定是虚伪庸流、盗亵匪类，纵能举笔，必不过人。故宋信行藏，据冷新传来，已为冷绛雪窥破。故招致其来，止用三指阔一报帖，报帖上且写出“冒虚名者，勿劳枉驾”。非不重才，盖胸中早已知其无才而轻之矣。炫名才子，阅此定当汗下。

冷绛雪虽看破宋信行藏，然而未明，故《风筝咏》犹曲致讥嘲，《燕子诗》、《高士图》但微寓调笑。及见其“寻春”二语，尽露底里，便续题六语，大加丑诋，而不复少存厚道矣。冷绛雪虽未免过情，宋信实亦自取，夫复谁尤！

《风筝咏》字字体切风筝，字字讥嘲宋信，妙莫能言，非小说所有。

论小说游戏，宋信之题，当歪捏其词，以发一笑。不知歪捏之诗，虽足发笑，却与宋信一辈庸俗诗人之丑态转不关切。今“结伴寻春”二语，既庸且俗，实将当今天下一辈招摇诗人之丑态刻画尽矣，不较之歪捏其词之诗，更关切而可笑乎？

冷绛雪若不触怒宋信，何因生端而进京师？宋信若不又出一番奇丑，何为立脚不定，又往松江？行到水穷，自然云起，绝不费五丁开凿之力，允称词家妙手！

阁臣闺秀山黛玉尺楼一考，并“有道”三章，已大吐才女之气，已大生才女之色矣。再欲为冷绛雪村民之女吐气生色，直欲与山黛并驾同驱，实难下笔。

此书偏能别弄精神，另出手眼，或高论，或奇情，直将冷绛雪一段勃勃才华，写得高如山、秀如水、明如月、美如花，令人惊畏为又一山黛。始知崔颢《黄鹤楼》诗固不可再作，而李白《凤凰台》诗又未尝不并垂千古。

词曰：

长嘲短诮，没趣刚捱过。岂料一团虚火，又相逢，真金货。
诗翁难做，此来应是错。百种忸怩跼蹐，千古口，都笑破！

——右调《霜天晓角》

话说众媒人，因老者劝了宋信去，见他苦问宋信是甚么人，只得对他说道："这人姓宋，是山东有名的才子，与窦知府是好朋友，说他作的诗与唐朝李太白、杜子美差不多。在京时，皇帝也曾见过，大有声名。所以满城乡宦，举监春元，都与他往来。因要相一头亲事，相来相去，再不中意，所以今日骂我。"那老者道："扬州城里美色女子甚多，怎么都不中意？"媒婆道："他只相人物还好打发，又要相他胸中才学。你想，人家一个小小闺女，能读得几本书，那有十分真才实学对得他来？"那老者笑道："原来为此。"大家说完，媒人也就去了。

那老者你道是谁？原来姓冷名新，是个村庄大户人家。生了三个儿子，都一字不识，只好种田。到四十外，生了一个女儿。生得如花似玉，眉画远山，肌凝白雪。标致异常还不为奇，最奇的是禀性聪明，赋情敏慧，见了书史笔墨便如性命。自三四岁抱他到村学堂中顽耍，听见读书，便一一默记在心，到六七岁都能成诵。冷大户虽是个村庄农户，见女儿如此聪明，便将各种书籍都买来与他读。又喜得他母舅，姓郑，是个秀才，见外甥女儿好学，便时常来与他讲讲。讲到妙处，连母舅时常被他难倒，因叹息道："此女可惜生在冷家！"冷大户常说生他时，曾梦见下了一庭红雪。他就自取名叫做绛雪。到了八九岁，竟下笔成文，出口成诗。只可惜乡村人家，无一知者，往往自家作了，自家赏鉴。这年已是十二岁，出落的人才就如一泓秋水。冷大户要与他议亲，因问冷绛雪道："还是城里，还是乡间，毕竟定要甚么人家好？"冷绛雪道："人家总不论，城里乡间也不拘，只要他有才学，与孩儿或诗或文对作，若作得过我，我便嫁他。假若作不过孩儿，便是举人进士、国戚皇亲，却也休想！"

冷大户因女儿有此话在心，便时时留心访求。今日恰听见媒人说宋信是个才子，因暗想道："我女儿每每自夸诗文无敌，却从无一人考较，不知是真是假。这个姓宋的既与知府、乡宦往来，定然有些才学。怎能够请他来考较一考较，便见明白了。"寻思无计，只得回家与女儿商量道："我今日访着一个大才子，姓宋，是山东人，大有声名，自府县以及满城士大夫无一人不与他相交，作的诗文压倒天下。我欲请他来，与你对作两首看，或者他才高，有些缘法，也未可知。只是他声价赫赫一时，怎肯到我农庄人家来？若去请他，恐亦徒然。"冷绛雪道："父亲若要他来，甚是容易，何必去请？"冷大户道："我儿又来说大话了！请他尚恐不来，不请如何转说容易？"冷绛雪道："只消三指阔一条纸儿，包管立遣他来。"冷大户笑道："他又不是神将鬼仙，怎么三指阔一条纸儿便遣得他来？莫非你会画符？"冷绛雪也笑道："父亲不必多疑，待孩儿写了来与父亲看。只怕这几个字儿，比遣将符箓更灵。"说罢，遂起身走到自家房中，果然写了个大红条子出来，递与父亲道："只消拿去，贴在此人寓所左近。他若看见了，自然要来见我。"冷大户接来一看，只见上写着：

香锦里浣花园，十二岁小才女冷绛雪，执贽学诗，请天下真正诗翁赐教。冒虚名者，勿劳枉驾。

冷大户看了，大笑道："请将不如激将，有理，有理！"到了次日，果然入城。访知宋信住在琼花观里，就将大红条子贴在观门墙上。竟自归家，与女儿说知，收拾下款待之事，以候宋信，不题。

却说宋信，每日与骚人墨客诗酒往还，十分得意。这日正吃酒到半酣，同着一个陶进士，一个柳孝廉，在城外看花回来。走到观门，忽见这个大红条子贴在墙上，近前细细看了，大笑道："甚么冷绛雪，才十二岁，便自称才女。狂妄至此，可笑，可笑！"陶进士道："仅仅贴在观门前，这是明明要与宋兄作对了，更大胆可笑！"柳孝廉道："香锦里离城南只有十余里，一路溪径，甚是有趣。我们何不借此前去一游，就看看这个小女儿是何等人物。若果有些姿色才情，我们就与宋兄作伐，也是奇遇。若是乡下女儿，不知世事，便取笑他一场未为不可。"陶进士道："这个有理。我们明日就去。"

宋信口中虽然说大话，心下却因受了山小姐之辱，恐怕这个小女儿又有些古怪，转有几分不敢去的意思。见陶、柳二人要去，只得勉强说道："我在扬州城里城外，不惜重价，访求才色女子，不知看了多少，并无一个看得上眼，从不见一人拿得笔起。那有乡僻一个小女子会作诗之理？此不过甚么闲人假写，骗人走远路的。二位先生何必深信！"陶进士道："我们总是要到郊外闲耍，借此去一游，真假俱可勿论。"柳孝廉道："有理，有理。待我明日叫人携酒盒随行，只当游春，有何不可？"宋信一来见陶、柳二人执意要去，二来又想道："此女纵然有才，乡下人不过寻常，难道又有一个山黛不成？谅来这两首诗还作得他过。"便放大了胆，笑说道："我们去是去，只怕还要笑杀了，走不回来哩！"陶进士道："古人赌诗旗亭，伶人惊拜。逢场作戏，有甚不可？"柳孝廉道："有理，有理。"大家入观，又游赏了半晌方别。

约定次日，果然备了酒盒轿马，同出南城。一路上寻花问柳，只到傍午方到得香锦里。问人浣花园在那里，村人答道："浣花园乃冷大户造与女儿住的花园，就在前边，过了石桥便是。"宋信听见说“女儿”，便上前问道：“闻说他女儿才十二岁，大有才学，可是真么？”村人答道：“真不真，我们乡下人那里晓得？相公，你但想乡下人的模样，好也有数。不过冷大户有几个村钱，自家卖弄，好攀人家做亲罢了。”宋信听了道：“说得有理。”自有了这几句言语入肚，一发胆大了，便同陶、柳二人步过石桥。将到门口，却在拜匣中取出笔墨，写一纸帖道：“山东宋山人，同陶进士、柳孝廉，访小才女谈诗。”叫一个家人先送进去。

此时冷绛雪料道宋信必来，已叫父亲邀了郑秀才，备下款待等候。见传进条子来，便郎舅两个同出来迎接。见了三人，郑秀才便先说道：“乡农村户，不知三位老先生降临，有失迎候！”宋倍就说道：“偶尔寻春，闻知才女之名，唐突奉候。因恐不恭，不敢投刺。”一边说，一边就拱揖到堂。宾主礼毕，送坐，献茶。大家通知姓名。宋信便对冷大户说道：“不然也不敢轻造，昨见令爱条示，方知幼年有如此高才，敌特来求教。”郑秀才代冷大户答道：“舍甥女小小雏娃，怎敢言才！但生来好学，恐乡村孤陋寡闻，故作狂言，方能祇请高贤降临。”陶进士说道：“乡翁不必谦。既系诗文一脉之雅，可请令甥女一见。”郑秀才道：“舍甥女自当求教。但三位老先生远来，愿少申饮食之怀。但不知野人之芹，敢上献否？”陶进士道：“主人盛意，本不当辞，但无因而扰，未免有愧。”郑秀才道：“既蒙不鄙，请小园少憩。”遂起身邀到浣花园来。三人来到园中，只见：

> 山铺青影，水涨绿波。密柳垂黄鹂之阴，杂花分绣户之色。曲径逶迤，三三不已；穿廊曲折，九九还多。高阁留云，瞒过白云重坐月；疏帘卷燕，放归紫燕忽闻莺。青松石上，棋敌而琴清；红雨花前，茶香而酒美。小圃行游，虽不敌辋川名胜；一丘自足，亦何殊金谷风流。

三人见园中风景清幽，位置全无俗韵，便也不敢以野人相视。原来款待是打点端正的，不一时，杯盘罗列，大家痛饮了一回。

郑秀才见举人、进士皆让宋信首坐，必定有些来历，因加意奉承道："闻宋老先生遨游京师，名动天子。这穷乡下邑，得邀宠临，实万分侥幸。"宋信道："才人游戏，无所不可。古人说：'上可与玉皇同居，下可与乞儿共饭。'此正是吾辈所为。"郑秀才道："闻窦府尊与老先生莫逆。"宋信道："老窦不过是仕途上往来朋友，怎与我称得莫逆？"郑秀才道："请问谁与老先生方是莫逆？"宋信道："若说泛交，自山相公以下，公卿士大夫无人不识。若论诗人莫逆，不过济上李于鳞、太仓王凤洲昆仲、新安吴穿楼、汪伯玉数人而已。"郑秀才满口称赞。陶进士道："主人盛意已领了，乞收过，请令甥女一教，也不枉我三人来意。"郑秀才道："既是这等说，且撤去。待舍甥女请教过再叙罢。"大家道："妙！"遂起身闲步以待。

郑秀才因自入内，见冷绛雪说道："今日此举，也太狂妄了些。这姓宋的大有来历，王世贞、李攀龙都是他的诗友，你莫要轻看。出去相见时，须要小心谦厚些。不然被他考倒，要出丑，便没趣了。"冷绛雪微微笑道："王世贞、李攀龙便怎么？母舅请放心，甥女决不出丑。这姓宋的若果有二三分才学，还恕得他过。若是全然假冒，敢于轻薄甥女，母舅须尽力攻击，使假冒者不敢再来溷帐。"郑秀才笑道："你怎么算到这个田地！"说罢，便同到园中来相见。

宋信三人迎着一看，只见冷绛雪发才披肩，淡妆素服，袅袅婷婷，如瑶池玉女一般。果然是：

莺娇燕乳正雏年，敛萼含香更可怜。
莫怪文章生骨相，谪来原是掌书仙。

三人看了，俱暗相惊异。陶、柳以为"吾辈缙绅闺秀亦未有此，何等乡人，乃生此尤物。"宋信更加骇然，以为"举止行动，宛然又是一个山黛。"只得上前相见。

冷绛雪深深敛衽而拜道："村农小女，性好文墨，奈山野孤陋，苦无明师，故狂言招致。意在真正诗翁，怎敢劳重名公贵人！"陶进士与柳孝廉同口说道："久闻冷姑大才，自愧章句腐儒，不敢轻易造次。今因宋先生诗高天下，故相陪而来。得睹仙姿，实为侥幸。"宋信见冷绛雪出言吐语，伶牙利齿，先有三分惧怯，不敢多言，只喏喏而已。拜罢，分宾主东西列坐。

郑秀才遂命取两张书案，宋信与冷绛雪面前，各设一张，上列文房四宝。郑秀才就说道："既蒙宋老先生降临，诚为奇遇，自然要留题了。舍甥女殷殷求教，未免也要献丑。但不知是如何命题？"宋信道："酒后非作诗之时，今既已来过，主人相识，便不妨重过。容改一日早来，或长篇，或古风，或近体，或绝句，或排律，或歌行，率性作他几首，以见一日之长，何如？"冷绛雪道："斗酒百篇，太白高风千古，怎么说酒后非作诗之时？"宋信道："酒后作是作得，只怕终有些潦草。不如清醒白醒，细细作来，有些滋味。"冷绛雪道："子建七步成诗，千秋佳话，那有改期姑待之理？"郑秀才道："甥女，不是这等说。想是宋先生见我村庄人家，未必知音，故不肯轻作。且请宋先生先出一题，待你作一首请教过，若有可观，或者抛砖引玉，也不可知。"陶、柳二人齐说道："这个有理。"冷绛雪道："既是二位大人以为可，请宋老诗翁赐题。"

宋信暗想道："看这女子光景，又像是一个磨牙的了。若即景题情，他在家拈弄惯了，必能成篇。莫若寻个咏物难题，难他一难也好。"忽抬头见天上有人家放的风筝，因用手指着道："就是他罢，限七言近体一首。"

冷绛雪看见是风筝，因想道："细看此人，必非才子。莫若借此题讥诮他几句，看他知也不知。"因磨墨抒毫，题诗一首。就如作现成的一般，没半盏茶时，早已写完，叫郑秀才送与三人看。三人见其敏捷，先已惊倒；再展开一看，只见上写着：

风筝咏

巧将禽鸟作容仪，哄骗愚人与小儿。
篾片作胎轻且薄，游花涂面假为奇。
风吹天上空摇摆，线缚人间没转移。
莫笑脚跟无实际，眼前落得燥虚脾。

陶进士与柳孝廉看见字字俱从风筝打觑到宋信身上，大有游戏翰墨之趣，又写得龙蛇飞舞，俱鼓掌称快道："好佳作，好佳作！风流香艳，自名才女，不为过也！"宋信看见明明讥诮于己，欲要认真，又怕装村；欲要忍耐，又怕人笑。急得满面通红，只得向陶、柳二人说道："诗贵风雅，此油腔也。甚么佳作！"陶、柳二人笑道："此游戏也。以游戏为风雅，而风雅特甚。宋先生还当刮目。"冷绛雪道："村女油腔，诚所不免，以未就正大方耳。今蒙宋老诗翁以风筝赐教，胸中必有成竹，何不亦赋一律，以定风雅之宗。"宋信见要他也作风筝诗，着了急道："风筝小题目，只好考试小儿女，吾辈岂可作此。"郑秀才道："宋老先生既不屑作此小题，不拘何题，赐作一首，也不枉舍甥女求教之意。"陶、柳二人道："此论有理，宋先生不必过辞。"宋信没法，只得勉强道："非是不作，诗贵适情，岂有受人束缚之理？既二位有命，安敢不遵，就以今日之游为题何如？"陶、柳答道："甚妙。"宋信遂展开一幅笺纸，要起草稿。研了墨，拿着一枝笔，刚写道"春日偕陶先达、柳孝廉城南行游，偶过冷园留饮"一行题目，便提笔沉吟，半晌不成一字。

陶进士见其苦涩，大家默默坐待，更觉没趣，只得叫家人拜匣中取出一柄金扇，亲自递与郑秀才道："令甥女写作俱佳，欲求一挥，以为珍玩，不识可否？"郑秀才接了道："这个何妨。"因接付与冷绛雪。冷绛雪道："既承台命，并乞赐题。"陶进士惊喜道："若出题，又要过费佳思，于衷不安。"冷绛雪道："无题则无诗，何以应教？"

陶进士大喜道："妙论自别！也罢，粗扇那边画的是一双燕子，即以燕子为题何如？"冷绛雪听了，也不答应，提起笔一挥而就，随即叫郑秀才送与陶进士。陶进士看看，见墨迹淋漓，却是一首七言绝句写在上面，道：

寒便辞人暖便归，笑他燕子计全非。
绿阴如许不留宿，却傍人家门户飞。

陶进士与柳孝廉看了又看，读了又读，喜之不胜道："这般敏捷奇才，莫说女子中从不闻不见，即是有名诗人，亦千百中没有一个。真令人敬服！"

柳孝廉看了动火，也忙取一柄金扇送与郑秀才，道："陶先生已蒙令甥女赐教，学生大胆，亦欲援例奉求，万望慨诺。"郑秀才道："使得，使得。但须赐题。"柳孝廉道："粗扇半边亦有画在上面，即以画图为题可也。"郑秀才忙递与冷绛雪。冷绛雪展开一看，见那半边却是一幅《高士图》，因提笔题诗一绝道：

穆生高况一杯酒，叔夜清风三尺桐。
不论须眉除去骨，布衣何处不王公！

冷绛雪写完，也教郑秀才送还。陶、柳二人争夺而看，见二诗词意俱取笑宋信，称赞不已。再回看宋信，尚抓耳挠腮，在那里苦挣，二人也忍不住走到面前，笑说道："宋兄佳作曾完否？"

宋信正在苦吟不就，急得没摆布。又见冷绛雪写了一把扇子，又写一把，就如风卷残云一般，毫不费力。又见陶、柳二人交口称赞，急得他寸心如火。心下越急越作不出。欲待推醉，却又吃不多酒；欲待装病，却又仓卒中装不出，只得低着头苦挣。不期陶、柳看不过，又来问，没奈何，只得应道："起句完了，中联、结句尚要推敲。"陶进士道："宋兄平日尚不如此，为何今日这等艰难？莫非大巫见了小巫么？"宋信道："真也作怪，今日实实没兴。"冷绛雪听了，微笑道："'枫落吴江冷'只一句，传美千古。佳句原不在多，宋诗翁既有起句足矣，乞借一观。"宋信料作不完，只得借此说道："既要看，就拿去看。待看过再作也不妨。"郑秀才遂走到案前，取了递与冷绛雪。

冷绛雪接着一看，只见上面才写得两行：一行是题目，一行是起句，道：

结伴寻春到草堂，主人爱客具壶觞。

冷绛雪看了，又笑笑道："这等奇思异想，怪不得诗翁费心了！莫要过于劳客，待我续完了罢。"因提起笔来，续上六句道：

一枝斑管千斤重，半幅花笺百丈长。
心血吐完终苦涩，髭须断尽只寻常。
诗翁如此称风雅，车载还须动斗量。

写完，仍叫郑秀才送与三人看。陶、柳看完，忍不住哈哈大笑。羞得个宋信通身汗下，彻耳通红，不觉恼羞变怒，大声发作道："村庄小女，怎敢如此放肆！我宋先生邀游天下，任是名公巨卿，皆让我一步，岂肯受你们之辱！"冷绛雪道："贱妾何敢辱诗翁，诗翁自取辱耳。"因起身向陶、柳二人深深拜辞道："二位大人在此，本该侍教。奈素性不喜烦剧，避浊俗如仇，今浊俗之气冲人欲倒，不敢不避。幸二位大人谅之。"拜罢，竟从从容容，入内去了。

宋信听见，一发大怒道："小小丫头，怎这等轻薄！可恶，可恶！"郑秀才笑道："宋先生请息怒。舍甥女固伤轻薄，宋先生也自失检点了。”宋信道：“怎么是我失检点？”郑秀才道：“前日舍甥女报条上原写得明白：‘请真正诗翁赐教。虚冒者，勿劳枉驾。’宋先生既是作诗这等繁难，也就不该来了。”说罢，掩口而笑。宋信又被郑秀才抢白了几句，羞又羞不过，气又气不过，红着脸，拍案乱骂道：“可恶，可恶！”郑秀才又笑道：“诗酒盘桓，斯文一脉，为何发此恶声？”陶、柳二人见宋信没趣之极，只得起身道：“才有短长。宋兄，我们且去，有兴再来未为不可。”宋信软瘫做一堆，那里答应得出？郑秀才又笑道：“宋先生正在气头上，今天色尚早，且屈二位老先生再少坐一回，奉杯茶。候宋先生之气平了，再行未迟。”因叫左右烹上好的茶出来。陶、柳二人逊谢道：“只是太扰了。”茶罢，冷大户又捧出攒盒来小酌，再三殷勤奉劝。陶、柳二人欢然而饮，宋信只是不言不语。

冷大户忙斟一杯，自送与宋信道：“宋先生不必着恼，小女年幼，有甚不到之处，乞看老汉薄面罢。”宋信满脸羞，一肚气，洗又洗不去，发又发不出。又见冷大户满脸陪笑，殷勤劝酒，没有奈何，只得接着说道：“令爱纵然聪明，也不该轻薄于我。”冷大户道：“我老汉止生此女，过于爱惜，任他拈弄翰墨。他自夸才学无敌，我老汉又是个村人，不知其中滋味。今闻宋先生乃天下大才，人人钦服，反被小女轻薄。这等看起来，小女的才情倒不是虚冒了。只是小孩子家没涵养，不该轻嘴薄舌，讥诮宋先生，实实得罪。还望陶爷与柳相公解劝一二。”说得个宋信脸上青一块红一块，拿着杯酒，放不得吃不得。

陶进士因问冷大户道：“令爱曾有人家否？”冷大户道：“因择婿太难，故尚未有人家。”柳孝廉道：“要嫁何等女婿？”冷大户道：“小女有言：不论年纪大小，不论人之好丑，不论门户高低，只要其人才学与小女相对得来，便可结亲。今日连宋先生这等高才都被他考倒了，再叫老汉何处去寻访？岂不是个难事！”陶进士道：“原来如此。”郑秀才道：“闲话休题，且请快饮一杯，与宋先生拨闷。”

他郎舅二人，冷一句，热一句，直说得宋信面皮都要刮破，陶、柳方才起身，和哄着宋信辞谢而去。宋信这一去，有分教：风波起于萋菲，绣口直接锦心。

不知宋信如何起衅，且听下回分解。

第七回

公堂上强更逢强　道路中美还遇美

冷绛雪之入于山府，若不为宋信中伤，若不为窦知府买献，则冷绛雪之道路无媒。若果为宋信中伤，若果为窦知府买献，则冷绛雪之身心无主，岂足称为才女？却妙在中伤虽出之宋信，买献虽出之窦知府，而假借中伤、买献以为遨游相府之资，则冷绛雪实自主之也。故于郑秀才怒争之际，转发出冷绛雪一段愿往与山黛较才高论、自欲借相府致身深情。方合人知桃花开落是自贪结子，五更风雨徒作恶耳。笔墨若画沙分水，不肯等闲埋没。

父亲、母舅畏相府为陷阱，故为婢为妾无所不虑。冷绛雪视相府如跃渊，故五年十年先有成算。至于笑者笑、哭者哭，所谓“黄雀不知鸿鹄之志”也。

见窦知府立而不拜，以为发难之端，其作用固已凌厉动人矣。再以相府威福，转折服献媚相府之人，不患其不惊而悔也。何也？盖深知献媚之人必无气骨也。俟其既惊而悔，再以门户相托，又不患其不惧而奉我也。何也？盖拿定献媚之人自惯周旋也。才女作用，细细写出，自令览者惊喜其言，诵而不忍释手。

凡男女悦慕，必假眉目勾挑，纵不涉淫，亦难免落套。况眉目勾挑，纵有情，亦不深不奇。若平如衡与冷绛雪，风中马牛也，海内浮萍也。欲无端撮合，作江皋之遇，相遇又不欲堕前人巢臼，既遇又不欲借眉目为缘，此中蹊径，实难辟置。此则全若不知，但以览古作才女之高情，但以览古诗作才女之侠致，何尝作道路相逢之想？既题诗感慨，亦不过自负坚贞，又何尝为悦慕相思之地？无心中忽然而见诗，又忽然而相遇，又忽然而悦慕相思。而悦慕相思甚且至终身不已。眉目虽亦霎时相对，而眉目勾挑工夫全用不着。方知空中楼阁，别有妙气呵成，非斧凿所能效力。知此，则知“四才子”虽小言，而为此小言，实具史才也！

叙平如衡挺撞宗师，何等恃才凌物。及见冷绛雪庙中题壁诗，是十二岁女子，又大愧，惊得通身汗下，又何等虚心服善。惟恃才凌物，方见真正才人气骨；惟虚心服善，方见真正才人性情。平如衡才现身，而气骨性情早已毕见。作者笔墨直逼龙门矣！尤妙在平如衡通身汗下，是愧其才，非慕其色。虽慕女子之才，不无慕色之心，然从慕才起见，纵极秣驹秣马之情，亦不落于淫矣。冷绛雪见了和诗，不胜惊喜，却惊喜是霎时遇知己，非涉桑濮之多露。虽书生入眼，俊俏风流，亦不失“周南”之正矣。作者用意，何其微妙！

词曰：

利器小盘根，骏足轻千里。猛雨狂风欲妒花，转放花枝起。
人喜结同心，才喜逢知己。莫讶人生面目疏，默默相思矣。

——右调《卜算子》

话说宋信受了冷绛雪一场羞辱，回来便觉陶、柳二人的情意都冷淡了。心下百般气苦，暗想道：“我在扬州城里寻访过多少女子，要他写几个字儿，便千难万难。怎冷家这小丫头才十二岁，便有这样才学？把作诗只当写帐簿一般，岂不又是一个山黛！我命中的灾星、难星，谁知都是些小女儿。若说山黛的祸根，还是我挑掇晏文物起的，就是后来吃苦，也还气得他过。冷家这小丫头，独独将一张报条贴在琼花观门墙上，岂非明明来寻我的衅端？叫我怎生气得他过！”又想想道：“莫若将山相公要买婢之事，与老窦商量，要他买了，送与山相公。一来可报我之仇，二来为老窦解怨，三来可为我后日进身之阶，岂不妙哉！我将这小丫头弄得七死八活，才晓得我老宋的手段！”

算计定了，到次日来见窦知府，将冷绛雪辱他之事，细细哭诉一番，要求窦知府为他出气。窦国一道：“他虽得罪于你，却无人告发，我怎好平白去拿他？”宋信道：“也不消去拿他。我前日出京时，山相公要选买识字之婢，伏侍女儿，再三托我。我一到扬州，即四境搜求，并无一人。不期这冷绛雪，年才十二，才情学问，不减山黛。前日偶然遇见，卖弄聪明，将晚生百般羞辱。老先生若肯重价买了，献与山相公，上可解前番之结，下可泄晚生之愤，诚一举两利之道。不识老先生以为何如？”窦国一道：“这个使得。只是也没个竟自去买之理，须叫媒人来分付。待媒人报出，然后去买，才成个官体。”宋信道：“这不难。老先生只消去唤媒人，待晚生嘱托媒人，当堂报名便了。”

隔不得两三日，窦知府果然听信，差人唤了许多媒人来，分付道：“北京山阁下老爷有一位小姐，年才十一二岁，是当今皇帝钦赐有名的才女，要选与他年纪相近、能通文识字的女子一十二个，去服侍他。因闻知扬州人才好，昨行文到此，要我老爷替他选买，故唤你们来分付。不拘乡村城市，大家小户，凡有年近十一二岁，通文识字的女子，都细细报来，本府不惜重价聘买。如隐匿不报，重责不饶。限三日内即报。”众媒人出来，各自寻访，陆续来报。

第二日，内中一个王媒婆来报：“江都县七都八图香锦里冷新的女儿冷绛雪，年正一十二岁，实有才学。媒人不敢不报，听老爷选用。”窦知府见了道：“这个名字便取得有些学问，一定可观。准了。”就叫一个差人分付道：“你可同这媒婆到冷新家去，说当朝山阁老闻知你女儿有才，不惜重聘，要讨去陪伴他家小姐。可问明他要多少财礼，本府即如数送来。此乃美事，故不出牌。他若推脱留难，本府就要委江都县官来拿了。”

差人应了，不敢怠慢，随即同王媒婆到冷大户家说知此事。吓得冷大户魂不附体，慌忙接郑秀才来商议道：“这祸事从那里说起？竟是从天吊下来的！”郑秀才道：“不必说了，一定是前日宋信受了甥女之辱，他与窦府尊相好，故作此恶，以相报也。”冷大户道：“若是宋信作恶，如何王媒婆开报？”一面治酒款待差人，一面就扯住王媒婆乱打道："我与你往日无仇，近日无冤，你为甚开报我女儿名字？"王媒婆先还支吾，后被打急了，只得直说道："冷老爹不消打我，这都是别人做成圈套，叫我报的。我也是出于无奈。"冷大户道："那个别人？"王媒婆道："你想那个曾受你的羞辱，便是那个了。"郑秀才听了道："何如？我就说是这个小人！不妨事，待我去见窦府尊，讲明这个缘故，看他如何。他若党护，我便到都察院去告。那有宰相人家，无故倚势讨良善人家女儿为侍妾的道理！"冷大户道："须得如此方好。"

郑秀才倚着自有前程，便兴抖抖取了衣巾，同差人来见府尊。正值知府在堂，忙上前禀说道："生员的甥女，虽是村庄人家，又不少穿，又不少吃，为甚么肯卖与人家为侍妾？此皆山人宋信，为作诗受了甥女之辱，故在公祖老爷面前进谗言以起衅端。乞公祖老爷明镜，察出狡谋，以安良善。"窦知府道："此事乃山阁下有文书到本府，托本府买侍妾，与宋山人何干？你说宋信进此谗言，难道本府是听信谗言之人？这等胡讲！若不看斯文面上，就该惩治才是。还不快去劝冷新将你甥女速速献与山府！虽说是为侍妾，只怕在阁老人家为侍妾，还强似在你乡下作村姑田妇多矣！"郑秀才道："'宁为鸡口，勿为牛后'，凡有志者皆然。况甥女虽系一小小村女，然读书识字，通文达礼，有才有德，不减古之烈女。岂有上以白璧之姿，下就青衣之列？还求公祖老爷扶持名教，开一面之网，勿趋奉权门，听信谗言，以致烧琴煮鹤。"窦知府听了，拍案大怒道："甚么权门！甚么谗言！你一个青衿，在我公堂之上这等放肆！他堂堂宰相，用聘财讨一女子，也不为过。"叫库吏："在库上支三百两聘金，同差人交付冷新，限三日内送冷绛雪到府。如若抗违，带冷新来回话。再放生员来缠扰，差人重责四十。将郑生员逐出去！"郑秀才还要争论，当不得皂隶、甲首乱推乱攘，直赶出二门，连衣巾都扯破了。郑秀才气狠狠大嚷说道："这里任你作得威福，明日到军门、按院、三司各上台，少不得要讲出理来。那有个为民公祖，强买民间子女之事！”遂一径回家，与冷大户说知府尊强买之事，就要约两学秀才同动公呈，到南京都察院去告。

此时冷绛雪已闻知此事，因请了父亲与母舅进去说道：“此事若说宋信借势陷人，窦知府买良献媚，与他到各上司理论，也理论得他过。但孩儿自思，蒙父亲、母舅教养，有此才美，断不肯明珠暗投，轻适于人。孩儿已曾对父亲说过，必才美过于孩儿者，方许结丝萝。你想，此穷乡下邑，那有才美之人？孩儿想京师天子之都，才人辐辏之地，每思一游，苦于无因。今既有此便，正中孩儿之意。何不将错就错，前往一游，以为立身扬名之地。”冷大户道：“我儿，你差了。若是自家去游，东南西北，便由得你我。此行若受了他三百两聘金，就是卖与他了。到了京师，送入山府，就如笼中之鸟，为婢为妾，听他所为，岂得由你作主？他潭潭相府，莫说选才择婿万万不能，恐怕就要见父亲一面，也是难的。”一面说，一面就掉下泪来。

冷绛雪笑道：“父亲不必悲伤。不是孩儿在父亲面前夸口，孩儿既有如此才学，就是面见天子，也不致相慢，甚么宰相，敢以我为妾，以我为婢！”冷大户道：“我儿，这个大话难说。俗语说得好：‘铁怕落炉，人怕落套。’从古英雄豪杰，到了落难之时，皆受人之制。况你一十二岁的小女子，到他相府之中，闺阁之内，纵有泼天本事，恐也不能跳出。”冷绛雪道：“若是跳不出，便算不得英雄好汉了。父亲请放心，试看孩儿的作用，断不至玷辱家门。”

冷大户道：“就是如你所言，万无一失，教我怎生放心得下？”冷绛雪道：“父亲若不放心，可央母舅送我到京，便知端的。”冷大户道：“自母亲亡后，你在膝下顷刻不离。今此一去，知到何日再见？”冷绛雪道：“孩儿此去，多则十年，少则五年，定当衣锦还乡如男子，与父亲争气。然后谢轻抛父亲之罪。”

郑秀才道：“甥女若有大志，即自具车马，我同你一往，能费几何？何必借山家之便？”冷绛雪道："母舅有所不知，甥女久闻山家有一小才女，诗文秀美，为天子所重。甥女不信天下女子更有胜于冷绛雪的，意欲与他一较。我若自至京师，他宰相闺阁，安能易遇？今借山家之车马以往山家，岂不甚便？”郑秀才道："甥女怎么这等算得定？倘行到其间，又有变头，则将如之何？”冷绛雪道："任他有变，吾才足以应之。父亲与母舅但请放心，不必过虑。”冷大户见女儿坚意要去，没奈何，只得听从。

郑秀才因同了出来，对差人道："这等没理之事，本当到上司与他讲明。不期我甥女转情愿自去，倒叫我没法。”差人道："既是冷姑娘愿去，这是绝美之事了。”库吏随将三百两交上道："请冷老爹收下，我们好回复官府。”冷大户道："去是去，聘金尚收不得，且寄在库上。”库吏道："冷姑娘既肯去，为何不收聘金？”冷大户道："此去不知果是山家之人否。”库吏笑道："既是山家要去，怎么不是山家之人？”冷大户道："这也未必。你拿去禀老爷，且寄在库上，候京中信出来，再受也不迟。”差人道："这个使得。但冷姑娘几时可去？”冷大户道："这个听凭窦老爷择日便了。”

差人得了口信，便同库吏回复窦知府。窦知府听见肯去，满心大喜。又与宋信商量，起了献婢的文书。又叫宋信写一封书，内叙感恩谢罪并献媚望升之意。又差出四个的当人役，一路护送。又讨了两个小丫头伏侍。又做了许多衣服。拿一只大浪船，直送至张家湾。择了吉日，叫轿迎冷绛雪到府，亲送起身。

却说冷家亲亲眷眷，闻知冷绛雪卖与山府，俱走来拦住道："冷老爹也就没主意，你家又不少柴少米，为甚把如花似玉亲生女儿远迢迢卖到京中去？冷姑娘有这等才学，怕没有大人家娶去？就嫁个门当户对的农庄人家，也强似离乡背井去吃苦。”又有的说道："冷姑娘年纪小，不知世事，看得来去就如儿戏。明日到了其中，上不得，下不得，那时悔是迟了。”你一句，我一句，说得个冷大户只是哭。冷绛雪但恰恰然说道：“只有笼中鹦鹉，那有笼中凤凰！我到山府，若是他小姐果有几分才情，与他相聚两年也不可知。倘或也是宋信一样虚名，只消我一两首诗，出他之丑，他急急请我出来还怕迟了，焉敢留我？”众亲闻说，也有笑的，也有劝的，乱了两日。

到了临行这日，窦知府差人鼓乐轿子来迎。冷绛雪妆束了，拜辞父亲道：“孩儿此行，不过是暂往燕京一游，不是婚姻嫁娶，不必悲伤。”冷大户道：“得能如你之言，便是万幸。娘舅送你到京，有甚消息，可即打发他回来，免我挂心。”冷绛雪领诺，竟自上轿去了。正是：

藕丝欲缚鹍鹏翅，黄鸟偏怀鸿鹄心。
莫道闺中儿女小，一双俊眼海般深。

冷绛雪迎到府门，窦知府正在堂上，等送他下船。忽见他走上堂来，虽年尚垂髫，却翩翩然若仙子临凡，看其举止行动，宛然又是一个山黛，心下先有几分惊异。及走到面前，只道他下拜，将要出位还礼优待，不期冷绛雪只深深一个万福，便立住不动。窦知府不好意思，只得问道：“你就是冷绛雪么？”冷绛雪朗朗答应道：“贱妾正是。”窦知府道：“我闻你自擅小才女之名。既有才，则有学；既有学，则知礼。怎么见我一个公祖，竟不下拜？”冷绛雪答道：“大人既知讲礼，则当达权。贱妾若不为山府买去，以扬州子民论，安敢不拜见府尊？今既为山相府之人，岂有相府之人而拜太守之堂者乎？”窦知府听了竦然道：“难道相府之人，便大些么？”冷绛雪道：“相府之人原不大，奈趋奉相府之人多，不得不大耳。”窦知府道：“你虽为相府之人，尚未入相府，则为祸为福尚未定，况我为政，怎便挺触于我？”冷绛雪道：“未入相府，妾之祸福，大人为政。妾以良家子女陷为婢妾，既闻大人之命矣。明日妾入山府，若无所短长，则大人献犹不献。妾若稍蒙青目，则大人之祸福，又妾为政矣。妾敢实告，为恩为怨，大人亦当熟思！”窦知府闻言，大惊失色道：“据汝这等说起来，是我欲结一人之恩，反招一人之怨了？结恩未必深，而招怨已切齿，这如何使得！”因低头沉吟，有个欲要改悔之意。

冷绛雪见了，微微笑道：“大人不必沉吟。妾原知此意不出之大人，大人只是过于信谗耳。妾不报谗人而报大人，非女子也。大人请放心，从前功罪可以两忘。今与大人约，敢以父兄门户为托：父兄门户安，则贱妾顶踵可捐；倘再鱼肉，则仇不共天。断不失言，惟大人图之。”窦知府听了，方喜动颜色道：“听汝言谈，观汝举止，不独才情独步一时，而侠气直接千古，真可爱可敬！到京自有大遇。本府误听谗言，今日悔无及矣。父兄之托，谨当如教。倘可吹嘘，幸勿忘今日之约。”冷绛雪道：“既蒙明谕，妾虽草木，亦有知恩。”窦知府大喜，遂邀入后堂，叫夫人盛设留饯。饯罢，方用鼓乐送上船。闻知郑秀才送上京，又另是二十两下程。正是：

献媚虽云得计，逢迎实费周旋。
荣辱到底由命，何不听之自然。

窦知府送了冷绛雪下船，随即差人飞个名帖，拜冷大户。就分付说道：“如有甚事情，不妨私衙相见。”冷大户见女儿与知府直立着对答了半晌，知府转加意奉承，晓得女儿有些作用，方稍稍放心。直看女儿开了船，方才回去，不题。

却说冷绛雪自别父亲，慨然而行，全无离别之色。一路上逢山看山，遇水观水。凡遇古人形迹所在，无不凭吊留题。一日，行到了山东汶上县，见一簇林木苍秀，林木中隐隐露出两个庙宇的兽头脊角。冷绛雪在舟中望见，便问是甚么所在。船上人答道：“这是汶上县地方，前面红庙叫做闵子祠，是个古迹。”冷绛雪道：“既是闵子骞大贤古迹，不可不到。”因叫船家拢船，要上去看看。船家道：“日已向西，又是顺风，要赶路，不上去罢。”冷绛雪道：“那有不上去之理！”船家拗不过，只得落了篷，将船弯近庙前，说道：“赶路要紧，庙中景致甚多，只好略看看就下船，千万不可耽搁。”冷绛雪应了，随同郑秀才，带着两个丫头，携了笔砚跟随，两个差役前面引路。

冷绛雪到了庙门一看，只见入去的径路都是随山曲折的，由径路走到大殿，足有半箭多路。殿上庙貌虽不甚齐整，却还不甚荒凉。冷绛雪瞻拜一回，因对郑秀才说道：“昔日闵子不仕权门，欲逃汶上以辞，遂成了千古大贤。我冷绛雪年虽幼，也是个有才女子，怎反趋入权门？其中是非，正自难言。”郑秀才道：“他一个圣门大贤，你一个女子，怎与他比较起来？”冷绛雪道：“舜何人？予何人？有为者，亦若是。”叹息了两声，因取丫头携来笔砚，在西楹旁边粉壁上题诗一首道：

千古权门贵善辞，娥眉何事反趋之？
只因深信尼山语，磨不磷兮涅不缁。

后题“维扬十二龄小才女冷绛雪题”。冷绛雪题罢，就同郑秀才入庙后各处去游玩。

不期事有凑巧，冷绛雪才转得身，忽庙外又走进一个小秀才来。你道这小秀才是谁？原来姓平名如衡，表字子持，是河南洛阳人。自幼父母双亡。他生得面如美玉，体若兼金。年才一十六岁，而聪明天纵，读书过目不忘，作文不假思索。十三岁上就以案首进学，屡考不是第一，定是第二，决不出三名。这年到了一个宗师，专好贿赂，案首就是一个大乡宦的子弟，第二至第十，皆是大富之家，一窍不通之人，将平如衡直列到第十一名上。平如衡胸中不忿，当堂将宗师挺撞了几句。宗师大怒，要责罚他。他就将衣巾脱下，交还宗师道：“我平如衡要做洛阳秀才，便听宗师责罚。这讲不明、论不公的穷秀才，我平如衡不愿做他。宗师须管我不着！”宗师道：“我考你在一等十一名，也不为低了。”平如衡道：“若是前面十人文章果然好似我平如衡，莫说一等十一名，便考到六等，也不敢生怨。倘一个不如我，纵列第二，终不能服！”宗师道：“小小年纪，怎这等放肆！那见前面十人便不如你？”平如衡道：“‘文章千古事，得失寸心知。’这也难辩。只是我平如衡不愿做这生员了。”宗师道：“学校乃斯文出身之地，你为一时名次，弃了衣巾而去，岂不误了终身？”平如衡笑道：“人生只患无才。若毛羽已丰，则何天不可以高飞！”因长揖而去。

宗师十分惭愧，还叫教官留他。当不得他执意不回。他恐怕住在洛阳被宗师缠扰，因有一个亲叔是个贡生，在京选官，遂收拾行李，带一老仆，进京去寻他。不想到得京中，叔子已选松江教官，上任去了。因京中别无熟识，只得一路起早出京，要往松江去寻叔子。

这日到了汶上县，虽天色尚早，还去得几里，因身子倦怠，便寻个洁净歇店住下。闻知闵子庙不远，遂步入庙中来闲散。才走到庙楹之前，忽见粉壁上墨迹淋漓，龙蛇飞舞、心下惊异。忙近前一看，见诗意又感慨、又自负。又见有“娥眉”之句，心下想道：“难道是个女子？”及看到后边，见写着“十二龄小才女”，惊得满身汗下道：“大奇事，大奇事！怎么十二岁女子有此杰作？不信，不信！”再定睛细看时，见墨迹尚然未干，后面题名“冷绛雪”，心下想道：“既有名姓，这是真了。”因叹息道：“我平如衡自恃十六岁少年有此才学，往往骄傲，将人不看在眼中。谁知十二岁女子诗才如此高美，真令人愧死！”又朗吟了数遍，愈觉警拔，因想道：“此乃千秋仅见之事，便冒续貂之丑，也说不得，须和他一首。”因到殿上香座前，寻了一枝烂头笔，在石砚里蘸得饱饱，走到壁边，依韵和诗一首道：

文见千秋绝妙辞，怜才真性孰无之？
倘容秣马明吾好，愿得人间衣尽缁。

后写“洛阳十六岁书生平如衡，将往云间，道过汶上，偶瞻壁翰，欣慕执鞭，草草题和。”平如衡题完，放了笔，又痴痴想道：“此乡僻村野之地，如何得有才女？除非过往仕客家眷。”忽想起道：“方才入庙时，看见庙门前河岸口有一只大船泊着，莫非就是船中起来游赏的？”因忙忙赶出庙来一看，只见那只船正搠着跳板，踏着扶手，几个人立着，勤勤张望庙中，在那里等候。平如衡暗道：“是了，是了，想在庙中，尚未出来。”欲要进庙迎看，又恐怕迎错了，遂只在庙前船边走来走去的等候。

却说冷绛雪在庙后备处游览完，方才出来。走到殿前，自家爱自家的题咏，舍不得丢下，心中暗想道：“我这首诗题在此处，真是明珠暗投，有谁鉴赏？”又走近壁间去看看，忽见后边已有人和诗在上，不胜惊讶道：“怎么刚转得一转，就有人和在上面？”再细细一看，见词意深婉，俱寓称扬不尽之意。又见笔墨纵横，如千军万马。又看到署名，愈加惊喜道：“尝谓天下无才，谁知转眼间便遇了知己。但当面遇之，又当面失之，殊可痛恨！”只管立住沉吟。船上人早赶进庙来催促道：“天色将晚了，快下船，还要赶宿头哩。”

冷绛雪无奈，只得走出庙来。出得庙门，只见一个少年书生，俊俏风流，在那里伸头缩脑的张望。欲待停足回眸，争奈母舅与差人围簇而行，少留不得。刚上了船，跨得入舱，船家早将船撑离岸，曳起篷，如飞的一般去了。只因这一去，有分教：相思两地无头绪，缘分三生有脚跟。

不知此后如何，且听下回分解。

第八回

争礼论才惊宰相　代题应旨动佳人

文章留余固妙也，然亦有味在个中，不千咀万嚼，其酸甜不出，其冷暖不知。则必层层剥人，细细抽出，方见其心情有如许之微婉。故平如衡见冷绛雪后，胡思不已。冷绛雪见平如衡后，想念无休。此又不留余之一妙也，不可不知。

文人之有才，犹金玉之有声，不扣，谁知其声之有五音也？故冷绛雪立而不拜者，待其扣也。前用之窦知府，仅一借径耳，故待其扣，但微微发其权门之小响而即止。何也？不过为门户计耳。至于施之山相公，立身之地也，扬眉吐气，正在其时。故山相公既扣之，若不大发其论礼、论才、争坐之洪声，而滔滔不已，岂遇而不遇，失之当面乎？故惟一拜之顷，出其不意，即不逊不让，而突然五音陡发，使山相公听之，不得不惊，不得不喜，不得不怜，而假之词色也。此冷绛雪所以不畏受献于相府也。何也？以已有飞鸣惊人之才耳。

冷绛雪立而不拜，已两见矣。若见山小姐而再一见，便觉伤赘。若舍立而不拜，又别无相见之端。却妙在冷绛雪走到面前，而山小姐不待开言，早鉴貌辨色，已底里代为道出。此不独衬贴冷绛雪不肯自卑，而山小姐之心灵才敏，高出一阶，又可想见矣。所谓花香不碍月色也。若一低一昂，便不见写二美之妙。

彼此考诗，若自出题，亦未为不可，只觉妙不在人意外。乃借圣旨降出《四瑞》、《三十六宫》二题，彼此互显其才，何等有情有景！且一以见冷绛雪敢于应制，不以小家自馁，是其本领。一以见山黛时承诏命，原系大得圣心，不是虚名。又且见山黛暗荐冷绛雪，不劳特疏之烦。且又见冷绛雪才感圣知，不假疏荐之力。机局在有无间，打成一片，令人莫窥其际。

《四瑞诗》首首俱精警异常，冷绛雪已突然天上矣，山黛再赋《三十六宫诗》，不几难于下笔乎？而“天有道”、“地无疆”、“寿酒”、“春觞”等句，其精警不啻又过之。“既生瑜，何生亮？”不怕英雄不低回感叹！

两人至题诗后讲礼，则赞是真赞，谦非虚谦。只得以宾主礼见，正与前宾主礼相见为宜相合。可见冷绛雪自出门到此，未有一言不应其口，盖胸中先有成竹也。

山黛一见冷绛雪行径，便明目张胆，发出“甚贱”、“甚贵”两种道理，命其权坐，应接何其警捷！山相公一时委决不下，未免少逊一筹。

冷绛雪自直述其欲扬眉吐气，不作家庭小孝，心何朗烈。山黛又不待以姊妹，而直待之以闺中朋友，意皆不凡。不独见其两美，更足见其两侠。

词曰：

青青杨柳，更有桃花红欲剖。紫燕翩翩，黄莺又啭弦。
凤祥麟瑞，不信人间还有对。休叹才难，试展雕龙绣虎看。

——右调《减字木兰花》

话说平如衡立在庙前探望题诗女子。立不多时，只见庙中果然许多人簇拥着一个垂髫女子走了出来，陡然四目一视。见眉宇清妍，容光飞舞，真不啻遇了西子、毛嫱，把一个平如衡惊喜得如痴如狂，心魂俱把捉不定。及再要一看，那女子已被众人催逼上船，登时开去。

平如衡立在河口，就如石人一般，向北而望，只望得船影都不见，方才垂下眼来。及要转身，争奈四肢俱瘫软，半步也移不动。没奈何强挣到庙前石墩上坐下，心中暗想道：“再不想天下有这等风流标致的小才女，要我平如衡这样嗤嗤男子何用！若是传闻，尚恐不真。今日人物是亲眼见的，壁上诗，年纪与其人相对，自然是他亲题，千真万实，怎教我平如衡不想杀、愧杀！又不知方才这首和诗，美人可曾看见？若是看见我后面题名，方才出庙门，觌面相觑，定然知道是我。我的诗虽不及美人，或者怜我一段殷勤欣慕之情，稍加青盼，尚不枉了一番奇遇。若是美人眼高，未免笑我书生唐突，则为之奈何？”又想道：“他署名冷绛雪，定然是冷家女子了。但不知是何等样人家？我看方才家人侍妾围绕，自然是宦家小姐了。但恨匆匆不曾问得一个明白。”一霎时，心中就有千思百虑，肠回九转，直坐到傍黑，方才归客店去。真个是捣枕捶床，一夜不曾合眼。捱到天明，浑身发热如火，就在客店中直病了半月方好。欲待进京访问消息，料如大海浮萍，绝无踪迹。又且行李萧条，艰于往返。没奈何只得硬着心，忍着苦，往松江访叔子而去。正是：

无定风飘絮，难留浪滚沙。
若寻来去迹，明月与芦花。

平如衡往松江寻访叔子，且按下不题。

却说冷绛雪刚上得船，船便撑开，挂帆而去。急向篷窗一望，早已不知何处。心下暗想道：“此生仓卒之间，能依韵和诗，又且词意深婉，情致兼到，真可儿也！但恨庙前匆匆一盼，不能停舟相问。只记得他名字叫做平如衡，是洛阳人。我冷绛雪虽才十二岁，然博览今昔，眼中意中不见有人，不意遭途中到邂逅此可儿。怎能与他争奇角险，尽情酬和，令我胸中才学稍稍舒展，亦人生快事也。还记得他说将往云间。云间是松江府，他南我北，不知可还有相见之期？”以心问心，终日踌躇，一路上看山水的情兴早减了一半。

不一日，到了京师，差人先将文书、书信送入山府。山显仁接见了，乃知是窦国一买婢送来。此时已在近地买了十数个，各分职事，编名掌管。见是扬州买来，又见书上称能诗能文，也觉欢喜，就与女儿山黛说知，发轿去接。不多时接到，因命几个仆妇将他领入后厅来见。山显仁与罗夫人并坐在上面，只见冷绛雪不慌不忙，走将进来。

山显仁仔细一看，只见：

风流情态许多般，漫说生成画也难。
身截巫山云一段，眉分银汉月双弯。
行来只道花移步，看去方知玉作颜。
莫讶芳年才十二，五车七步只如闲。

山显仁见他一路走来，举止端详，就与女儿山黛一般，心下先有几分骇异。及走到面前，又见容貌端庄秀媚，更加欢喜。领他的仆妇见他到面前端立不拜，因说道："老爷、夫人在上，快些磕头！"冷绛雪听了，只做不知，全然不动。

山显仁见他异样，因问道："你既到我府中，便是府中之人了，怎么不拜？"冷绛雪答道："妾闻贵贱尊卑，相见以礼。冷绛雪既见太师、夫人，安敢不拜？但今日乃冷绛雪进身之始，不知该以何礼相见，故立而待命。"

山显仁见他出语凌厉，因笑问道："你且说相见之礼有那几种？"冷绛雪道："女子入门，有妇礼，有保母礼，有傅母礼，有宾礼，有记室礼，有妾礼，有婢礼，种种不同，焉敢混施。"山显仁道："你自揣该以何礼相见？"冷绛雪道："《关雎》风化之首，既无百两之迎，又无钟鼓之设，不宜妇礼明矣。保母、傅母贵于老成，妾年十二，礼更不宜。太师寿考南山，冷绛雪齿发未燥，妾礼之非，又不待言。太师若能略去富贵，而以翰墨见推，则宾礼为宜。然当今之世，略去富贵者能有几人？或者富贵虽不能尽忘，犹知怜念斯文，委之记室，则记室礼亦宜。甚之，贵贵轻才，尊爵贱士，以献来为足辱，以柔弱为可欺，则污之泥中，厕之爨下，敢不惟命？则当以婢礼见；然恐非太师四远求才之意也。此贱妾自揣者如此，幸太师明示。"

山显仁听了这许多议论，心下暗喜道："此女齿牙伶利，词语慷慨，不独才高，且有侠气，真可爱也！”因又笑问道：“你说宾礼相见为宜，且问你，宾礼如何行？”冷绛雪道：“行宾礼，则太师起而西向立，夫人起而东向立，冷绛雪北面再拜。每拜太师答以半礼，夫人回以一福。四拜毕，太师、夫人命侍妾掖之起，太师、夫人北向坐，冷绛雪旁坐。赐茶，问以笔墨之事。此宾礼也。”山显仁又问道：“记室之礼如何行？”冷绛雪道：“论记室礼，受职有属，则太师、夫人高坐于上，冷绛雪趋拜于下。拜毕，赐坐于旁，有问则起立而对。此记室礼也。”山显仁道：“婢礼如何？”冷绛雪道：“婢则匐伏叩头而已，何礼之有！”

山显仁笑道：“行宾礼亦不难。但宾者，主之朋也。必见闻深远、议论风生，方足与主人酬酢。你小小女子，亦能之乎？”冷绛雪道：“若酬酢不能，安敢自称才女，而轻数千里，远献于相府？”山显仁道：“你既自称才女，且问你，何以谓之才？”冷绛雪道：“才之道甚大，其论甚长。若草率奉答，又不足以副明问；欲精粗毕陈，恐非立谈之可尽。”

山显仁笑对罗夫人说道：“此女小小年纪，口出大言，见我拜也不拜一拜，倒思量坐谈，岂不好笑！”罗夫人道：“看他姿容举动，不像个下人，便与他坐下也不妨。且看他说些甚么。”山显仁道：“既夫人这等说，”就叫侍妾移一张椅子在旁边，说道：“你且权坐了，细讲‘才’字与我听。”

冷绛雪听了，也不告坐，竟公然坐下道：“盖闻天、地、人谓之三才，故一言才而天、地、人在其中矣。以天而论，风云雪月发亘古之光华；以地而论，草木山川结千秋之秀润。此固阴阳二气之良能，而昭著其才于乾坤者也。虽穷日夜，语之而不能尽，姑置勿论。且就人才言之，圣人有圣人之才，天子有天子之才，贤人有贤人之才，宰相有宰相之才，英雄豪杰有英雄豪杰之才，学士大夫有学士大夫之才。圣人之才参赞化育，贤人之才敦立纲常，天子之才治平天下，宰相之才黼黻皇猷，英雄豪杰之才斡旋事业，学士大夫之才奋力功名。以类而推，虽万有不同，皆莫不有一段不磨之才，以自表见于世。然非今日明问之所注也。今日明问之所注，则文人之才、诗人之才也。此种才，谓出之性，性诚有之，而非性之所能尽该；谓出之学，学诚有之，而又非学之所能必至。盖学以引其端，而性以成其灵。苟学足性生，则有渐引渐长、愈出愈奇、倒峡泻河而不能自止者矣。故有时而名成七步，有时而倚马万言，有时而醉草蛮书，有时而织成锦字，有时而高序滕王之阁，有时而静咏池塘之草。至若班姬之管，千古流香；谢女之吟，一时擅美。此又闺阁之天生，而添香奁之色者也。此盖山川之秀气独钟，天上之星精下降。故心为锦心，口为绣口，构思有神，抒腕有鬼。故挥毫若雨，泼墨如云，谈则风生，吐则珠落。当其得意，一段英英不可磨灭之气，直吐露于王公大人前，而不为少屈，足令卿相失其贵，王侯失其富，而老师宿儒自叹其皓首穷经之无所成也。设非有才，安能凌驾一世哉！虽然，孔子有才难之叹，天后有失才之悲。每凭吊千秋，奇才无几；俯仰一世，未见有人。故冷绛雪不鄙裙钗，自忘幼小，而敢以女才子自负，以上达于太师之前，而作青云之附。不识太师能怜而使得扬眉吐气于前否？”

山显仁听了，伸眉吐舌，不胜惊喜，因对夫人道：“妙论，妙论！我只道闺阁文章之名，独为吾儿山黛所擅，不意又有此女，真奇怪！前日钦天监奏才星下降，当生异人，果不虚矣。此女当如何相待？”罗夫人道：“且待见过女儿，看女儿如何相待，再作商量。”山显仁道：“夫人之言有理。”因命赐茶。

茶罢，就着几个老成侍妾领他入内，去见小姐。临行，山显仁又分付冷绛雪道：“我家小姐，当今圣上御笔亲书才女之扁，又特赐玉尺，以量天下之才，又赐金如意以择婿，十分宠爱。前日许多翰苑名公都被他考倒。他心性骄傲，你见他须要小心，不比我老夫妻怜你幼小，百般宽恕。”冷绛雪道：“但恐小姐才不真耳。若果系真才，那有才不爱才之理？太师、夫人但请放心。”遂同了侍妾，径入内来。

到了卧房楼下，侍妾叫冷绛雪立住，先上楼去报知小姐。此时小姐晨妆初罢，正卷起珠帘，焚了一炉好香，在那里看《奇女传》。忽侍妾报说道：“扬州窦知府所献女子已到在楼下，要见小姐。”山黛道：“曾见过老爷太太么？”侍妾道：“见过了，故叫领来见小姐。”山黛道：“老爷见了曾替他另起名、编入职事么？”侍妾道：“这个女子与众不同。”就将见老爷不拜、争礼、论才之事，细细说了一遍，道：“他问一答十，连老爷也没法奈何，故叫送来见小姐。”山黛听了，又惊又喜道：“那有此事！可快唤他上楼来，待我看是怎生样一个人物。”侍妾领命。

不多时，只见冷绛雪走上楼来。二人觌面一看，你见我如蕊珠仙子，我见你如月殿嫦娥，两两暗惊。走到面前，山黛心灵，先说道：“你身充婢妾而来，则体甚贱；闻你以诗文自负，则道又甚尊。我一时降礼，则恐失体；一时傲物，又恐失才。你且权坐下，可尽吐所长，若微有可观，自当刮目。你意下何如？”冷绛雪道：“我冷绛雪肺腑之言，已被小姐一口代为道出，更有何说，只得领命告坐。”遂揽揽衣，坐于对面。

山黛道：“看你举止不俗，眉目间大有文情，似非徒夸于人者。我若今日单考于你，只道我强主压客。欲与汝同做，又出题不便。莫若公议出题，分阄以咏，何如？”冷绛雪道：“我冷绛雪远献而来，底里不知，故小姐宜试其短长。若小姐，则天子为一人知己，翰林名公尽皆避席，才名已满于长安，何必与贱妾共较优劣？得不加贵，失则损名，窃为小姐不取也。”山黛笑道：“据汝所言，将以我为虚名，恐怕作得不好出丑，最是一团好意。我怎好定要与你并较长短，且试你一篇，如果奇特，再待你考我未迟。”

因提起笔来，思量要写题目，忽侍妾来报：“圣旨下，快到玉尺楼接旨！”山黛闻知，忙将笔放下，立起身，换了大服，要走出来。

因对冷绛雪道："你也同去看看，或有笔墨之命，待我奉诏做与你看，便当你先考我，何如？"冷绛雪微微点首，遂同了出来。

到得玉尺楼下，只见香案已排设端正，圣旨已供在上面。山黛拜毕，开旨一看，却是四幅龙笺，要题诗四首，裱于《圣朝四瑞图》上：一幅是《凤来仪》，一幅是《黄河清》，一幅是《甘露降》，一幅是《麒麟出》。山黛领了旨，遂将四幅龙笺，命侍妾捧上楼去。一面命中官外厅伺候，一面上楼，叫侍妾磨墨欲书。冷绛雪在旁说道："方才小姐欲出题，面试贱妾，何不即将此四题，待贱妾呈稿，与小姐改削？"山黛道："使到使得，只是中官在下面立等回旨，恐怕迟了。"冷绛雪道："奉旨怎敢迟慢！"此时楼上纸笔满案，冷绛雪遂取了一枝笔，展开一幅纸，全不思索，信笔而书。但见运腕如风，洒墨如雨，纵横起落，写得笺纸琅琅有声。山黛看见他挥毫如此，先喜得眉目都有笑色。及作完了，取来一看，只见第一幅：

凤来仪

岐山鸣后久无声，今日来仪兆太平。
莫认灵禽能五色，盖缘天子见文明。

第二幅：

黄河清

普天有道圣人生，大地山川尽效灵。
尘浊想应淘汰尽，黄河万里一时清。

第三幅：

甘露降

上气氤氲下气和，酿成天地大恩波。

金茎不用云中接，一夜松梢珠万颗。

第四幅：

麒麟出

圣人在位已千秋，圣德如天何待修。
当日尼山求不出，今同鹿豕上林游。

山黛看完，大惊大喜，拍案说道："姐姐仙才也！仙笔也！我山黛有眼不识，得罪多矣！"遂走转下来，欲要与冷绛雪叙礼。冷绛雪止住道："小姐，且请完了圣旨，再讲礼也不迟。"山黛点首道："有理。"遂立住不动，一面取过龙笺书写。

冷绛雪道："小家之句，恐不足以当御览，还须小姐自作。即欲用，亦须小姐改削。"山黛道："点题、颂圣，无不尽美尽善，虽悬之国门，千金不能易一字矣。小妹何敢妄着佛头之粪！"遂展开龙笺，分真、草、隶、篆各书一幅。书完，又信手写短表一道，回复圣旨。冷绛雪在旁，看见他拈弄翰墨，直如游戏，心下已自输服。

不料这边旨意才打发得出门，外边早又报有圣旨到。山黛只得重复下楼接旨。接完开看，却是要赋《三十六宫都是春》诗一首。山黛领旨上楼，与冷绛雪看。

冷绛雪道："待妾再为捉刀何如？"山黛道："方才是要领姐姐大教，故敢相烦。今已心倾，怎敢再劳？容小妹献丑请教罢。"遂展开龙笺，草也不起，挥毫直书，不费半刻工夫，早已四韵俱成。上写着：

赋得三十六宫都是春

圣恩无处不三阳，何况深宫日月光。
淑气相通天有道，和风不隔地无疆。

阶阶杨柳青同色，院院梨花白共香。

寿酒一宫称十献，一时三百六春觞。

山黛写完，递与冷绛雪看，道：“草草应诏，姐姐休笑。”冷绛雪接了道：“妾已在旁看明，不待读矣。小姐运笔如此之敏，构思如此之精，语语入神，字字惊人，真天才也！圣主宠鉴，信有真矣。妾方才代作之妄，悔无及矣。恐遭圣主之谴，将如之何？”

山黛笑道：“姐姐不必谦。”一面说，一面将诗封好，着人交付中官进呈。然后与冷绛雪叙礼道：“小妹因谬为圣主所知，薄有浮名，遂不自揣，妄自尊大，以为天下不复有人。不知姐姐仙子降临，遂一概视之。适见挥毫，方知女中之太白也。使小妹愧悔交集，通身汗下，望姐姐恕之。请转容小妹荆请。”冷绛雪道：“贱妾村野下品，为人买献，偶以枋榆之飞，沾沾自喜。今经沧海，尚然夸水，已见巫山，犹尔称云，其遗笑大方为何如！小姐不弃，即就青衣，犹为过分，何敢当宾！”山黛道：“文字相知，最为难得。我与姐姐今幸相逢，可称奇遇，何必泛作谦语。”冷绛雪推辞不得，只得以宾主礼相见。拜毕，分坐。

侍妾献上茶来，山黛便问道：“以姐姐高才，岂无甲第门楣，乃为轻薄至此？”冷绛雪道：“贱妾不幸，幼失先慈，无人训诲。严君过于溺爱，听妾所为。妾又自恃微才，不轻许可，尝与家君约：不论贵贱好丑，但必才足相敌，方可结褵。前日家君访得一宋姓者，诗名大震，以为有才，招与妾较。不意一味夸张，毫无实学，被贱妾嘻笑嫚骂，羞辱极矣。彼故借窦知府之力，而陷妾于此。自分为爨下之桐，岂料小姐怜才，过于刮目，真不幸中之大幸也。”山黛道：“宋姓者莫非就是宋信？”冷绛雪道：“正是宋信。”山黛道：“他在京曾挑小妹一场是非，幸小妹腕指有灵，不为所困。后来天子知其开衅情由，将他责了四十御棍，押解还乡。已出九死一生，怎尚不知改悔，又在姐姐处如此作恶，真小人也！明日与爹爹说知，将他拿来重处才好。”冷绛雪道：“宋信情固可恶，然贱妾蓬茅荆布，非宋信之恶，又安能得见小姐天上之人？以此而论，则宋信虽罪之首，而又功之魁也。”

山黛笑道：“不念其恶，而反言其功，姐姐存心仁恕矣。但是姐姐既已来矣，为今之计，还是欲归乎？还是暂留京师，而以高才显名乎？”冷绛雪道：“妾蒙小姐一见而即以心膂相待，妾虽草木，安敢不以肝膈相告乎？贱妾虽为宋信所陷，然见窦知府而以危言动之，彼已畏祸而欲中止。贱妾因思家居农村，能识几人？不睹崤函之大，安知天子之尊？故转以甜言开慰，方得劝驾至此。今至此，而又侥幸蒙小姐垂青，正贱妾扬眉吐气之时，安敢以家庭小孝，而作儿女思归之态耶？”山黛鼓掌大快道：“此英雄之言，不当以闺阁论也！”因分付侍妾治酒，与冷绛雪洗尘。

冷绛雪道：“太师与夫人处，因贱妾初来，恐为富贵所压，故以贫贱自骄，尚未一拜。今既蒙小姐错爱，不以富贵相加，反以垂青优礼，则贱妾贫贱骄人之罪，百口无辞矣！乞小姐先率领于太师、夫人前，匐伏荆请，然后敢领小姐之教。”山黛道：“家严慈因姐姐初来，知之不深，未免唐突。彼此有失，俱可相忘。但宾主岂可无相见之仪？”因起邀冷绛雪在左，并行而往。

此时，山显仁与夫人正闻知冷绛雪代作《四瑞图诗》之事，在房中闲话。忽报小姐同冷家女子来见，山显仁与夫人便笑嘻嘻迎将出来道：“我儿，闻冷家女子果有才情。我就看他言词举动，与众不同。”山黛道：“冷家姐姐之才，直在孩儿之上。今已屈之，与孩儿作闺中朋友，以受切磋之益。特来拜见父亲、母亲。”山显仁道：“以朋友相与，何如以姊妹相与之更亲也？”山黛道：“姊妹固好，但冷家姐姐其才其美自足播其芳香。若结为姊妹，必易山姓，异日显名，只道假力于我。是以无益之荣，掩其有为之实，乌乎可也。故孩儿思之熟矣，还是朋友为宜。”山显仁连连点头道：“我儿所论，大为有理。”冷绛雪遂以通家子侄礼拜山显仁与夫人。

刚拜得完，正欲留茶叙话，忽外面又报圣旨下。山黛遂忙忙趋出接旨。只因这一道旨意，有分教：红颜生色，白屋添荣。

不知圣旨又有何说，且听下回分解。

第九回

晤摸索奇文欣有托　误相逢醉笔傲无才

冷绛雪足未立稳，便蒙赐女中书之号，并荣其父。虽欲完其挺身而来一番作用，然圣心因女子之才而思及男子之才，敕命学臣搜求，早已不知不觉而插入燕白颔出身之地矣。真有朝北海暮苍梧飞渡之妙！

文宗凭文字拔一真才居第一，可谓藻鉴之精矣。不期到第二名，便因势利取一匪人与之齐驱，未免削文明之色，真无可奈何事也。然有真必不能无假混场，无假何以见真之为贵？假真往往夹杂而出，正是世情之妙。

才人若不爱才，算不得真正才人。何也？盖真正才人，自重其才，故见人之才有如性命，安得不爱？才人若不高傲，亦算不得真正才人。何也？盖真正才人，自既有才，故视人之无才有如粪土，安得不傲？故善于形容真正才人者，定要在爱才与高傲处着笔，方尽其妙。若舍此二种，而单赞其才高才美，终属皮毛，必不耸听。故燕白颔一闻平子持之才，却恨不能一时把臂，何爱才也；及托袁隐往招，又戒其无才莫来，恐讨当场没趣，又何高傲也。至于平如衡慕燕紫侯之才，欣然往访，何爱才也；及遇张寅题诗不出，唾弃而去，又何高傲也。惟爱才处有如性命，高傲处有如粪土，故每读一过，而燕、平二才人之精神气魄，直跃跃纸上。何也？如画龙点其睛矣。

《感怀诗》一味诋世，尚不脱高傲习气。至于“花溪”、“柳溪”一诗，笔笔在有意无意间，而情兴舒徐，风雅特甚，怪不得老平做作。只可笑张寅，自作一富贵秀才，横襟阔视，谁奈他何？却转费酒肉奉承人，讨轻薄，此何苦耳！因知炫名之害人不浅也。

平子一题诗，便思及闵庙之冷绛雪，心头口头，宛然如在。

词曰：

薰自生香，莸能发臭，欲和为一焉能够。喜声原自鹊居之，恶名还自鸦消受。　　非是他肥，不关我瘦，长成骨相生成肉。娇歌终得唱歌人，不须强把眉儿皱。

——右调《踏莎行》

话说冷绛雪正拜见山显仁与罗夫人，留茶叙话。忽报圣旨下，山黛忙趋到玉尺楼跪接圣旨。开看，只见御笔亲批道：

览《四瑞图诗》，体裁端穆，意味悠长，闺秀而有大臣之风，殊可嘉也。特赐万瑞彩缎四端，以为润笔。《三十六宫诗》写皇恩普遍如画，且字字警拔，而“天有道”、“地无疆”更为奇特，再赐御酒三十六瓶，以为春觞。庶见朕之无偏。故谕。

读罢，山黛忙令冷绛雪同叩头谢恩毕，随写短表一道，附奏道：

臣妾山黛谨奏，为改正真才，无虚圣恩事：《三十六宫诗》系臣妾山黛自撰，蒙恩赏赐御酒三十六瓶，谨谢恩祗受。《圣瑞》四诗实系幼女冷绛雪代作，今蒙恩鉴赏，特赐彩缎，妾黛不敢蔽才以辜圣恩，谨令冷绛雪望阙谢恩祗受外，特此辨明，伏乞圣恩改正。冷绛雪年十二岁，系扬州府江都县农民冷新之女。其才在臣妾山黛之上，倘令奉御撰述，必有可观。但出自寒贱，奉御不便，伏乞圣恩，赐其父一空衔荣身，则冷绛雪不贵自贵矣。事出要求，不胜惶悚待命之至！

写完封好，附与中官进呈。天子看了大喜道：“怎么又生此年少才女！”因批本道：

览奏方知《四瑞诗》出自冷绛雪手，言论风旨，诚足与卿伯仲。既系寒贱，暂赐女中书之号，以备顾问。并加伊父冷新中书，冠带荣身。俟后诏见，撰述称旨，再加升赏。该部知道。

命下了，报到山府，山黛随与冷绛雪贺喜。冷绛雪又再三致谢山黛荐拔之恩。二人相好，真如胶漆，每日在府中，不是看花分咏，便是赏月留题，坐卧相随，你敬我爱。冷绛雪因见圣旨赐父亲冠带之事，便写信打发母舅郑秀才回去报知，不题。

却说天子因见山黛、冷绛雪一时便有两小才女，心下想道："怎么闺阁女子，无师无友，尚有此异才，而男子日以读书为事，反不见一二奇才，以副朕望！岂天下无才，大都在下者不能上达，在上者不知下求故耳。"正踌躇间，忽见吏部一本缺官事："南直缺提学御史，循资该河南道御史王衮正推，山西道御史张德明陪推，乞圣裁。"天子亲点了正推，即着面见。王衮领旨，忙趋入朝。天子亲谕道："朕前屡旨搜求异才，并无一人应诏，殊属怠玩。今特命尔，须加意为朕访求。不独重制科，必得诗赋奇才，如李太白、苏东坡其人者，方不负朕眷眷至意。倘得其人，许不时奏闻，当有不次之赏。如仍前官怠玩之习，罪在不赦！"王衮叩头领旨而出。

这王衮是河间府人，因御笔点出，不敢在京久留，遂辞朝回家。因岁暮，就在家过了年，新正方起身上任。到了任，因圣谕在心，临考时便加意阅卷，指望得一两个真才之士，逢迎天子。不期考来考去，都是肩上肩下之才，并无一人出类拔萃，心下十分忧惧。

一日，按临松江府。松江府知府晏文物进见，就呈上一封书，说是吏部张尚书托他代送的，要将他公子张寅考作华亭县案首。王衮看了，随付与一个门子道："临填案时禀我。"说完，就打发晏知府出去，心下想道："别个书不听犹可，一个吏部尚书，我的升迁荣辱都在他手里，这些些小事，焉敢不听。"又想道："圣谕谆谆，要求真才。若取了这些人情货，明日如何缴旨？且待考过再处。"

不几日，一府考完，闭门阅卷。看到一卷，真是珠玑满纸，绣口锦心，十分奇特。王衮拍案称赏道："今日方遇着一个奇才！"便提起笔来，写了一等一名。才写完，只见门子禀道："张尚书的书在此。老爷前日分付，叫填案时禀的，小人不敢不禀。"王衮道："是耶！这却如之奈何？"再查出张寅的卷子来一看，却又甚是不通。心下没法，只得勉强填作第二名。一面挂出牌来，限了日期，当面发放。

至期，王宗师自坐在上面，两边列了各学教官，诸生都立在下面。一学学的卷子都发出来，当面拆开唱名。先拆完府学，拆到华亭县第一名，唱名"燕白颔"，只见人丛中走出一个少年秀才来。王宗师定睛仔细一看，只见那秀才生得：

垂髫初敛正青年，弱不胜冠长及肩。
望去风流非色美，行来落拓是文颠。
凝眸山水皆添秀，倚笑花枝不敢妍。
莫作寻常珠玉看，前身应是李青莲。

那小秀才走到宗师面前，深深打一恭道："生员有。"王衮看见他人物清秀，年纪又小，满心欢喜。因问道："你就是燕白颔么？"燕白颔道："生员正是。"王衮又问道："你今年十几岁了？"燕白颔应道："生员一十六岁。"王衮又问道："进学几年了？"燕白颔道："三年了。"王衮道："本院历考各府，科甲之才固自不乏，求一出类拔萃之人，苦不能得。惟汝此卷，天资高旷，异想不群，笔墨纵横，如神龙不可拘束，真奇才也！本院只认做是个老师宿儒，不意汝尚青年，更可喜也。但不知你果有抱负，还是偶然一日之长。"燕白颔道："蒙太宗师作养，过为奖赏。但此制科小艺，不足见才。若太宗师真心怜才，赐以笔札，任是诗词歌赋、鸿篇大章，俱可倚马立试，断不辱命。"王宗师听了大喜道："今日公堂发落，无暇及此，且姑待之。"

唱到第二名，是张寅。只见走出一个人来，肥头胖耳，满脸短须，又矮又丑。走到面前，王宗师问道："你就是张寅么？"张寅道："现任吏部尚书张，就是家父。"王衮见他出口不雅，便不再问。因命与燕白颔各赐酒三杯，簪花二朵，各披了一段红，赏了一个银封，着鼓乐吹打，并迎了出来。然后再唱第三名，发落不题。

却说燕白颔同张寅迎了出来，一路上都赞燕白颔之美，都笑张寅之丑。原来燕白颔虽系真才，却也是个世家。父亲曾做过掌堂都御史，又曾分过两次会试房考，今虽亡过，而门生故吏，尚有无数大臣在朝，家中极其大富。这日迎了回来，早贺客满堂。燕白颔一一备酒款待。

燕白颔年虽少，最喜的是纵酒论文。每游览形胜，必留题于壁。人都道他有才，然见他年少，还恐怕不真。今见宗师考了一个案首，十分优奖，便人人信服，愿与他结交，做酒盟诗社的终日纷纷不绝。燕白颔虽然酬应，却恨没一个真正才子，可以旗鼓相对，以发胸中之蕴。

忽一日，一个相知朋友叫做袁隐，同看花饮酒。饮到半酣之际，燕白颔忽叹说道："不是小弟醉后夸口狂言，这松江城里城外，文人墨士数百数千，要寻一个略略可与谈文者，实是没有。"袁隐笑道："紫侯兄不要小觑了天下。我前日曾在一处会见一个少年朋友，生得美如冠玉，眉宇间冷冷有彩色飞跃，拈笔题诗，只如挥尘。小弟看他才情，不在吾兄之下。只是为人骄傲，往往白眼看人。"燕白颔听了大惊道："有此奇才，吾兄何不早言？只恐还是吾兄戏我。"袁隐道："实有其人，安敢相戏！"燕白颔道："既有其人，乞道姓名。"袁隐道："此兄姓平，乃是平教官的侄儿。闻说他与宗师相抗，弃了秀才，来依傍叔子。见叔子是个苜蓿腐儒，虽借叔子的资斧，却离城十余里另寻一个寓所居住。他笑松江无一人可对，每日只是独自寻山问水，题诗作赋而已。虽处贫贱，而王公大人、金紫富贵，直尘土视之。”燕白颔道：“小弟与吾兄莫逆。吾兄知小弟爱才如命，既有此奇才，何不招来与小弟一会？”袁隐道：“此君常道：‘富贵人家，决无才子。’他知兄宦族，那肯轻易便来。”燕白颔笑道：“周公为武王之弟，而才美见称于圣人；子建为曹瞒之儿，而诗才高于七步。岂尽贫贱之人哉？何乃见之偏也！吾兄明日去见他，就将小弟之言相告，他必欣然命驾。”袁隐道：“紫侯兄既如此注意，小弟只得一往。”说毕，二人又痛饮了一回方别。

到了次日，袁隐果然步出城外，来寻平如衡。

却说平如衡，自从汶上遇见冷绛雪，匆匆开船而去，无处寻消问息，在旅邸病了一场。无可奈何，只得捱到松江来见叔子平章。平章是个腐儒，虽爱他才情，却因他出言狂放，每每劝戒。他怕叔子絮聒，便移寓城外，便于吟诵。这日正题了一首《感怀诗》道：

非无至友与周亲，面目从来谁认真。
死学古人多笑拙，生逢今世不宜贫。
已拼白眼同终始，聊许青山递主宾。
此外更须焚笔砚，漫将文字向人论。

平如衡做完，自吟自赏道：“我平如衡有才如此，却从不曾遇着一个知己。茫茫宇宙，何知已之难也！”又想道：“惟才识才。必须他也是一个才子，方知道我是个才子。今天下并没一个才子，叫他如何知我是个才子？这也难怪世人。只有前日汶上县闵子庙遇的那个题诗的冷绛雪，倒是个真正才女。只可惜匆匆一面，踪迹不知。若使稍留，与他酬和，定然要成知己。我看前日舟中封条遍贴，衙役跟随，若不是个显宦的家小，那有这般光景。但我在缙绅上细查，京中并无一个姓冷的当道，不知此是何故？”

正胡思乱想，忽报袁隐来访，就邀了相见。寒温毕，平如衡便指壁上新作的《感怀诗》与他看。袁隐看了笑道："子持兄也太看得天下无人了。莫怪我小弟唐突，天下何尝无才？还是子持兄孤陋寡闻，不曾遇得耳。"平如衡道："小弟固是孤陋寡闻，且请问石交兄曾遇得几个？"袁隐道："小弟足迹不远，天下士不敢妄言，即就松江而言，燕都宪之子燕白颔，岂非一个少年才子乎？"平如衡道："石交兄，那些上见他是个才子？"袁隐道："他生得亭亭如阶前玉树，矫矫如云际孤鸿，此一望而知者，外才也，且不须说起。但是他为文若不经思，作诗绝不起草，议论风生，问一答十。也不知他胸中有多少才学，只那一枝笔，拈在手中，便如龙飞凤舞，落在纸上，便如倒峡泻河，真有扫千军万马之势！非真正才子，乌能有此？子持兄既以才子自负，何不与之一较？"

平如衡听袁隐讲得津津有味，不觉喜动颜色，道："松江城中有此奇才，怎么我平如衡全不知道？"袁隐道："兄自不知耳，知者甚多。前日王宗师考他一个案首，大加叹赏。那日鼓乐迎回，谁不羡慕！"平如衡笑道："若说案首，倒只寻常了。你看那一处富贵人家，那一个不考第一第二？"袁隐道："虽然如此，然真才与人情自是不同。我与兄说，兄也不信。几时与兄同去一会，便自知了。"平如衡道："此兄若果有才，岂不愿见？但小弟素性不欲轻涉富贵之庭。"袁隐道："燕白颔乃天下士也，子持兄若以纨袴一例视之，便小觑矣。"平如衡大笑道："吾过矣，吾过矣！石交兄不妨订期偕往。"袁隐道："文人诗酒无期，有兴便往可也。"两人说得投机，未免草酌三杯，方才别去。正是：

家擅文章霸，人争诗酒豪。
真才慕知己，绝不为名高。

袁隐约定平如衡，复来见燕白颔道："平子持被我激了他几句，方欣然愿交。吾兄几时有暇，小弟当偕之以来。”燕白颔道：“小弟爱才如性命，平兄果有真才，恨不能一时把臂，怎延捱得时日？石交兄明晨即望劝驾，小园虽荒寂，尚可为平原十日之饮。”袁隐道：“既主人有兴，就是明日可也。”因辞了出来。临行，燕白颔又说道：“还有一言，要与兄讲过。平兄若果有才，小弟愿为之执鞭秣马所不辞也。倘若无才，到不如不来，尚可藏拙。若冒虚名而来，小弟笔不饶人，当场讨一番没趣，却莫怪小弟轻薄朋友。”袁隐笑道：“平子持人中鸾凤，文中龙虎，岂有为人轻薄之理？”两人又一笑而别。

到了次日，袁隐果然起个早，步出城外，来见平如衡道：“今日天气淡爽，我与兄正好去访燕紫侯。”平如衡欣然道：“就去，就去。”遂叫老仆守门，自与袁隐手携手，一路看花，复步入城来。

原来平如衡寓在城外西边，燕白颔却住在城里东边，袁隐步来步去，将有二十余里。一路上看花谈笑，耽耽搁搁。到得城边，日已向午，足力已倦，腹中也觉有饥意。要一径到燕白颔家，尚有一二里，便立住脚踌躇。不期考第二名的张寅，却住在城内西边，恰恰走出来，撞见袁隐与平如衡立在门首，平素也认得袁隐，因笑道：“石交兄将欲何往，却在寒舍门前这等踌躇？”

袁隐见是张寅，忙笑答道：“小弟与平兄欲访燕紫侯，因远步而来，足倦少停，不期适值府门。”张寅道：“平兄莫不就是平老师令侄，子持兄么？”平如衡忙答道：“小弟正是。长兄为何得知？”张寅笑道：“斯文一脉，气自相通，那有不知之理。二兄去访燕紫侯，莫非见他考了第一，便认作才子。难道小弟考第二名，便欺侮我不是才子么，怎就过门不入？二兄既不枉顾，小弟怎好强邀。但二兄若说足倦，何不进去少息，拜奉一茶，何如？”袁隐道：“平兄久慕高才，亟欲奉拜。但未及先容，不敢造次。今幸有缘相遇，若不嫌残步，便当登堂晋谒。”张寅见袁隐应承，便拱揖逊行。平如衡尚立住不肯，道：“素昧平生，怎好唐突？”袁隐道：“总是斯文一脉，有甚唐突？”便携了入去。到了厅上，施礼毕，张寅不逊坐，便又邀了进去，道：“此处不便，小园尚可略坐。”袁隐道：“极妙。”遂同到园中。

你道张寅为何这等殷勤？原来他倚着父亲的脚力，要打点考一个案首，不期被燕白颔占了，心下已十分不忿。及迎了出来，又见人只赞燕白颔，都又笑他。他不怪自家无才，转怪燕白颔以才欺压他，思量要寻一个出格的奇才来作帮手。他松江遍搜，那里再有一个？因素与平教官往来，偶然露出此意。平教官道：“若求奇才，我舍侄如衡到也算得一人。只是他性气高傲，等闲招致不来。”今日无心中恰恰相遇，正中张寅之意，故加意奉承。

这日邀到园中，一面留茶，一面就备出酒来。平如衡虽看张寅的相貌不像个文人，却见他举动豪爽，便也酒至不辞，欢然而饮。袁隐又时时称赞他的才名与燕白颔数一数二，平如衡信以为真，饮到半酣，诗兴发作，因对张寅说道：“小弟与兄既以才子自负，安可有酒而无诗？”张寅只认做他自家高兴作诗，便慨然道：“知己对饮，若无诗以记之，便算不得才子了。”因叫家童取文房四宝来。又说道：“寸笺尺幅，不足尽兴，便是壁上好。”平如衡道：“壁上最妙。但你我分题，未免任情潦草，不如与兄联句，彼此互相照应，更觉有情。如迟慢不工，罚依金谷酒数，不知以为何如？”

张寅听见叫他联诗，心下着忙，却又不好推辞，只得勉强答应道：“好是好，只是诗随兴发，子持兄先请起句，小弟临时看兴，若是兴发时，便不打紧。”平如衡道：“如此僭了。”遂提起笔来，蘸蘸墨，先将诗题写在壁上道：

春日城东访友，忽值伯恭兄留饮，偶尔联句。

写完题目，便题一句道：

不记花溪与柳溪，

题了，便将笔递与张寅道："该兄了。"张寅推辞道："起语须一贯而下，若两手，便词意参差。到中联，待小弟续罢。"平如衡道："这也使得。"又写二句道：

城东访友忽城西。酒逢大量何容小，

写罢，仍递笔与张寅道："这却该兄对了。"张寅接了笔，只管思想，平如衡催促道："太迟了，该罚！"张寅听见个"罚"字，便说道："若是花鸟山水之句，便容易对。这'大''小'二字，要对实难。小弟情愿罚一杯罢。"平如衡道："该罚三杯。"张寅道："便是三杯，看兄怎生样对。"平如衡取回笔，又写两句道：

才遇高人不敢低。客笔似花争起舞，

张寅看完，不待平如衡开口，便先赞说道："对得妙，对得妙！小弟想了半晌想不出，真奇才也！"平如衡笑道："偶尔适情之句，有甚么奇处。兄方才说花鸟之句便容易对，这一联却是花了，且请对来。"张寅道："花便是花，却有'客笔'二字在上面，乃是个假借之花，越发难了。到不如照旧还是三杯，平兄一发完了罢。"平如衡道："既要小弟完，老袁也该罚三杯。"袁隐笑道："怎么罚起小弟来？"平如衡道："罚三杯还便宜了你。快快吃，若诗完不干，还要罚！"袁隐笑一笑，只得举杯而饮。平如衡仍提起笔，卒完三句道：

主情如鸟倦于啼。三章有约联成咏，
依旧诗人独自题。

平如衡题罢大笑，投笔而起，道：“多扰了！”遂往外走。张寅苦留道：“天色尚早，主人诗虽不足，酒尚有余，何不再为少留？”平如衡道：“张兄既不以杜陵诗人自居，小弟又安敢以高阳酒徒自待！”袁隐道：“主人情重，将奈之何？”平如衡道：“归兴甚浓，实不得已。”将手一拱，往外径走。张寅见留不住，赶到门前，平如衡已去远了。只因这一去，有分教：高山流水弹出知音，牝牡骊黄相成识者。

不知平如衡此去，还肯来见燕白颔否，且听下回分解。

第十回

薄粪土甘心高卧　聆金玉捱面联吟

借贬驳平如衡，便无意中先于篇首令宋信与晏知府飞一影，至篇末二人忽现其形，则其来不为唐突矣。笔墨蕴藉，一至于此。

燕白颔与平如衡，两真才也，相会一堂，自然倾倒。若使一闻名而即见面，则想慕不深，相逢太促，何以尽求友之情？惟来矣，忽为张寅一阻，又山回水转，壁立千仞，不复再往。直至紫燕千呼，黄鹂万唤，误为东风诱入春深处，始知桃花即是人面，而后恨相见之晚，方觉文章有神、交有道，非泛然倾盖，即可称针芥投也。故求友之情，必摹写至迁柳庄联吟，始曰曲尽。

平子一思才子，便想及闵庙之冷绛雪，心头口头，宛然如在，故不妨屡见。

平如衡心中不足袁隐，闻其来，便高卧不起，犹是拒人常态。奈何即起而相见，亦别有一番议论：不以唾弃张寅为辱张寅，转以张寅杯酒为粪土而辱己。奇论快论，可发一笑。始知才子胸中，别有泾渭。

燕白颔愈招致之，而平如衡愈拒绝之，亦可以已矣。乃燕白颔因平如衡之拒绝愈严，而燕白颔之招致愈急，何也？盖拒绝正平如衡高傲之品，而招致又燕白颔爱才之品也。惟各有其品，故各成其妙。

燕白颔曲曲以才动平如衡者，盖知平如衡疑燕白颔为不才也。平如衡不惜体貌，而竟当前自荐者，盖自信其有才而如平如衡也。两人一明一暗、一摈一白，错综成文，宛若须眉俱动。此等笔法，直从太史公鸿门宴上得来，莫等闲看过。

《题壁诗》“春风识路”句，风雅异常；《美人诗》“秋色两黛”、“月痕一簪”句，幽妍欲绝；《歌童诗》“脆来”、“松去”句，别自生香；《听莺》联句“青云路”、“红雪歌”，真匪夷所思！阅遍名公佳稿，未有只字，乃狼藉于此，甚不可解。因思贫家小女，未必无西子、太真，特不遇耳。

许多游戏调笑，已曲尽求友之欢情矣。至于说破称快，再痛饮一回，无以加矣。不知朋友五伦之一，不可不慎始慎终而流为狂放。故复以正席表其真诚，再以敬重感激结过许多游戏，真可谓曲终奏雅！虽大手笔，多于此忽略，而此独补出不漏。若目此书为小说，吾不禁浩叹而为之称屈矣！

词曰：

风流情态骄心性，自负文章贤圣。凉凉踽踽成蹊径，害出千秋病。　　不知有物焉知佞，漫道文人无行。胡为柔弱胡为硬，盖以才为命。

——右调《桃源忆故人》

话说平如衡在张寅园中饮酒，见张寅作诗不来，知是假才，心下艴然，遂拱拱手一径去了。袁隐与张寅忙赶出来送他，不料他头也不回，竟去远了。

袁隐恐怕张寅没趣，因说道：“平子持才是有些，只是酒后狂妄可厌。”张寅百分奉承，指望收罗平如衡。不期被平如衡看破行藏，便一味骄讥，全不为礼。弄得张寅一场扫兴，只得发话道：“我原不认得小畜生，只因推石交兄之面，好意款他，怎作出这个模样。真是不识抬举！”袁隐道：“他自恃有才，往往如此，得罪朋友。倒是小弟同行的不是了。”张寅道：“论才当以举业为主，首把歪诗，算甚么才！若以诗当才，前日在晏府尊席上会见个姓宋的朋友，斗酒百篇，十分有趣。小弟也只在数日内要请他。吾兄有兴，可来一会，方知大方家不像这小家子装腔做势！”袁隐道：“有此高人，愿得一见。”说完，就作别了。

按下张寅一场扫兴不题。却说袁隐见平如衡回去了，只得来回复燕白颔。此时燕白颔已等得不耐烦，忽见袁隐独来，因问道：“平兄为何不来？”袁隐道：“已同来进城了，不期撞见张伯恭，抵死要留进去小酌。平子持因闻他考在第二，只道他也有些才情，便欢然而饮。及到要作诗，见他一句作不出，便讥诮了几句，竟飘然走了回去。弄得老张十分扫兴没趣。”燕白颔大笑道：“扫得他好！扫得他好！他一字不通，倚着父亲的声势，考个第二，也算侥幸了，为何又要到诗人中来讨苦吃？且问你，平子持怎生样讥诮他？”袁隐就将题壁诗念与燕白颔听。燕白颔听了，又大笑道：“妙得极！这等看起来，平子持实是有才。吾兄可速致之来，以慰饥渴。”袁隐应道：“明日准邀他来。”二人别了。

到了次日，袁隐果又步出城外，来寻平如衡。往时袁隐一来，平如衡便欢然而迎，今日袁隐在客座中坐了半日，平如衡竟高卧不出。袁隐知道其意，便高声说道：“子持兄，有何不悦，不妨面言，为甚訑訑拒人？”平如衡听见，方披衣出来道：“小弟虽贫，决不图贵家餔啜。兄再三说是才子，小弟方才入去。谁知竟是粪土，使小弟锦心绣口，因贪杯酒而置于粪土之中，可辱孰甚！”袁隐道：“昨日之饮，原非小弟本意，不过偶遇耳。”平如衡道：“虽是偶遇，兄就不该称赞了。”袁隐笑道：“朋友家，难道好当面说他不通？今日同往访燕白颔，若是不通，便是小弟之罪了。”

平如衡道：“小弟从来不轻身登富贵之堂，一之已甚，岂可再乎！”袁隐道：“燕白颔方今才子，为何目以富贵？”平如衡道：“你昨日说张寅与燕白颔数一数二，第二的如此，则第一的可想而知也。兄之见不能超出富贵之外，故往往为富贵人所惑。富贵人行径，小弟知之最详。大约富贵中人，没个真才，不是倚父兄权势，便借孔方之力向前。你见燕白颔考个案首，便诧以为奇，焉知其不从夤缘中来哉？”袁隐道：“吾兄所论之富贵，容或有之，但非所论于燕白颔之富贵也。燕白颔虽生于富贵之家，而了无富贵之习，小弟知之最深。说也无用，吾兄一见便知。”平如衡道：“兄若知燕白颔甚深，便看得我平如衡太浅了。我平如衡自洛入燕，又从燕历齐鲁而渡淮涉扬，以至于此，莫说目睹，便是耳中也绝不闻有一才子。吾兄足迹不出境外，相知一张寅，便道张寅是才子，相处一燕白颔，便道燕白颔是才子，何兄相遇才子之多乎？”袁隐遭：“据兄所言，则是天下断断乎无一才人矣。”平如衡道：“怎说天下无才？只是这些纨袴中，那能得有！”袁隐道：“纨裤中既无，却是何处有？”

平如衡见闻何处有，忽不觉长叹一声道：“这种道理，实是奇怪，难与兄言。就与兄言，兄也不信。”袁隐道：“有甚奇怪，说来小弟为何不信？”平如衡道：“须眉如戟的男子，小弟也不知见了多少，从不见一个出类奇才。前日在闵子祠，遇见一个十二岁的女子，且莫说他的标致异常，只看见题壁的那首诗，何等蕴藉风流，真令人想杀！天下有这等男子，我便日日跪拜他也是情愿。那些富贵不通之人，吾兄万万不必来辱我。”一头说，一头口里唧唧哝哝的吟诵道：“只因深信尼山语，磨不磷兮涅不缁。”

袁隐见他这般光景，忍不住笑道：“子持兄着魔了。兄既不肯去，小弟如何强得。只是兄这等爱才，咫尺间遇着才子，却又抵死不肯相晤，异日有时会着，方知小弟之言不谬。小弟别了。”平如衡似听不听，见他说别，也只答应一声“请了”。

袁隐出来回去，一路上再四寻思，忽然有悟道：“我有主意。”遂一径来见燕白颔，将他不肯来见这段光景，细细说了一遍。燕白颔道：“似此如之奈何？”袁隐道：“我一路上已想有主意在此了。”燕白颔问：“是何主意？”袁隐道：“他为人虽若痴痴，然爱才如命，只有‘才’之一字，可以动他。”因附燕白颔之耳说道：“除非如此如此，这般这般。”燕白颔听了，微笑道：“便是这等行行看。”遂一面分付心腹人去打点，不题。

却说平如衡见袁隐去了，心下快活道：“我不是这等淡薄他，他还要在此缠扰哩。昨日被他误了，今后切记不可轻登富贵之堂。宁可孤生独死，若贪图富贵，与这些纨袴交结，岂不令文人之品扫地！”自算得意，又独酌一壶，又将冷绛雪《题壁诗》吟诵一回，方才歇息。

到了次日傍午，只见一个相好朋友，叫做计成，来访他，留坐闲叙。那计成忽问道：“连日袁石交曾来看兄么？”平如衡笑道：“来是来的，只是来得可笑。”计成道：“有甚可笑？”平如衡遂将引他张寅家去，题诗不出，昨日又要哄他去拜燕白颔之事，说了一遍，道：“这等没品，岂不可笑！”计成道：“原来如此。这样没品之人，专在富贵人家着脚。我闻知他今日又同一个假才子在迁柳庄听莺，说要题诗饮酒，继金谷之游。不知又做些甚么，哄骗愚人。”平如衡闻说迁柳庄莺声好听，因问道：“不知去此有许多路？”计成道：“离此向南，不过三四里。兄若有兴，我们也去走走。一来听莺，二来看老袁哄甚么人在那里装腔。倘有虚假之处，就取笑他一场，倒也有趣。”平如衡笑道：“妙，妙！我们就去。”二人就携着手儿，向南缓步而来。一路上说说笑笑，不多时，早见一带柳林青青在望。

原来这带柳林约有里余，也有疏处，也有密处，也有几株近水，也有几株依山，也有几株拂石，也有几株垂桥。最深茂处盖了一座大亭子，供人游赏。到春深时，莺声如织，时时有游人来顽耍。也有铺毡席地的，也有设桌柳下的。贵介官长方在亭子上摆酒。

这日平如衡同计成走到树下，早见有许多人，各适其适，在那里取乐。再走近亭子边一看，只见袁隐同着一个少年，在亭子上盛设对饮，上面又虚设着两桌，若有待尊客未至的一般。席边行酒，都是美妓，又有六七个歌童，细吹细唱，十分快乐。平如衡远远定睛将那少年一看，只见体如岳立，眉若山横。神清气爽，澄澄如一泓秋水；骨媚声和，飘飘如十里春风。心下暗惊道：“这少年与张寅那蠢货大不相同，到像有几分意思的。”因藏身柳下，细细看他行动。

只见袁隐与那少年饮到半酣之际，那少年忽然诗兴发作，叫家人取过笔砚，立起身，走到亭中粉壁上题诗。那字写得有碗口大小，平如衡远远望得分明，道：

千条细雨万条烟，幕绿垂青不辨天。
喜得春风还识路，吹将莺语到尊前。

平如衡看完，心下惊喜道："笔墨风流，文人之作也！"正想不了，只见一个美妓呈上一幅白绫，要那少年题诗。那少年略不推辞，拈起笔来，将那美妓看了两眼便写。写完一笑，投笔又与袁隐去吃酒。那个美妓拿了那幅绫子，因墨迹未干，走到亭旁，铺在一张空桌上要晾干，便有几个闲人来看。平如衡也就挨到面前一看，只见绫子上写的是一首五言律诗，道：

可怜不独貌，娇弄可怜心。
秋色画两黛，月痕垂一簪。
白堕梨花影，青拖杨柳阴。
情深不肯浅，欲语又沉吟。

平如衡看完，不觉大失声赞道："好诗，好诗，真是奇才！"袁隐与那少年微微听见，只做不知，转呼卢豪饮。

计成慌忙将平如衡扯了下来道："兄不要高声，倘被老袁听见，岂不笑话！"平如衡道："那少年不知是谁，作的诗委实清新俊逸，怎教人按纳得定。"计成道："子持兄，你一向眼睛高，怎见了这两首诗便大惊小怪？"平如衡道："我小弟从不会装假，好则便好，丑则便丑。这两首诗果然可爱，却怪我不得。"计成道："这两首诗，知他是假是真，是旧作是新题？"平如衡道："俱是即景题情，怎么是假是旧？"计成道："这也未必。待我试他一试，与兄看。"平如衡道："兄如何试他？"计成道："我有道理。"因有一个歌童是计成认得的，等他唱完，便点点头，招他到面前说道："我看那少年相公写作甚好，我有一把扇子，你可拿去，替我求他写一首诗儿。"那歌童道："计相公要写，可拿扇子来。"计成遂在袖中摸出一把白纸扇儿，递与那歌童。因对平如衡说道："须出一题目，要他去求方好。"平如衡道："就是'赠歌者'罢。"

计成还要分付，那歌童早会意，说道："小的知道了。"遂拿了扇子，走到那少年身边说道："小的有一把粗扇，要求相公赏赐一首诗儿。"那少年笑嘻嘻说道："你也要写诗，却要写甚么诗？"歌童道："小的以歌为名，求相公赏一首歌诗罢。"那少年又笑笑道："这倒也好。"因将扇子展开，提起笔来就写。就像作现成的一般，想也不略想一想，不上半盏茶时，早已写完，付与歌童。

歌童谢了，持将下来，悄悄掩到计成面前，将扇子送还道："计相公，你看写得好么？"平如衡先接了去看，只见上面写着一首七言律诗，道：

破声节促曼声长，移得宫音悄换商。
几字脆来牙欲冷，一声松去舌生香。
细如嫩柳悠扬送，滑似新莺宛转将。
山水清音新入谱，遏云旧调只寻常。

平如衡看完，忍不住大声对计成说道："我就说是个真才子，何如？不可当面错过，须要会他一会。"计成道："素不相识，怎好过去相会？"平如衡道："这不难，待我叫老袁来说明，叫他去先容。"计成道："除非如此。"

平如衡因走近亭子边，高声叫道："老袁，老袁。"那老袁就像聋子一般，全不答应，只与那少年高谈阔论的吃酒。平如衡只道他真不听见，只得又走近一步叫道："袁石交，我平如衡在此！"袁隐因筛了一大犀杯放在桌上，低了头只是吃，几乎连头都浸入杯里，那里还听见有人叫。平如衡再叫得急了，他越吃得眼都闭了，竟伏着酒杯，酣酣睡去。平如衡还只管叫，计成见叫得不像样，连扯他下来道："太觉没品了！"平如衡道："才子遇见才子，怎忍当面错过？"叫袁隐不应，便急了，竟自走到席前，对着那少年举举手道："长兄请了。小弟洛阳才子平如衡。"那少年坐着，身也不动，手也不举，白着眼问道："你是甚么人？"平如衡道："小弟洛阳才子平如衡。"那少年笑道："我松江府不闻有甚么平不平。"平如衡道："小弟是洛阳人，兄或者不知。只问老袁就知道了。"

此时袁隐已伏在席上睡着了。那少年道："我看你的意思，想是要吃酒了。"平如衡道："我平如衡以才子自负，平生未遇奇才。今见兄纵横翰墨，大有可观，故欲一会，以展胸中所负，岂为杯酒？"那少年笑道："据你这等说起来，你想是也晓得作两句歪诗了。但我这里作诗，与那些山人词客慕虚名、应故事的不同，须要有真才实学，如七步成诗的曹子建、醉酒《清平》的李青莲，方许登坛捉笔。我看你年虽少，只怕出身寒俭，纵能挥写，也不免郊寒岛瘦。"平如衡笑道："长兄若以寒俭视小弟，则小弟将无以纨袴虑仁兄乎？今说也无用，请教一篇，妍媸立辨矣。"燕白颔道："你既有胆气要作诗，难道我到没胆气考你？但是你我初遇，不知深浅，作诗须要有罚例，今袁石交又醉了，谁为证见？"平如衡道："小弟有个朋友同来，就是兄松江人，何不邀他作证？"燕白颔道："使得，使得。"

计成听见，便自走到席边说道："二兄既有兴分韵角胜，小弟愿司旗鼓。"燕白颔道："既要作诗，便没个不饮酒的道理。兄虽不为杯酒而来，也须少润枯肠。"便将手一拱，邀二人坐下，左右送上酒来。

平如衡吃不得三五杯，便说道："小弟诗兴勃勃，乞兄速速命题，再迟一刻，小弟的十指俱欲化龙飞去矣。"燕白颔道："我欲单单考你，只道我骄贤慢客；欲与你分韵各作，又恐怕难于较量美恶。莫若与你联句。如一句成，着美人奉酒一觞，命歌者歌一小曲。歌完酒干，接韵要成。如接韵不成，罚立饮三大杯。如成，奉酒歌曲如前。如遇精工警拔之句，大家共庆一觞。如诗成，全篇不佳，当用黑墨涂面，叫人叉出。那时莫怪小弟轻薄。兄须要细细商量，有胆气便作，没胆气便请回，莫要到临时拗悔。”平如衡听了大笑道：“妙得紧，妙得紧！小弟从不曾搽过花脸，今日搽一个顽顽，倒也有趣。只怕天下不容易有此魁星之笔！快请出题！”燕白颔道：“何必另寻，今日迁柳庄听莺便是题目了。”因命取过一幅长绫，横铺在一张长桌上，令美人磨墨捧砚伺候。

燕白颔立起身，提起笔说道：“小弟得罪，起韵了。”遂写下题目，先起一句道：

春日迁柳庄听莺

春承天眷雨烟和，

燕白颔写完，放笔坐下。美人随捧酒一觞，歌童便笙箫唱曲。曲完，平如衡也起身提笔写两句道：

无数长条着地拖。几日绿阴添嫩色，

平如衡写完，也放笔入座。燕白颔看了，点点头道：“也通，也通。”就叫美人奉酒，歌童唱曲。曲完，随又起身题二句道：

一时黄鸟占乔柯。飞来如得青云路，

平如衡在旁看见，也不等燕白颔放笔入座，便赞道：“好一个‘飞来如得青云路’！”燕白颔欣然道：“平兄平兄，只要你对得这一句来，便算你一个才子了。”说完，正要吃酒唱曲，平如衡拦住道：“且慢，且慢，待我对了一同吃罢。”遂拿起笔，如飞的写了两句道：

听去疑闻红雪歌。袅袅风前张翠幕，

燕白颔看了，拍掌大喜道：“以‘红雪’对‘青云’，真匪夷所思。奇才也，奇才也！”美人同捧上三杯酒来共庆。计成因问道：“‘青云路’从‘柳间黄鸟路’句中化出，小弟还想得来。但不知‘红雪歌’出于何典？”燕白颔笑道：“‘红儿’、‘雪儿’，古之善歌女子。平兄借假对真，诗人之妙，非兄所知也。”说完，随又提笔写二句道：

交交枝上度金梭。从朝啼暮声谁巧，

平如衡道：“谁耐烦起起落落，索性题完了吃酒罢！”燕白颔笑笑道：“也使得。”平如衡便又写二句道：

自北垂南影孰多。几缕依稀迷汉苑，

燕白颔又题二句道：

一声仿佛忆秦娥。但容韵逸持柑听，

平如衡又题二句道：

不许粗豪走马过。娇滑如珠生舌底，

燕白颔又题二句道：

柔肠似线结眉窝。浓光映目真生受，

平如衡又题二句道：

雏语消魂若死何。顾影却疑声断续，

燕白颔又题二句道：

闻声还认影婆娑。相将何以酬今日，

平如衡收一句道：

倒尽尊前金叵罗。

二人题罢，俱欢然大笑。燕白颔方整衣重新与平如衡讲礼道："久闻吾兄大名，果然名下无虚。"平如衡道："今日既成文字相知，高姓大名，只得要请教了。"那少年微笑道："小弟不通名姓罢。"平如衡道："知己既逢，岂有不通姓名之理？"那少年又笑道："通了姓名，又恐怕为兄所轻。"平如衡道："长兄高才如此，无论富贵，便是寒贱，也不敢相轻。"那少年笑道："吾兄说过不相轻，小弟只得直告了。小弟不是别人，便是袁石交所说的燕白颔。"平如衡听了大笑道："原来就是燕兄，久仰，久仰！"又打恭致敬。

平如衡正打恭，忽见袁隐睁开眼立起来，扯着他乱嚷道："老平好没志气！你前日笑燕紫侯纨袴无才，又说他考第一是夤缘，又说止认得燕紫侯作才子，千邀你一会，也不肯来，万叫你一拜，也不肯往。今日又无人来请你，你为何自家捱将来，与我袁石交一般样奉承？"平如衡大笑道："我被张寅误了，只道燕兄也是一流人，故尔狂言。不知紫侯兄乃天下才也。小弟狂妄之罪，固所不免，但小弟之罪，实又石交兄之罪也。”袁隐一发乱嚷道：“怎么倒说是我之罪？”平如衡道：“若不是兄引我见张寅一阻，此时会燕兄久矣。”袁隐反大笑起来道：“兄毕竟是个才子，前日是那等说来，今日又是这等说去，文机可谓圆熟矣。”说罢，大家一齐笑将起来。燕白颔道：“不消闲讲，请坐了罢。”遂叫左右将残席撤去，把留下的正席摆开。

平如衡看见，忙起身辞谢道：“今日既幸识荆，少不得还要登堂奉谒，且请别过。”燕白颔一手携住道：“不容易请兄到此，为何薄敬未申，就要别去？”平如衡道：“不是小弟定要别去。兄有盛设，必有尊客，小弟不速之客，恐不稳便，故先告辞。”燕白颔笑道：“兄道小弟今日有尊客么，请试猜一猜尊客是谁？”平如衡道：“吾兄交游遍于天下，小弟如何猜得着。”袁隐笑说道：“小弟代猜了罢。我猜尊客就是平子持。”平如衡笑道：“石交休得相戏，果然是谁？”燕白颔道：“实实就是台兄。”平如衡着惊道：“长兄盛席先设于此，小弟后来，怎么说是小弟？”燕白颔笑道：“待小弟直说了罢。小弟自闻石交道及长兄高才，小弟寤寐不忘，急欲一晤。不期兄疑小弟不才，执意不肯枉顾。小弟与石交再四商量，石交道兄避富如仇，爱才如命。故不得已薄治一尊于此，托计兄作渔父之引，聊题鄙句，倾动长兄。不意果蒙青眼，遂不惜下交。方才石交佯作醉容，小弟故为唐突，皆与兄游戏耳。一段真诚，已托杯酒。尊客非子持兄，再有何人？”

平如衡听了，如梦初醒道：“这一段爱才高谊，求之古昔，亦难其人。不意紫侯兄直加于小弟，高谊又在古人之上矣。”因顾袁隐说道：“不独紫侯兄高情不可及，即仁兄为朋友周旋一段高情，也不可及。”袁隐笑道：“甚么高情不可及，这叫做请将不如激将。”平如衡又对计成说道：“燕兄既有此高义，吾兄何不直言？又费许多宛转。”计成道：“我若直说破，兄不又道相戏？”大家鼓掌称快。

道罢，方才重新送酒逊席，笙歌吹唱而饮。二人才情既相敬重，义气又甚感激，彼此欢然。又有袁隐诙谐，计成韵趣，四人直饮到兴尽，方才起身。正欲作别，忽见张寅同着一个朋友，兴兴头头的走上亭来。只因这一来，有分教：君子流不尽芳香，小人献不了遗丑。

不知大家相会又是何如，且听下回分解。

第十一回

窃他诗占尽假风光　恨旁口露出真消息

前回百忙中说不完与后回未及发而将欲发的来踪去迹，必于回前回后补出透出，方见分明，方有头绪。但补透亦自不易，若必用“原来”，代为详解，添出赘形，终属夯手。惟此，只就他人闲话中旁为衬点，而个中情事亦已了然，如晏知府与宋信议论特荐缘由之类是也。偷借如斯，等闲炉锤俱可不设，至万不得已，方用一“原来”叙述，便不碍耳障目。读者不可不知。

晏知府若面对宋信、张寅两假才子全不料理，但单赞燕白颔，又欲别求一才子同荐，便是对景挂画，令人不堪矣。此妙在拈出宋信，却又略过宋信，使宋信好作大言；论到张寅，却又除去张寅，使张寅好装体面；然后推求平如衡，作同荐影子。此虽笔墨善于周全，而仕途中老奸巨猾声口，摹写酷肖！

张寅，假名士也，自应装腔作调，炫人耳目，乃一见宋信，便倾心吐胆，尽露真情，何也？盖假名士与假山人自意气相投，不谋而合也。作者偏窥其隐、察其微，而一笔托出，不为少讳。眼可谓明，笔可谓毒矣！

此回书，乃叙燕白颔与平如衡之行事也，自无暇无由谈及山黛与冷绛雪两才女。冷绛雪犹时挂平如衡之齿牙，若山黛不几冷落乎？山黛既冷，何况《白燕诗》，乃借宋信偷写作邮筒，忽又为山黛《白燕诗》在三千里外突播一番声价，真思入风云，想际直在天上矣！及等闲读去，却又是人情所有，非苛求妄揣也，所以尤妙。

《白燕诗》，若燕白颔在家，二人同读，彼此交赞，便赏识不能各各出色。既欲让平如衡先赏识一番，自应放开燕白颔。既欲放开燕白颔，若云偶尔出门，则是空空放开矣，又何如借此空便去完王宗师考诗文之虚案，以为荐举之地之为亲切乎？因知文人作文，虽最忙之时，亦有最闲之笔，如读《白燕诗》先放开燕白颔是也。虽最闲之笔，亦有最忙之事，如燕白颔虚完王宗师考诗文之案是也。所谓或疏或密，不即不离，断不容人浅窥其有无，岂易言哉！

宋信，丑人也，假才也，想其颜面，定有可憎之色。况燕、平二人眼空四海，若相见，定为所厌贱。乃一见扇头《白燕诗》，再见即席之“梧桐一叶落”诗，便惊惊喜喜，而再三交誉如美人，此何意也？盖取其才而忘其丑也。观于此，虽若表燕、平爱才特甚。察其隐，实欲明山黛之才自造其极，非借美人门第作声价也。个中冷暖，惟作者自知。

泰山，一丘土耳，若堆积而成，有何奇特？惟阴阳灵变，故能秀结峰峦。沧海，一派水耳，使吞浴不神，有何活泼？惟阴阳灵变，始能极其浩渺。犹之文章，数行残墨耳，若平铺直叙，盈幅止矣，有何文藻？惟性情灵变，始能经天纬地，愈出愈奇也。譬如宋信盗窃山诗，若晏知府一口说尽，燕、平悉知底里，与之一笑绝交，则宋信不过暗暗搽一花脸而已，岂能再假杯酒，亲见其自涂自抹之妙？乃仅仅及半，而即借按君入境为之打住，以留余地再生风作浪。文章吞吐之妙，至此极矣！岂犹然残墨哉？直性情舒卷矣。

晏知府急急要见平如衡者，说破宋信之丑是正意，要荐平如衡转是旁意。然正意此时说不出，旁意此时恰好说，故不得不转借旁意为正意。文章家反宾作主之妙，正在此。

词曰：

世事唯唯还否否，若问先生，姓字称乌有。偷天换日出予手，谁敢笑予夸大口？　岂独尊前香美酒，满面春风，都是花和柳。而今空燥一时皮，终须要出千秋丑。

——右调《蝶恋花》

话说燕白颔与平如衡、袁隐、计成饮酒完，正起身回去，忽撞见张寅，同着一个朋友，高方巾，阔领大袖华服，走入亭来。彼此俱是相认的，因拱一拱手。张寅就开口说道：“天色尚早，小弟们才来，诸兄为何倒要回去？”燕白颔答道：“春游小饮，不能久于留客，故欲归耳。”袁隐因指着那戴高方巾的朋友问张寅道：“此位尊兄高姓？”张寅答道：“此乃山左宋子成兄，乃当今诗人第一，为晏府尊贵客。今日招饮于此，故命小弟奉陪而来。”宋信就问四人姓名，也是张寅答道：“此位袁石交，此位计子谋，此位平子持，此位燕紫侯。紫侯兄就是所说华亭冠军，王宗师极其称赞之人。”宋信听了，便足恭道：“原来就是燕兄，久仰，久仰！”遂上前作揖。燕白颔忙还礼道：“宋兄天下诗人，小弟失敬。”作完揖，宋信正要攀谈叙话，忽听得林下喝道声响，知是晏知府来了，大家遂匆匆要别。宋信对着燕白颔刚说得一声“改日还要竭诚奉拜”，燕白颔便拱拱手，同平如衡、袁隐、计成同下亭子去了，不题。

原来宋信在扬州被冷绛雪在陶进士、柳孝廉面前出了他的丑，后面传出来，人人嘲笑，故立身不牢。因想晏文物在松江做知府，旧有一脉，故走来寻他。晏知府果念为他受廷杖之苦，十分优待。故宋信依然又阔起来，自称诗翁，到处结交。这日，晏知府请在迁柳庄听莺，故同张寅先来，恰与燕白颔相遇。

燕白颔与众人才下得亭子，晏知府的轿早到了。晏知府一眼看见，便问张寅道：“那少年像是燕生员。”张寅答道：“正是。”晏知府便对宋信说道：“这个燕生员，乃是本郡燕都堂之子，叫做燕白颔。年虽少，大有才望。前日宗师考他个案首，闻得说还要特荐他哩。”宋信道：“生员从无特荐之例，宗师为何忽有此意？”晏知府道：“闻得是圣上见山黛有才，因思女子中尚然有才人，岂男人中反无佳士。故面谕各省宗师，加意搜求，如不得其人，便要重处。所以王宗师急于寻访。前日得了燕白颔，十分大喜，又对本府说：一人不好独荐，须再得一人，同荐方妙。再三托本府搜求。兄若不为前番之事，本府报名荐去，倒也是一桩美事。”

宋信恐怕张寅听见前番之事，慌忙罩说道：“晚生乃山中之人，如孤云野鹤，何天不可以高飞，乃欲又入樊笼耶？老先生既受宗师之托，何不就荐了张兄？况张兄又宗师之高第，去燕兄止一间耳。”晏知府听了，连忙笑说道：“本府岂不知张兄高才当荐，但科甲自有正途，若以此相浼，恐非令尊公老先生期望之意也。”宋信连连点首道：“老先生爱惜张兄，可谓至矣。”张寅道：“门生蒙公祖大人培植，感激不尽！”说罢，方才上席饮酒。

饮了半晌，晏知府又问道：“方才我看见与燕生员同走，还有一少年，可知是谁？”张寅答道：“那少年不是松江人，乃是平教官的侄儿，叫做平如衡。虽也薄薄有些才情，只是性情骄傲，不堪作养。”晏知府道：“原来如此。”就不再问了。大家直饮到傍晚方散。晏知府先上轿去了，张寅与宋信携手缓步而归。

一路上，张寅说道：“小弟因遵家严之教，笃志时艺，故一切诗文不曾留意。近日燕白颔与平如衡，略作得两句歪诗，便往往欺侮小弟。今闻宋兄诗文高于天下，几时设一酌，兄怎生作两首好诗，压倒他二人，便可吐小弟不平之气。”宋信道：“若论时艺，小弟荒疏久了，不敢狂言；若说作诗，或可为仁兄效一臂之力。”张寅大喜道：“得兄相助，足感高谊。”二人走入城，方别了。

过了数日，宋信闻知燕白颔是个富贵之家，又是当今少年名士，思量结交于他。遂买了一柄金扇，要写一首诗，做贽见礼送他。再三在自家诗稿上寻，并无一首拿掇得出。欲待不写，却又不像个诗人行径；欲要信手写一篇，又恐被他笑话。想了半日，忽然想起道：“有了，何不将山黛的《白燕诗》偷写了，只说是自家作的，燥一燥皮，有何不可！”

主意定了，遂展开扇子，写在上面。又写了个名帖，叫人拿着，一径来拜燕白颔。到了门上，将名帖投入。一个家人回道：“相公出门了。”宋信问道：“那里去了？”家人回道：“王宗师老爷请去了。”宋信又问道：“今日不是考期，请去做甚么？”家人道：“听得说是要作诗，不知是也不是。”宋信道：“既是不在家，拜上罢。”就将名帖同扇子交付家人收下，去了。

原来燕白颔自与平如衡会过，便彼此谈论，依依不舍。遂移了平如衡在燕白颔书房中住下，以便朝夕盘桓。这日燕白颔虽被宗师请去，平如衡却在书房中看书。家人接了名帖并扇子，遂送到书房中来。平如衡看见，就问道："是谁人的？"家人道："是一位宋相公来拜送的。"平如衡遂接过去一看，看见名帖是宋信，心下暗道："想必就是前日迁柳庄遇见的那人了。"再将扇子上诗一看，见题是《咏白燕》，因想道："白燕诗自有了时大本与袁凯二作，后来从无人敢继，怎么他也想续貂，不知胡说些甚么？"因细细读去，才读得头两句，便肃然改容；再读到首联"鸦借色"、"雪添肥"，不觉大惊道："此警句也！"再细细读完，因拍案叹息道："怎便说天下无才？似此一诗风流刻画，又在时、袁之上。我不料宋信那等一个人品，有此美才！"因拿在手中，吟咏不绝。只吟到午后，燕白颔方回到书房来，对平如衡说道："今日宗师请我去，要我作燕台八景诗，又要作祝山相公的寿文。见我一挥而就，不胜之喜，破格优待，又要特疏荐我为天下才子第一。又不知谁将吾兄才名吹到宗师耳朵里，今日再三问小弟可曾会兄，其才果是何如。小弟对道：最是相知，其才十倍于己。宗师听了，大喜之极，还要请兄一会，要将兄与小弟同荐。荐与不荐，虽无甚荣辱，然亦一知己也。"

平如衡道："宗师特荐天下才子，虽亦一时荣遇，然有其实而当其名则荣，若无其实而徒处其名，其辱莫大焉。此举，吾兄高才，当之固宜，小弟实是不敢。"燕白颔道："吾兄忝在相知，故底里言之。兄乃作此套言，岂相知之意哉？"平如衡道："小弟实实不是套言。天下才子甚多，特吾辈不及见耳。今若虚冒其名，而被召进京，京师都会，人才聚集，那时彼一才子，此一才子，岂不羞死！"燕白颔笑道："吾兄平素眼空四海，今日为何这等谦让？"平如衡道："小弟不是谦让，争奈一时便有许多才子，故不敢复作旧时狂态。"燕白颔道："一时便有许多，且请问兄见了几个？”平如衡道：“小弟从离洛阳，自负天下才子无两。不意到了山东汶上县，便遇了一个小才女，便令小弟瞠然自失。到了松江，又遇见吾兄，又令小弟拜于下风。不意今日又遇见一个才子，读其诗百遍，真令人口舌俱香。小弟若再缅颜号称才子，岂非无耻。”燕白颔道：“汶上者，道远无征，且姑无论。小弟不足比数，亦当置之。且请问今日又遇何人？”平如衡遂将扇子递与燕白颔看，道：“此不又是一才子乎？”

燕白颔展开读了一遍，不觉惊讶道：“大奇大奇，前日遇见那个宋信，难道会作这样好诗？我不信，我不信。”平如衡道：“他明明写着‘咏白燕小作，书以紫侯词兄郢政’，怎说不是他作的？”燕白颔道：“若果系他的笔，清新俊逸，真又一才子也。但细观其诗，再细想其人，实是大相悬绝。”平如衡道：“他既来拜兄，兄须答拜。相见时细加盘驳，便可知其真伪矣。”燕白颔道：“这也有理。明日就同兄一往何如？”平如衡道：“小弟就同去也无妨。”二人算计定了，燕白颔便叫取酒，二人对饮，细细将《白燕诗》赏玩，俱吃得大醉方歇。

到了次日，燕白颔果然写了名帖，拉平如衡同去回拜。寻到寓处，适值宋信不在，只得投了一个名帖便回。二人甚是踌躇，以为不巧。不期回到门前，忽见一个家人，手中捧了一个拜盒，在那里等候。看见燕白颔与平如衡回来，便迎着说道：“家相公拜上二位相公：明日薄酌，奉屈一叙。”就揭开拜匣，将两个请帖送上。

燕白颔接了一看，见是张寅的名字，心中暗想道：“他为甚请我？”因问道：“明日还有何客？”家人答道：“并无杂客，止有山东宋相公与二位相公。”燕白颔又问道：“山东宋相公，可就是与府里晏老爷相好的么？”家人道：“正是他。”燕白颔道：“既是他，可拜上相公，说我明日同平相公来领盛情。”家人应诺去了。

燕白颔因与平如衡商量道：“兄可知老张请你我之意么？”平如衡道：“无非是广结交以博名高耳。”燕白颔道：“非也。老张一向见你我名重，十分妒忌。今因宋信有些才情，欲借他之力，以强压你我二人耳。”平如衡道：“这也无谓。如宋信果有才，你我北面事之，亦所甘心，怎遮得张寅一字不通之丑？”燕白颔道：“正是这等说。况宋信《白燕诗》，小弟尚有几分疑心，明日且同兄去，一会便知。”平如衡道：“若论前日小弟骄傲了他，本不该去。既要会宋信，只得同去走遭。”二人算计定了。

到了次日过午，张家人来邀酒，燕白颔同平如衡欣然而往。到门，张寅迎入。此时宋信已先在厅上。四人相见，礼毕分坐。宋信是山东人，又年长，坐了首位。平如衡年虽幼，是河南人，坐了二位。燕白颔第三。张寅主人下陪。坐定，先是宋信与燕白颔各道相拜不遇之情，燕白颔又谢金扇之惠，又盛称《白燕诗》之妙。平如衡亦赞《白燕诗》。宋信见二人交口称赞，便忘记是窃他人之物，竟认做自己的一般，眉宇扬扬说道：“拙作颇为众赏，不意二兄亦有同心。”燕白颔道：“不知子都之佼者，是无目者也。天下共赏，方足称天下之才。”大家闲叙了一回，张寅就请入席饮酒。

饮到半酣，又谈起作诗，燕白颔有意要盘驳他，忽问道：“宋兄遨游天下，当今才子，还数何人？”宋信道：“当今诗人，莫不共推王、李。然以小弟论之，亦以一时显贵得名耳。若求清新俊逸之真才，往往散见于天下。如今日三兄高雅，岂非天下才子？”平如衡道：“小弟辈原不敢多让，今遇宋兄，不觉瞠乎后矣。”说罢，彼此大笑。张寅道：“三兄俱当今才子，不必互相谦让。且再请数杯，必须求领大教，方不虚今日。”燕、平二人道：“少不得要抛砖引玉。”宋信正说得高兴，又吃得高兴，忽听得要作诗，心下着忙，便说道：“既蒙三兄见爱，领教政自有日，何必在此一时？”

事有凑巧，正说不完，忽见一个家人，抱着一个四五岁的小学生，从外入来。众问何人，张寅答道：“是小舍弟。”宋信道：“好个清秀学生。”忙叫抱到面前顽耍。忽见他手中拿着一把扇子，上面画着一株桐树，飘下一叶，落款是《新秋梧桐一叶落图》。宋信看见，触想起山黛作的“梧桐一叶落”的诗，便弄乖说道：“三兄要小弟即席作诗，虽亦文人美事，但小弟才迟，又不喜为人缚束，今见小令弟扇上图画甚佳，不觉情动。待小弟妄题一首请教，何如？”张寅听了，连声道：“妙，妙，妙！”遂叫左右取出笔砚送上。宋信拈笔，欣然一挥而就。

燕、平二人见他落笔敏捷，已先惊讶；及接到手一看，见词意蕴藉，更加叹赏；再读到结句：“正如衰盛际，先有一人愁。”不觉彼此相视，向宋信称赞道：“宋兄高才如此，小弟辈甘拜下风矣。”宋信听了，喜得抓耳挠腮，满心奇痒，只是哈哈大笑。

张寅见宋信一诗压倒燕、平，不胜欢喜。因将扇子付与小兄弟去了，就筛了一大犀杯酒，送与宋信道：“宋兄有此佳作，可满饮此杯，聊为庆贺。”宋信道：“信笔请教，有何佳处。”张寅笑道：“小弟不是诗人，也不知诗中趣味。但平兄自负诗人，眼空一世，今日这等称赞，定有妙处了。”

平如衡是个直人，先见了《白燕诗》，已有八九分怜爱，今又见当面题咏，便信以为真，真心输服，一味赞羡，那里还顾张寅讥诮？燕白颔又再三交誉，弄得个宋信身子都没处安放。大家欢欢喜喜，直吃到傍晚方散。张寅就留宋信在书房中宿了。张寅以为出了他的气，满心快畅，不题。

却说燕白颔同平如衡回到家里，因相与叹息道：“‘以貌取人，失之子羽。’我看老宋那个人物，万万不道他有此美才。”平如衡道：“昨日《白燕诗》，兄尚有疑。今日《梧桐一叶落诗》，当面挥毫，更有何疑？岂非天下才子原多，特吾辈不及尽见耳？”燕白颔道：“人才难忽如此，今后遇卖菜佣人，亦当物色之。”二人又谈了半晌，方各歇息。

到了次早，平如衡睡尚未起，忽见叔子平教官差斋夫来，立等请去说话。平如衡不知为何，只得与燕白颔说知，别了来见叔子。平教官接着，就说道："昨日晏府尊将两个名帖来，要请我与你去一会，不知为何。我故着人来接你商量，还是去好不去好？"平如衡道："若论侄儿是河南人，他管我不着，可以不去。但尊叔在此为官，不去恐他见怪。"平教官道："我也是这等想。还是同去走走，看他有甚话说。"就留侄儿吃了饭。只见昨日送帖儿的差人又来催促，平教官只得同了侄儿，坐轿到府前。差人禀知晏府尊，便叫先请在迎宾馆中坐下，随即自家落馆，以宾主礼相见，逊坐待茶。

茶罢，晏知府便先开口说道："今日请二位到此，别无话说。只因王宗师大人，奉圣旨要格外搜求奇才，前日于考试中自取了燕生员，不便独荐，意欲再求一人，以为正副。在三学中细细搜罗，并无当意之人，屡屡托本府格外搜求。本府不敢不遵，因再三访问，方知令侄子持兄是个奇才。又因隔省，不属本府所辖，不便唐突，故转烦贤契招致。今蒙降重，得睹丰姿，果系青年英俊，其为奇才，不问而可知矣。"平教官道："舍侄末学小子，过蒙公祖大人作养，感激不尽。但以草茅寒贱，达之天子之庭，实非小事，还求公祖大人慎重。"晏知府道："本府亦非妄举。就是平兄与燕生员迁柳庄听莺所联佳句，本府俱已览过，故作此想，不必过谦。"平如衡因说道："生员虽异乡葑菲，今随家叔隶于帡幪之下，即系门墙桃李。蒙公祖大人培植，安敢自外。但生员薄有才名，不过稍胜驽骀，实非绝尘而奔之骏足也。"晏知府笑道："平兄不必过逊。当今才人，岂尚有过于二兄者哉？"平如衡道："不必远求，即公祖太宗师之贵相知宋子成，便胜于生员辈多矣。"

晏知府听了，大笑道："宋子成与本府至交，本府岂不知之？平兄不要为虚名所惑。"平如衡道："生员到未必惑于虚名，只恐公祖太宗师转舍近而求远。公祖太宗师既见生员辈的《听莺诗》，则宋子成的《白燕诗》，未有不见之理。"晏知府笑道："宋子成有甚《白燕诗》！”平如衡道：“怎说没有？待生员诵与公祖太宗师听。”因高吟两句道：“‘淡额羞从鸦借色，瘦襟止许雪添肥。’此岂非宋子成《白燕诗》么？难道公祖太宗师竟不曾见？”晏知府听了笑道：“此乃山小姐所作，与宋子成甚相干！”平如衡大惊道：“莫非偶然相同？待生员再诵后联与公祖太宗师听。”因又高吟二句道：“飞来夜黑还留影，衔尽春红不浣衣。”晏知府听了，一发大笑道：“正是山小姐所作。结尾二句，待本府念了罢：‘多少艳魂迷画栋，卷帘惟我洁身归。’是也不是？”

平如衡听了，呆了半晌，心下暗想道：“原来是抄别人的。只是《梧桐一叶落诗》当面作的，难道也是抄袭不成？”因又说道：“宋子成昨日新作《梧桐一叶落诗》，十分警拔，待生员再诵与公祖太宗师听。”晏知府想一想道：“《梧桐一叶落诗》，莫非末句是‘正如衰盛际，先有一人愁’么？”平如衡见晏府尊念出，连连点首道：“正是，正是。”晏知府道：“这一发是山小姐所作了。”平如衡忙打恭道：“且请问公祖太宗师，这山小姐却是何人？”

晏知府正打帐说出山小姐是何人，忽许多衙役慌慌张张跑来报道：“按院老爷私行入境，两县并刑厅四爷，俱飞马去迎接了。老爷亦须速去候见。”晏知府听了，便立起身辞说道：“按君入境，不得奉陪。二位且请回，改日再请相会。”说罢，竟匆匆去了。平教官与平如衡只等晏府尊去后，方才上轿回来。平教官竟回学里，不题。

平如衡依旧望燕白颔家来。寻见燕白颔，将前事细细说了一遍，道：“你道此事奇也不奇？”燕白颔听了道：“《白燕诗》小弟原说他有抄袭之弊，但不料《梧桐一叶落诗》也是抄袭。怎偏生这等凑巧，真是奇事！”平如衡道：“这也罢了。但不知山小姐是何人？怎生样作《白燕诗》与《梧桐一叶落诗》都被他窃了？只可惜方才匆匆，未曾问个明白。”燕白颔道：“既有了山小姐之名，就容易访问了。”平如衡道：“纵有其人而知其名，也不知其中委曲，还须要问晏公，方才得其详细。”燕白颔道：“问晏公，不若原问老宋。”平如衡道：“怎生样问他？”燕白颔道：“这不难。老张既请了你我，也须复他一席。待明日请他来，你我在席上慢慢敲打他，再以山小姐之名勾挑他。他自己心虚，自然要露出马脚来。”平如衡大笑道：“这也有理。”二人算计定了。

到次日，便发帖来请。张寅与宋信接了帖子，以为被他压倒，此来这要燥一场脾胃，便欣然答应。只因这一来，有分教：雪消山见，洗不尽西江之羞；水落石出，流不尽当场之丑。

不知后事如何，且听下回分解。

第十二回

虚心病陡发苦莫能医　盗贼赃被拿妙于直认

凡有一人，自有一人之情性；既有一人之情性，则自发一人之议论。若作者高据史席，横拈史笔，欲发其人之议论，而不能曲体其人之情性，则须眉非我，啼笑不知为谁，出口则惭，在人则笑，奚其可也？譬如宋信，小人也，一时放肆，忽作大言，则窃君子衣冠，盗贤人口角，亦未为不可。却妙在虽窃君子衣冠，却终露小人行径，纵盗贤人口角，却难掩下士肺肠。尤妙在所诋者皆是自家之丑，所笑者无非下士之辜。即此一番谈论，不待露出马脚，而宋信之恶俗情性，已活现纸上矣。真心爱才人，未有不服其妙者。若读而不痛不痒，定是门外汉。

宋信正高谈阔论，忽究及《白燕诗》始末，可谓当心一拳，不得不惊。再提出山小姐，任是廉耻丧尽，也要着急，脸之一红，良心所必至也。及至红着脸，左不是，右不是，则羞之久而羞定矣。良心尽而顽心出，故再以梧桐诗羞之，转勉强嘻嘻而笑矣。笑之不已，终非了期，故借平如衡出脱之言，即老着脸直认矣。摹写无廉耻、不怕羞人，厚颜次第，一一如画。

盗袭之机关既为人识破，无可奈何，虽不得不矫情快饮，然亦未免见忸怩之色。而宋信不然：竟看得盗袭不足为羞，到识破细说时，尚有胆气要人吃酒，尚谈得山小姐津津有味。直无耻中无耻之霸也！

大家同听山小姐之美，偏是燕白颔急急问人家之聘，偏是张寅想到必是大臣子弟方能聘他，燕白颔又争山小姐才女必选配才人。各人心事，各各无心吐露，着笔何等幽悄！予向阅诸小言，味都嚼蜡，今始见“四才子”，异而评之。第恨妾生较晚，不及细为点缀耳。

此时尽注想山黛，不几忘冷绛雪耶？乃借平如衡不爽之言，又映带而出，真左顾右盼，不失一眼。

山黛虽闻名，尚未及一面；冷绛雪虽略识面，却犹明月芦花，了无踪影。燕白颔早目视平如衡，而有平分天下之想。有大才人，定有大志，若无此志，二人入京必不急切。由此观之，文章线索，不出情理。

有是事，必有是心。燕、平二人商量入京，一时便有许多心：要平分山、冷，是雄心；虑被召至京，恐才不及山黛，是小心；欲暗试山小姐，是虚心；又自负有才，是骄心；又讲过选才择婿必不相让，是争心；欲变易姓名作寒士，止凭文字考上下，是平心。二人于此，心心都打点过，方可谓之燕、平打点，固是燕、平之心。及张、宋打点，又是张、宋之心。作者以一心而体贴众心，无不心心相照，可谓心有七窍矣，且妙在窍窍皆通。

张寅抄诗，并抄闵子庙诗，便已自明留破绽，而不知巧耶，拙耶？煞有妙思！

词曰：

死尸雪里谁遮护，到头马脚终须露。漫说没人知，行人口似碑。　求君莫说破，说破如何过？可笑复可怜，方知不值钱。

——右调《菩萨蛮》

却说燕白颔与平如衡欲要问山小姐《白燕诗》消息，遂发帖请宋信与张寅吃酒。宋信与张寅不知其意，只道敬他才美，十分快活，满口应允。到了正日，欣然而来。燕白颔迎入，与平如衡相见，礼毕叙坐，谈了许多闲话，然后坐席饮酒。

饮到半酣之际，燕白颔忽然赞道："宋兄之才，真可称天下第一人矣！"宋信笑道："燕兄不要把才子二字看轻了。这才子之名，有好几种论不得。"燕白颔道："请问有那几种？"宋信道："第一是乡绅中才子论不得。他从科甲出身，又居显宦，人人景仰，若有得一分才，便要算他十分才，所以论不得。第二是大富家才子论不得。他货财广有，易于交结，故人人作曹丘之誉，无才往往邀有才之名，所以也论不得。”燕、平二人听了，微微冷笑道：“宋兄所论，最为有理。”张寅遂大声说道：“宋兄高论，曲尽人情，痛快之极！”宋信道：“不独富贵，第三便是闺阁之才也论不得。他娥眉皓齿，杏脸桃腮，人望之先已消魂，若再能成咏，便是千古之慧心香口矣，所以也论不得。惟小弟山人之才，既无乌纱象简以压人，又无黄金白璧以结客，以蓬荜之卑，而遨游于王公大人之上，若非薄有微长，谁肯垂青刮目？”张寅大笑道：“果然，果然！”燕、平二人只是笑。宋信道：“不说山人个个便是才子，内中原有不肖。”燕白颔道：“为何又有不肖？”宋信道：“求显者之书而干谒富室，假他人之作而冒为己才，见人一味足恭，逢财不论非义。如此之辈，岂非不肖？若我小弟在长安时，交游间无不识之公卿，从不曾假其片纸只字以为先容。至于分题刻烛，纵使捻断髭须、呕出心血，绝不盗袭他人残唾。所以遍游天下，皆蒙同人过誉。此虽恶谈，不宜自述，因三兄见爱，出于寻常，故不禁狂言琐琐。”

燕白颔道：“宋兄不独知人甚切，而自知尤明。且请问宋兄：这《白燕诗》清新俊逸，压倒前人，不知还是自作，还是与人酬和？”宋信不曾打点，突然被问，心下恍惚。欲要说是与人酬和，恐怕追究其人，因答道：“此不过一时有感自作耳。”燕白颔又问道：“不知还是在贵省所作，不知还是游燕京所作？”宋信一时摸不着所问情由，只得漫应道：“是游燕时所作。”燕白颔道：“闻得京中山小姐亦有《白燕诗》，独步一时，不知宋兄曾见过么？”

宋信听见问出“山小姐”三字，打着自家的虚心病，不觉一急，满脸通红，一时答不来，只得转问道：“这山小姐燕兄为何也知道？”燕白颔见宋信面色有异，知有情弊，一发大言惊吓他道：“昨有一敝友从京中来，小弟因将宋兄的《白燕诗》与他看，他说在京中曾见山小姐的《白燕诗》，正与此相同。不知还是山小姐同了宋兄的，又不知宋兄同了山小姐的？”宋信着了急，红着脸，左不是，右不是，只得勉强说道：“各人的诗，那有个相同之理？”燕白颔道：“敝友不但说《白燕诗》相同，连《梧桐一叶落诗》，也说是相同的，却是为何？”宋信没奈何，转笑嘻嘻说道：“这也奇了……”张寅见宋信光景不好，只得帮说道：“同与不同且勿论，但说山小姐是个女子。那有个女子能作如此妙诗之理？只怕贵友之言有些荒唐。”燕白颔道：“荒唐与不荒唐，小弟也不知，只有宋兄心下明白，必求讲明。”宋信说不出，只是嘻嘻而笑。

平如衡见宋信欲说难于改口，因正色说道：“吾辈初不相知，往来应酬，抄录他人之作，偶然题扇，亦是常事。宋兄昨日初遇紫侯，尚未相知，便录山小姐之作以为己作，不过一时应酬，这也无碍。今日尔我既成至交，肝胆相向，若再如前隐晦，便不是相知了。”燕白颔听了，因拍掌道：“子持此论，大为有理。”宋信见事已泄漏，料瞒不得，只得借平如衡之言，便老着脸哈哈大笑道：“子持兄深知我心。昨日与诸兄初会，未免有三分客套。今已成莫逆，定当实告。只是这山小姐之事，说来甚奇，三兄须痛饮而听。”平如衡与燕白颔俱大喜道：“宋兄快士也！小弟辈愿饮。”随叫左右筛起大犀杯，各各送上。

大家吃了两杯，燕白颔便开口道：“山小姐果为何人，望宋兄见教。”宋信无法，只得直说道：“这山小姐，乃当朝山显仁相公之女，名唤山黛。如今想也有十四五岁了，作《白燕诗》时年方十岁。生得娇倩如花，轻盈似燕，且不必论。只说他作的诗，不独时人中少有，真足令汉唐减色。所以当今天子十分宠爱。”燕白颔道：“小小年纪，天子为何得知？”宋信道：“因天子大宴群臣，偶见白燕，诏翰林赋诗，翰林一时应诏不来，天子不悦。山相公因献上此诗。圣心览之甚喜，故特特诏见。又面试《天子有道》三章，援笔立就，龙颜大悦。因赐玉尺一柄，着他量度天下之才；又御书‘弘文才女’四字，其余金帛不论。山相公因盖了一座玉尺楼，将御书横作扁额，供在上面，叫他女儿坐卧其中，拈弄笔墨。长安求诗求文者，日填于门。”

燕白颔道：“宋兄曾面见其人，果是真才么？”宋信道：“怎么不见？怎么不真？也曾有人疑他是假，动疏参论。天子敕尚宝少卿周公梦、翰林庶吉士夏之忠、礼部主事卜其通、行人穆礼、中书颜贵五臣与他考较。此一举，人人替他耽忧，道一个小小女子，怎当得五个名臣考较？谁知真正才子，实系天生，不论男女，不论年纪。这山小姐接了题目，信笔一挥，无不立就，将五个科甲名公惊得哑口无言，笔不敢下。”

燕白颔与平如衡听见说得津津有味，不觉神情起舞，眉宇开张，道：“我不信天下有此等才女。且请问：考较的是几首甚么诗？”宋信道：“诗值甚么？只亏他一首《五色云赋》，约有六七百言，草也不起，下笔立成。内中含规颂圣，大有意味，真令人爱杀。”平如衡道：“《五色云赋》宋兄记得么？”宋信道：“文长那记得许多，只记得内中警句道：‘绮南丽北，彩凤垂蔽天之翼；艳高冶下，龙女散漫空之花。’又一联道：‘不线不针，阴阳刺乾坤之绣；非毫非楮，烟霞绘天地之图。’你道好么？”

燕白颔叹息道：“若非遇兄，几不知天地间有此闺阁之秀。”平如衡道：“我辈男子，稍有寸长，便夸于人曰才子。视此，岂不颜厚！”宋信道：“天子也是此意，说道：女子中且有如此美才，岂可以天下之大，无一出类才人？故严督学臣，格外搜求。昨闻得王督学要特荐二兄，也正为山小姐而起也。”

燕白颔道：“这山小姐如今有人家聘了么？”宋信道：“小弟出京时，一来他年纪尚小，二来山相公也难于说话，三来山小姐为天子所知，等闲无才之人，也不敢轻求，所以不曾受聘。”张寅道：“这等看起来，若非公侯大臣家子弟，万万不能了。”燕白颔道：“山小姐既是才女，定然选才。大臣子弟，若是无才，岂能动其心？”大家说说笑笑，直饮到酣然，宋信与张寅方才别去。正是：

小人颜厚不知羞，一个哈哈便罢休。

若是面红兼汗下，尚能算做圣贤俦。

张寅与宋信本欲燥皮，到讨了一场没趣而去，不题。且说燕白颔与平如衡，自闻了山小姐之名，便终日痴痴呆呆，只是思想。燕白颔忽说道："这山小姐之事，我终有几分疑心。"平如衡道："兄疑何事？"燕白颔道："小弟终疑宋信之言不确。那有小小女儿，有如此才美之理？"

平如衡道："据小弟看来，此事一痕不爽。"燕白颔道："子持兄何所据而知其不爽？"平如衡道："前日对兄不曾说完。小弟曾在汶上县闵子祠遇一女子，也只一十二岁，题壁之诗，美如金玉。此系小弟目击，难道也有甚么疑心？由此看来，则山小姐之事不虚矣。"燕白颔道："此女曾知其姓名么？"平如衡道："他自署名'维扬十二岁才女冷绛雪'。看他行径，像个显宦人家宅眷。但在《缙绅》上细查，扬州并无一个姓冷的官宦，不知为何。"燕白颔道："据兄之言，参之宋信所说，则是当今一时而有两才女矣。以弟与兄而论，也算做一时两才子。但男子生而愿为之有室，女子生而愿为之有家。任是公卿，任是有才，未有不愿得才美兼全而结婚姻者。若苍天有意，得以山、冷二小姐配兄与弟，岂非一时快事，千秋佳话！但恨天各一方，浮萍大海，纵使三生有幸，亦会合无由，殊令人怅惘。"

平如衡道："兄生于富贵之家，从未出户，看得道路艰难，便作此想。若以小弟而论，只身四海，何处不可追寻？但患无其人耳。今既有山黛、冷绛雪之名，则上天下地，皆踪影之乡。小弟在汶上时，即欲追随，徒以资斧不继，故至此耳。"燕白颔听了，大喜道："吾兄高论，开弟茅塞。富贵功名，吾与兄自有，何必拘拘于此？冷绛雪虽不知消息，难于物色，而山黛为当朝宰相之女，岂有访求不得之理？

若论道路行李，小弟自足供之。行当与兄寻访，若有所遇，也不枉你我一生名实。”平如衡道：“莫说他是两个美人，尚有婚姻之想，即使是两个朋友，有如此才美，亦不可当吾身而失之。”燕白颔连声道“是”。二人算计定了。

又过得数日，忽报房来报说：“王学院老爷已特疏荐松江府燕白颔、河南府平如衡为天下奇才，若使黼黻皇猷，必有可观。伏乞敕下有司，优礼征诏，以彰崇文之化。”燕白颔看了，与平如衡商量道：“你我既为宗师荐了，明日旨意下时，少不得要征诏入京，便可乘机去访山小姐了。”平如衡道：“若待征诏入京去访，便有许多不妙。”燕白颔道：“有何不妙？”平如衡道：“山小姐之才，既上为天子所知，下为公卿所服，必非等闲可及。你我被荐为天下才子，倘圣上诏与考较，莫说全不及他，即稍有短长，便是辽东白豕，岂不惹人笑死？”燕白颔道：“似此如之奈何？”平如衡道：“据小弟愚意，莫若乘荐本才入，圣旨未下，兄与小弟改易姓名，潜走入京。山小姐既有玉尺量度天下之才，求诗求文者日填于门，料不避人。你我且私去与他一较，看是如何。若是其才与我辈仿佛，不至大相径庭，明日旨意下了，便可赴阙应诏。若是万分不及，便好埋名隐姓，作世外之游，也免得当场出丑。”燕白颔笑道：“兄的算计倒也万全。只是看得山小姐太高，将你我自视太低了。你我一个男子，胸中有万卷书，口中有三寸舌，一枝笔从来纵横无敌，难道见了一个小小女子，便死了不成？”平如衡笑道：“兄不要过于自夸。李太白唐时一人，曾见崔颢《黄鹤楼》诗而不敢再题。小弟岂让人之人？天下事最难料，前日在闵子祠看了冷绛雪之诗，小弟几乎搁笔。何况山黛名重一时，岂可轻觑？”燕白颔笑道：“也罢，这都依你。只是还有一件，也要讲过。”平如衡道：“有何事要讲？”燕白颔笑道：“山小姐只一人，你我却是两个。倘到彼时，他要选才择婿，却莫要怪小弟不让。”平如衡也笑道：“好，好，一发与兄讲明：你我俱擅才子之名，一时也难分伯仲。

若要与兄同考，以兄门第，自然要拔头筹。就是今日同应征诏而去，当事者必定要首取于兄。何也？兄为都宪之后，门生故吏，满于长安，岂有不为兄先容者？小弟虽逊一筹，而私心窃有不服。今日山小姐既有玉尺量才之称，兄若肯与小弟变易姓名，大家无有依傍，止凭文字，若有长短，弟所甘心。”燕白颔道：“以小弟为人，岂靠门第作声价？”平如衡道：“兄虽不靠门第，而世情未免以声价取门第，惟有无名寒士之取与最公。吾兄若肯一往，则你我二人之文品定矣。”燕白颔道：“既然如此，当变姓名，与兄同往。”平如衡道：“要行须索早行。若迟了，圣旨一下，便有府县拘束，出门不得了。”燕白颔道：“作速打点就是。”二人算计停当，一面收拾起身。不题。

却说张寅只指望借宋信之才压倒燕、平二人，不期被燕白颔搜出底脚，又出了一场丑，十分没趣。又闻得山小姐才美，心下想道：“怎能够娶了山小姐为妻，则二人不压而自倒矣。”又想道：“若论起门楣，他是宰相之女，我是天官之儿，也正相当。只怕他倚着有才，不肯轻易便许与我。”心下展转踌躇。过了几时，忽又闻得王宗师果荐了燕白颔、平如衡为天下才子，要征诏进京，心下一发着忙道：“这两个小畜生若进了京，他年纪又轻，人物又聪俊，才又高，又是宗师特荐，山家这一头亲事，定要被他占了。却是气他不过。”心下想道：“还是寻老宋来商量。”

原来宋信自从那日在燕家吃酒，弄了没趣，便不好在张家住，只得复回旧寓。这日被张寅寻了来，就将心上之事一一说与他知，就要他设个法儿，以为求亲之地。宋信听了，只是摇头道：“这个难，这个难。”张寅道：“为甚有许多难？”宋信道：“兄虽说是受了燕、平二人之气，尚不过是朋友间小口舌，微微讥诮而已，何曾敢十分唐突？你不知那小丫头十分惫懒，拿着一枝笔，在纸上就似蚕吃桑叶的一般，沙沙沙只是写，全不顾别人死活。你若有一毫破绽，他便作诗打觑你。兄要去求这头亲事，却从那里讲得起？”张寅道：“依兄这等说，难道他一世不嫁人了？”宋信道：“岂有不嫁之理？但不知他属意何人。”张寅道：“肯不肯且由他，求不求却在我。莫若写一信与家父，叫他央媒去求求看。”宋信道：“这个万万无用。”张寅道：“却是为何？”宋信道：“一来尊公老先生官高年尊，若去说亲，见他装腔做势，必不肯十分下气去求；二来山老为人执拗，不见女婿，断然不肯轻易许可；三来山黛这小丫头爱才如命，若没有两首好诗文动他，如何得他动念？还是兄乘燕、平二人旨意未下，先自进京，替尊公老先生说明，央一当权大贵人去作伐。一个说不允，再央一个去说，三番五次，殷勤恳求。他却不过情面，或者肯也不可知。山老若要相看女婿，兄人物魁伟，料必中意。再抄人几篇好文字、好诗词，刻作兄的窗稿，送与山小姐去看。他在闺中，那里便知是假的？若看得中意，这事便有几分稳了。”

张寅听了，满心欢喜道：“蒙兄指引，甚是有理。但就是小弟进京，也是初次。又且家父严肃，出入谋为，恐亦不便。闻兄曾在京久居，请托最熟，得能借重同往，不独深感，自当重报。”宋信听了，连连摇首道：“这个难，这个难。”张寅道：“吾兄游于松与游于京，总是一般，为何有许多难处？”宋信道：“有些难处，却是对兄说不得。”张寅道：“有甚难处？想只是兄虑小弟行李淡薄，不足充兄之费，故设词推脱耳。兄若肯同往，凡有所用，小弟决不敢悭吝。”

宋信见张寅苦苦要他进京，心下暗想道：“我离京已有四五年，前事想也冷了。便有人认得，谁与我做冤家？我在松江，光景也只有限，莫若同他进京，乘机取他些用用也好。但须改换姓名方妙。”沉吟了半晌，因说道：“小弟懒于进京，也不为别事，只因小弟在京时名太重了，交太广了，日日被人缠扰，不得自由自在，所以怕了。若是吾兄定要同往，小弟除非改了姓名，不甚见客，方才可也。”张寅大喜道：“这个尤妙！兄若改名，不甚见客，方于小弟之事有济。”宋信道：“若要进京，便不宜迟，恐燕、平二人到了，又要多一番避忌。

莫若早进去，做一个高材捷足。他二人来时，任他才貌，也无及了。”

张寅道：“有理，有理。别的事都不难，只是要抄好文章、好诗词，却那里得有？”宋信道：“这不难。要好文章，只消叫斋夫将各县宗师考的一二名，抄几篇就是了。至于诗词，闻得前日燕白颔与平如衡在迁柳庄听莺的联句甚好。燕白颔还有一首《题壁》，一首《赠妓》，一首《赠歌童》。平如衡还有一首《感怀诗》，一首《闵子祠题壁诗》，何不托朋友尽数抄来。就是兄园里壁上的这首也好。只消改了题目，刻作兄的。到了京中，相隔三千余里，谁人得知真假？”

张寅听了，不胜之喜，果然叫人各处去抄。又托袁隐将燕白颔与平如衡平日所作的好诗文，又偷了好几首。共着人刻作一册，起个名叫做《张子新编》。宋信又改了一个姓名，叫做宗言。二人悄悄进京去了。不题。

却说燕白颔，父亲燕都堂虽已亡过，母亲赵夫人尚然在堂。他将前事禀过母亲，将家事都交付母亲掌管。自收拾了许多路费行李，又带了三四个得力家人。又与平如衡商量，燕白领依母姓改名赵纵，平如衡就依赵纵二字，取纵横之义，改名钱横。扮做两个寒士，也悄悄进京而去。只因这一去，有分教：锦为心，绣为口，才无双而有双；花解语，玉生香，美无赛而有赛。

毕竟不知后事如何，且听下回分解。

第十三回

窦知府结贵交趋势利　冷绛雪观旧句害相思

燕、平二人平山堂作调，不过借游览点醒题面耳，实无甚关系。然凭吊永叔，忽尔悲凉，忽尔羡慕，一段低回感叹之情，早又留一片文人影子在寒山荒草中，动人想象。文笔之妙如此。

张寅忙忙入京者，是要撇燕、平二人，而争山小姐之捷足也。谁知赶到扬州，破许多情面，费许多礼物，求得冷新之书，转是替平如衡传消息。作者穿插巧妙，真令人惊喜。

平如衡与冷绛雪，才美之配也。若止凭媒言，泛泛作合，则才无情、美无意，不几辜负乎？造物不忍，故往往奇其缘，巧其遇，使才成异锦，美压名花，然后才与美而不相负也。是以闵庙草草，一丝先系才美之足。至此疏冷矣，故又牵一丝，以束其情。然后两地相思，方足生才美之香，添才美之色。

欲以《张子新编》传平子旧作于绛雪，无由也，因想出冷新一路。欲张寅求冷新之书，又无由也，因想出娶山黛之力，绛雪能助一臂。欲将绛雪持权之力，吹入张寅之耳，又无由也，因想出窦知府一请。欲窦知府突然谈冷绛雪之事，又无由也，因想出宋信一问。故宋信相见时，不答进京为何，而先问冷绛雪为婢为妾。虽若旧忿未忘，实则传书之新事要紧。作者个中曲折，岂能一一告人？

山相公若仍在朝，则后来看梅花、扮青衣，便有许多不便。山相公若不归隐，则燕、平到京，一访即知，又岂容再三躲闪？故先请告而去，别造一天，听闲云舒卷。

山小姐览《新编》之诗，心已动矣。山阁老迫权势之请，首已肯矣。若非

《闵庙诗》一阻，佳人或属沙吒利，未可知也。此《闵庙诗》不独暗暗作平如衡之黄犬，又明明系燕白颔之红丝矣。妙处岂能名言耶！

冷绛雪与山黛，才美女子中之知己也。朝夕多时，而闵庙题诗之事绝不提起，岂忘之耶？私心爱慕，不敢使人知也。直至此时见诗，方才说破，可谓守口如瓶矣。不独慎言，若早说破，此时再见，便味如嚼蜡矣。

《新编》误载《闵庙诗》，不过要明张寅之谎。谎既破矣，又何取焉？又取以感伤冷绛雪之情。至于冷绛雪之情既伤，则此一诗为用多矣。乃作者犹以为少，又添《有怀题壁诗人》一首，使有情人读之，不得不为情死。说者曰作《西厢》人舌都嚼烂，吾则谓作"四才子"人定想都费尽，心都使碎矣。张寅来求婚，山黛只是要见面，盖一疑闵庙之诗，二疑到门之怯也。张寅要往见，宋信只说去不得，盖深知山黛之利害，又深知张寅之无才也。此不过闲冷笔墨，亦写得声口与思虑相通。妙文之妙，真不可思议！

一个张子，一个平如衡，二小姐正摆脱不开。圣天子忽因荐举，又添出一个燕白颔来，又重出一个平如衡来。是一是两，谁假谁真，一时堆积于二美人眉稍心上，转使一片深情无处着落。所谓恼乱春心，正此时也。

词曰：

人在念，事关心，消瘦到而今。开缄忽接旧时吟，铁石也难禁。　　情恻恻，泪淫淫，魂梦费追寻。鱼书杳杳雁沉沉，最苦是无音。

——右调《喜迁莺》

话说燕白颔与平如衡扮做贫士，改名赵纵、钱横，瞒了宗师，悄悄雇船从苏州、常州、镇江一路而来。在路上遇着名胜所在，二人定要流览题诗，发泄其风流才学，甚是快乐。

一日到了扬州，见地方繁华佳丽，转胜江南。因慕名就在琼花观作了寓所，到各处去游览。闻知府城西北有一个平山堂，乃宋朝名公欧阳修所建，为一代风流文人胜迹，遂同了去游赏。寻到其地，只见其基址虽存，而屋宇俱已颓败。惟有一带寒山高低遮映，几株残柳前后依依。二人临风凭吊，不胜盛衰今昔之感。因叫家人沽了一壶村酒，寻了一块石上，二人坐着对饮。燕白颔因说道：“我想欧阳公为宋朝文人之巨擘，想其建堂于此，歌姬佐酒，当时何等风流！而今安在哉？惟此遗踪，尚留一片荒凉之色。可见功名富贵，转眼浮云，曾何益于吾身。”平如衡道：“富贵虽不耐久，而芳名自在天地。今日欧阳公虽往，而平山堂一段诗酒风流，俨然未散。吾兄试看此寒山衰柳，景色虽甚荒凉，然断续低回，何处不是永叔之文章，动人留连感叹！”

二人论到妙处，忽见两个燕子，呢呢喃喃，飞来飞去，若有所言，若有所听。二人见了，不禁诗兴勃勃，遂叫家人取过笔砚，拂拭开一堵残壁，先是燕白颔题一首词儿在上面，道：

> 闻说当年初建，诗酒风流堪羡。曾去几多时，惟剩晚山一片。谁见，谁见，试问平山冷燕。
>
> ——右调《如梦令》　云间赵纵题

燕白颔题完，平如衡接过笔来，也题一首，道：

> 芍药过春无艳，杨柳临秋非线。时事尽更移，惟有芳名不变。休怨，休怨，尚有平山冷燕。
>
> ——右调《如梦令》　洛阳钱横题和

二人题罢，相顾而笑。又谈今论古，欢饮了半晌，方携手缓步而回。

回到观前，天色昏黑，只见许多衙役轿马，拥挤观前，甚是热闹。问人，方知是太守在大殿上做戏请客。二人见天晚人杂，因混于众人中，悄悄走到殿前一张，只见上面两席酒，坐着二客，不是别人，恰正是张寅与宋信。心下暗惊道：“他二人为何到此？”再看下席，却是府尊奉陪。恐怕被人看见，不敢久立，遂走回寓所，私相商量。

燕白颔道："我们在家时，不曾听得他出门，为何反先在此处？"平如衡道："莫非来打秋风？"燕白颔道："若说打秋风，在老宋或者有之。张伯恭家颇富足，岂肯为此离家远涉至此？依小弟想来，只怕听见山小姐之事，亦作痴想，故暗拉老宋同北上，以为先下手计耳。"平如衡道："兄此想甚是有理。他倚着父亲吏部之势，故有此想耳。我们却是怎样个算计方妙？"燕白颔道："我们也没甚算计。此事乃各人心事，说又说不出，争执又争执不得，只好早早去了，且到京中再看机缘如何。"平如衡道："既要去，明早就行，莫与他看见。知我二人进京，他一发要争先了。"燕白颔道："有理，有理。明日须索早行。"二人睡过夜，到了次早，果然收拾行李，谢了主人，竟自雇船北去。不题。

你说宋信与张寅为何在此吃酒？原来宋信到了扬州，因与窦知府有旧，要在张寅面前卖弄他相识多，遂去拜见。又在窦知府面前夸说张寅是吏部尚书之子，与他相厚，同了进京。窦知府听见"吏部"二字，未免势利，故做戏请他二人。

戏到半本之时，攒盒小饮。窦知府因问道："张兄进京，还是定省尊公老大人，还是别有他事？"张寅道："止为看看老父，并无别事。"窦知府又问道："子成兄为何又有兴进京？"宋信道："这且慢说。且请问窦老先生：可曾闻得冷绛雪进京之后，光景怎么了？还是为妾，还是为婢？"窦知府笑道："冷绛雪的事情，可谓奇闻。兄难道还不知道？"宋信道："冷绛雪进京之后，晚生就往游云间，其实不知。"窦知府道："山小姐自恃才高，又倚天子宠眷，一味骄矜，旁若无人，此乃兄所知者。不期冷绛雪这小小女子，倒有些作用。到他府中，一见面就争礼不拜。山小姐出题考他，他援笔立就。竟将一个眼空四海的山小姐压服定了，不但不敢以婢妾相待，闻说山相公欲要将他拜为义女，山小姐犹恐辱了他，竟以宾客礼相待，又替他题疏加官号。天子听从，加他个女学士之衔，又将他父亲冷新赐与中书冠带荣身。你道奇也不奇？兄前日原为要处他出兄之气，不知他的造化，倒因祸而得福。”

宋信听得呆了半晌，又问道：“果是真么？”窦知府道：“命下，冷新的冠带是本府亲送去的，怎说不真？”宋信道：“这等看来，山府之事，冷绛雪倒也主持得几分了？”窦知府道：“闻得山小姐于冷绛雪之言无有不听，他怎么主持不得？”宋信听了，又沉吟半晌，因以目视张寅道：“这倒是吾兄一个好机会。”张寅惊问道：“怎么是小弟的好机会？”宋信道：“这个机会，全要在窦老先生身上，须瞒不得。”张寅道：“既蒙窦宗师错爱，门生心事不妨直告。”窦知府因问道：“张兄有甚心事？”宋信道：“张兄此行，虽为趋事尊公大人，然实实为闻得山小姐之名，意欲求以为配。到了京中，央求几个大老作伐。他两家门当户对，自有可成的道理。但以山小姐之才，必定爱才。张兄美才，一时未必得知。方才听得冷绛雪这等得时，连父亲冷大户俱加了冠带，何不借重窦老先生鼎力，央冷大户写一封书与冷绛雪，说知张兄求婚之意，托他于中周旋。再将张兄所刻佳篇，寄一册进去，使他知张兄美才。内中之心一动，外面之事便好做了。岂非一个好机会？”

张寅听了，满脸堆笑，因连连打恭，向窦知府道：“若蒙太宗师高谊玉成，门生断断不敢忘报。”窦知府道：“要冷中翰写书进京，这也容易。本府自当为尊兄效一臂之力。”张寅称谢道：“既蒙慨允，明日再当造府拜求。”说完，又上席，完了下半本戏方散。

到了次日，张寅与宋信商量，备了一副厚礼，来拜送窦知府，求他转央冷大户写书进京，托冷绛雪婉转作伐。又将《张子新编》一册，求他并附寄进京，以见张寅有如此之才。窦知府接了礼物说道：“本府若不受厚礼，尊兄只说推辞了。”遂全全受了。因发一名帖，请冷中书来，面与他说知此事。冷中书怎敢违府尊之命，遂央郑秀才婉婉转转写了一封书，将《张子新编》并封在内，叫女儿周全其事。写完封好，送与窦知府。窦知府遂当一个大分送与张寅。张寅得了，如获至宝。因辞谢窦知府，与宋信二人，连夜赶了进京。

及到了京中，见过父亲，访问，方知山相公已不在朝。原来山显仁为因女儿才高得宠，压倒朝臣，未免招许多妒忌，遂连疏告病，要辞归故乡。天子不准。当不得山显仁苦苦疏求，天子因面谕道："卿既苦辞，朕也不好强留。但卿女山黛，朕深爱其著作，时有所命。卿若辞归，必尽室而行，便有许多不便，为之奈何？"山显仁奏道："圣恩如此隆重，微臣安敢过辞。但臣积劳成病，阁务繁殷，实难支持，故敢屡渎。"天子道："卿既不耐烦剧，城南二十里有皇庄一所，甚是幽僻，赐卿移居于内调理。卿既得以静养，朕有所顾问，又可不时召见。即卿女山黛，时有诗文，亦可进呈，岂不两便。"山显仁叩头感谢道："圣恩念臣如此，真天高地厚矣！"遂领旨移居于皇庄之内。

这皇庄离城虽只一二十里，却山水隔绝，另是一天。内中山水秀美，树木扶疏，溪径幽折，花鸟奇异，风景不减王维之辋川，何殊石崇之金谷。山显仁领了家眷移居于内，十分快意。仍旧盖了一座玉尺楼，与女儿山黛同冷绛雪以为拈弄笔墨之所。皇庄是个总名，却有十余处园亭，可以随意游赏。山显仁虽然快乐，却因女儿已是十五六岁，未免要为他择婿。在阁内时，因山黛之名满于长安，人人思量要求，却都知道他为天子所宠，岂肯轻易嫁人，故人人又不敢来求。所以至今一十六岁，尚然待字。山显仁留心在公卿子弟中访看，并无一个略略可观。因暗想道："只看明年春榜下，看有青年进士，招一个为妙。"不料张寅一到京，闻知山相公住在皇庄，一面与父亲说知，央大老来求，一面就差人将冷中翰的家书送至皇庄。

且说冷绛雪接了父亲的家信，拆开来看，知是张寅要求山小姐为婚，托他周全之意。又见内有《张子新编》一册，因展开一看，见《迁柳庄听莺》、《题壁》诸作风流秀美，不禁喜动颜色道："好诗，好诗！何处有此美才！"正看不了，忽山黛走来道："冷姐姐看甚么？"

冷绛雪看见是山黛，因回身笑说道："小姐，恭喜贺喜！"山黛也笑道："何忽出此奇语？小妹有何喜可贺？"冷绛雪道："贱妾为小姐觅得一佳偶在此，岂不可贺？"山黛道："姐姐谈何容易！漫道无婿，纵使有婿，又安得佳？"冷绛雪遭："若无婿，又何足言喜？若有婿不佳，又何足言贺？小姐请看此编便见。"遂将《张子新编》递与山黛。

山黛接了，先看名字是"云间张寅著"，因说道："云间是松江了。"因再看诗，一连看了三两首，遂大惊道："此等诗，方是才子之笔！不知姐姐从何处得来？"冷绛雪道："是家父寄来，托贱妾与小姐作伐。贱妾常叹小姐才美如此，恐怕天地间没有个配得小姐来的丈夫。不期今日忽得此人，方信至奇至美之事，未尝无对。"山黛道："才虽美，未卜其人何如。"冷绛雪道："人第患无才耳。若果有才，任是丑陋，定有一种风流，断断不赋一村愚面目。此可想而知也。"山黛笑道："姐姐高论，不独知才，兼通于知相矣。"二人大笑。再将《张子新编》细细而看，看一首，爱一首，二人十分欢喜，不胜击节。忽看到后面，见一首诗，题目是《题闵子祠壁，和维扬十二龄才女冷小姐原韵》：

又见千秋绝妙辞，怜才真性孰无之？
倘容秣马明吾好，愿得人间衣尽缁。

冷绛雪看见这首诗，忽然大惊道："这又作怪了！"山黛问道："姐姐为何惊讶？"冷绛雪道："此事一向要对小姐说，无因说起，故不曾说得。贱妾到尊府来时，路过闵子祠，因上去游览，一时有感，遂题了一首绝句在壁上。刚转得一转身，不知谁人就和了一首在上面，就是此诗，一字不差。贱妾还记得后面落款是'洛阳十六岁小书生平如衡奉和'。贱妾出庙门时，恰遇见一个小书生，止好十五六岁，衣履虽是个寒士，却生得昂藏俊秀，皎皎出尘。见贱妾出庙，十分徘徊顾盼，欲诉和诗之意。贱妾因匆匆上船，不及返视。至今常依依梦魂间，以为此生定然是个才子。不知今日何故，这个张子又刻作他诗。莫非那日所遇，即是此人？为何又改了姓名？岂不作怪！”山黛道：“原来有此一段缘故。或者为寄籍改名，也未可知。要见明白，却也不难。这张生既要求亲，定然要来拜谒。姐姐既识其面，待他来时，悄悄窥视。若原是其人，则改移姓名不消说了。”冷绛雪道：“除非如此，方见明白。”

二人说罢，又将余诗看去，只见下一首即写着：

有怀闵子祠题壁诗人，仍用前韵

相逢无语别无辞，流水行云何所之？

若有蓝桥消息访，任教尘染马蹄缁。

冷绛雪看了，默然良久。暗想道：“看他这一首诗意，分明是因壁间之诗，有怀于我。”又暗自沉吟半晌道：“你既有怀于我，为何又央我求婚于小姐？”心下是这等想，便不觉神情惨淡，颜色变异。

山黛看见，早已会意，因宽慰说道：“细观此诗，前一首尚是怜才，而表其缁衣之好。后一首则蓝桥消息，明明有婚媾之求了。诗意既有所属，岂有复求小妹之理？其中尚有差误。”冷绛雪道：“家君书中写得明明白白，安得差误？”山黛道：“尊翁之书固然明白，而此生之诗却也不甚糊涂。若无差误，定有讹传。此时悬解不出，久当自知。”冷绛雪道：“有差误无差误且听之。只就诗论诗，诗才如此之美，有令人忘情不得。”山黛道：“才人以才为命，有才如此，情岂能忘？然亦不可太多，太多则自苦矣。此生既有美才，必有深情。观《题壁》与《有怀》二作，其情之所钟，已见大概。姐姐何必过于踌躇，令情不自安。”冷绛雪道：“小姐之言固虽甚透，但情之生灭亦不由人。闵祠一面，见怀二诗，此情之所不能忘。而消息难寻，此又情之所以多也。安禁而能不踌躇？”山黛道：“消息难寻，此特没情蠢汉之言。若深情人，决不作此语。蓝桥岂易寻消息者耶？而至今何以传焉？此生引以明志，情有在也，姐姐又何虑焉？”冷绛雪无语，俯首而笑。二人再将余诗看完，十分爱慕。山黛与冷绛雪商议道：“尊公寄诗之事，且莫要说起。且看他怎生样来求。”二小姐在闺中商议。不题。

却说张寅见冷大户的家信送了入去，定然有效。迟了数日，遂与父亲讲明，央了一个礼部孙尚书来与山显仁说亲。山显仁见女儿已是一十六岁，年已及笄，遂不拒绝，只回道：“小女薄有微才，为圣主所知。必须才足相当，方敢领教。张老先生令郎果有大才，乞过舍一会，再商许可。”

孙尚书即以此言回复张寅，张寅遂欣然欲往。宋信闻知，连忙拦住道：“去不得，去不得，一去便要决撒。”张寅问道：“这是为何？”宋信道：“你还不知山小姐之为人。他才又高，眼又毒。你若不去，他道你是个吏部尚书之子，又兼媒人称扬，或者一时姻缘有分，糊涂许了。兄若自去，倘或一时问答间有甚差错，被他看破，莫说尚书，便是皇帝为媒，那丫头也未必肯。兄肯听依小弟之意，只是推托不去为妙。”张寅道：“不去固妙，但将何辞推托？”宋信道：“只说途中劳顿有恙，若要看才，但将《张子新编》送去。如此便有几分指望。”张寅欢喜道：“有理，有理。”遂央孙尚书写书回说：“途中辛苦，抱恙不能晋谒。先呈诗稿一册请政。伏乞怜才，许谐秦晋，庶不失门楣之庆。”

山显仁接了《张子新编》一看，见诗甚清新，十分欢喜。因面付与山黛道：“我连年留心选才，公侯子弟遍满长安，并无一个略略中意。今看张寅的《新编》，到甚是风流香艳。我儿你可细细一看，你若中意，我便有处。”山黛道：“诗虽甚好，但人不肯来，其中未必无抄誊盗袭之弊。”山显仁道：“我儿所虑亦是。但看此诗俱是新题，自非前人之作。若说时人，我想时人中那里又有这等一个才子与他抄袭？”山黛道：“天地生才，那里限得？孩儿之才，自夸无对，谁知又遇了冷家姐姐。张寅之外，安知更没张寅？只是索来一见为真。”山显仁拗不过山黛，只得又写信回孙尚书，定要张寅一见。

孙尚书报知张寅，张寅着忙，又与宋信商议。宋信道：“前日还在可去不可去之间，今日则万万不可去矣。”张寅道：“这是为何？”宋信道：“前日若去，泛然一见，彼此出于无心，还在可考不考之间。今日屡逼而后去，彼此俱各留意，虽原无意要考，也要考一考矣。”张寅道：“若果要考，这是万万去不得了。且再捱几日，看机会。”宋信道：“有甚机会看得？只是再另央一位当权大老去作伐，便是好机会。”张寅听信，只得与父亲说知，又央一个首相去求亲，不题。

却说冷绛雪自从见了平如衡怀他之诗，便不觉朝思暮想，茶饭都不喜吃。每常与山小姐花前联句，月下唱酬，百般韵趣；今日遇着良辰美景，情景都觉索然，虽勉强为言，终不欢畅。山小姐再三开慰，口虽听从，而心只痴迷，每日只是恹恹思睡。山小姐欲致张寅一见，以决前疑，而张寅又苦辞不来。冷绛雪渐渐形容消瘦，山小姐十分着急。欲与父亲说知，却又不便启齿；欲再含忍，又怕冷绛雪成病。正没法处，忽闻圣旨遣一中贵召父亲入朝见驾。此时山显仁病已痊了，便不敢推辞，遂同中贵肩舆入朝，朝见于文华殿。

朝见毕，天子赐坐，因问道：“朕许久不见卿，不知卿女山黛曾择有佳婿否？”山显仁忙顿首谢道：“蒙圣恩垂念，实尚未曾择得。”天子道：“以卿门第，岂无求者？”山显仁道：“求者虽多，但臣女山黛蒙圣恩加以才女之名，不肯苟且托之匪人，有辜圣眷，故犹然待字也。”天子道：“卿既未曾选得，朕倒为卿选得二人在此。”山显仁奏道：“微臣儿女之私，怎敢上费圣心。但不知选者是何人？”天子道：“南直学臣王衮，昨有疏。特荐两个才子，头一个是松江燕白颔，第二个是洛阳平如衡，年俱不满二十。疏称他才高雕绣，学贯天人，悬笔万言可以立就。又献燕白颔的《燕台八景诗》。朕览之，果是奇才。昨已有旨征召去了。待征诏到时，朕当于二人中择一佳者，为卿女山黛主婚。”山显仁连连叩头谢恩。天子又赐酒饭，留连了半日，方放还家。

山显仁一到家，就与女儿一一说知此事。山黛听见说两个才子，一个是洛阳平如衡，心下暗惊道："原来果另有一个平如衡，则张寅此诗的系窃取无疑矣！”一时尚未敢与父亲说明，只含糊答应道："圣恩隆重如此，何以报答！”一面说罢，一面就走到冷绛雪卧房中来说道："姐姐不必过虑。小妹有一桩喜事来报你知道。”冷绛雪忙惊问道："小姐有何喜事报我？”山小姐不慌不忙，细细而说。只因这一说，有分教：柳中鹦鹉语，雪里鹭鸶飞。

不知说出甚么来，且听下回分解。

第十四回

乍见芳香投臭味　互争才美费商量

二小姐辩论假真，推测成败，忽悲忽喜，或感或伤，有时而两相慰藉，有时而各自愁烦，不是有所思而作娇痴，便是默无言而弄幽悄。读一过，只觉闺阁芳香，至今如在。

人之爱慕，闻名神往，固已不浅，然终不如自见面而针芥相投之更为亲切也。燕白颔之爱慕山黛，闻名也。倘止凭闻名而见面，见面而相亲，纵百般爱慕，而爱慕之真精神定不能发为奇情奇态，使人欣赏。故燕白颔与山黛于未考诗之前，又别出一天台桃源，为才美投气味，方令爱慕之情登峰造极。

作者既欲燕白颔独自寻欢，则将置平如衡于何地？却妙在查《缙绅》，捏造出一冷鸿胪来，又虚认真冷鸿胪即冷绛雪之家，高高兴兴将平如衡遣开。若论局中，虽放松一步，让燕白颔误入桃源，惊窥半面。孰知即论局外，亦不假分毫，且将平如衡梦寐深情，现于一往。文章浓固生妍，淡亦未尝无味。如此，岂等闲所及！

燕白颔与山黛突然相见，彼此美丽，一时如何形容得尽？却妙在只用“彼此一见，各各吃了一惊”一语，而两人之美丽出于寻常，已见于言下矣。

只觌面一看，风流情景，已含蓄无穷。若再逗遛，便伤河洲之雅。故急急令仆妇赶去，便笔墨不至水穷山尽。

只门外墙上题诗，爱慕深情已低回不尽，若再落款招摇，便非君子之求。故又急急令小童赶去，方觉情景留馀，不堕恶道。

“天际”一诗，虽极其赞颂，却蕴藉于“梅花”、“春色”中，而不露挑挞之声色，终让才人一和，亦不为无情。然情之踪迹，含蓄于长短内，尚无风影可拿。即两人一见貌而情动，再见诗而情深，大都皆口不言而心自省，何尝伤《关雎》之雅化！

涂去首倡，单留和诗，虽小小灵心，亦是一番幽悄。

以燕白颔之快心，形容平如衡之气苦，虽是空中楼阁，却添出许多景色。

燕白颔与平如衡，各述所闻所见，平平之事，何能构作奇文？乃夸美者高誉蛾眉，矜才者大悬彩笔，力争雄辩，不啻刘项之逐鹿。乃知文人不落笔则已，一落笔必纵纵横横，振“大风”之雄，吐“拔山”之气。

阁上美人，山黛也，乃朝野闻名之才女也。书生若细心一访，姓名自易知也。不知此时此际，若访出姓名，知为山黛，则水穷山尽，纵有烟云，亦不奇矣。故假老和尚之危言惊辞，使消息沉沉，方有无穷趣味。作者之意微矣！

词曰：

只怕不春光，若是春光自媚。试看莺莺燕燕，来去浑如醉。

饶他金屋好花枝，莫不恹恹睡。但愿芳香艳冶，填满河洲内。

——右调《好事近》

话说山小姐闻知平如衡消息，连忙报知冷绛雪说道：“今日圣上特召爹爹进朝，说南直隶学臣疏荐两个才子，你道是谁？”冷绛雪道：“贱妾如何得知，乞小姐明言。”山小姐道：“一个是松江人，叫做燕白颔。那一个，你道奇也不奇，恰正是姐姐所说的洛阳平如衡。”冷绛雪道：“平如衡既另有一人，这张寅却又是谁？莫非一人而有两名？”山小姐道：“这个未必。圣上说燕白颔与平如衡才批旨去征召，这张寅已在京师，岂有是一人之理。”冷绛雪道：“若非一人，为何张子之诗竟是平子之作？”山小姐道：“以小妹看来，这个张寅定非端士。”冷绛雪道：“小姐何以得知？”山小姐道：“他既要求亲，若果有真才，自宜挺然面谒。为何只要权贵称扬，而绝不敢登门？若非丑陋，定是无才。这《张子新编》，大约是他人旧作，而窃取以作嫁衣裳也。”冷绛雪道：“小姐此论，甚是有理。”山小姐道：“平如衡既为姐姐刮目，又为学臣特荐，闵祠二诗又见一斑，其为才子无疑矣。天子欲为小妹择婿，小妹当为姐姐成全闵子祠之一段奇缘，以作千秋佳话。”冷绛雪道：“闵庙奇缘虽尚未可知，而小姐美意亦已不朽矣。但妾想学臣所荐二人，平生既实系才子，则那燕子定是可儿。小姐原以白燕得名，那生又名燕白颔，互为颠倒，此中似有天意。今又蒙圣主垂怜，倘能如愿，岂非人生快事！”山小姐道：“姻缘分定，且自由他。今得姐姐开怀，大是乐事。”就扯了冷绛雪，同到玉尺楼去闲耍。正是：

鸟长便能语，花开自有香。
旧时小儿女，渐渐转柔肠。

按下山小姐与冷绛雪闺中闲论不题。且说燕白颔与平如衡，自离扬州，虽说要赶到京师，然二人都是少年心性，逢山要看山，逢水要看水，故一路耽耽搁搁，直度过了岁，方才到京。到京之日，转在张寅之后。

二人到了京师，寻了一个寓所，在玉河桥住下，就叫一个家人去问山阁老的相府在那里。家人去问了来回道：“山阁老已告病回去多时了。”燕白颔与平如衡听了大惊道：“怎你我二人这等无缘！千山万水来到此处，指望一见山小姐，量量尔我之才，不期不遇。他又是个秦人，这一告病去了，便远隔山河，怎能得见？”燕白颔还不肯信，又叫家人买了一本新《缙绅》来看。揭开第一叶，见宰相内并无山显仁之名，知道是真，便情兴索然。平如衡虽也不快，却拿着《缙绅》，颠来倒去，只管翻看。

燕白颔道：“人已去矣，看之何益？”平如衡道：“有意栽花，既已无成；无心插柳，或庶几一遇。向日与兄曾说的冷绛雪，想在京中，故查一查看。”燕白颔笑道：“偌大京师，如大海浮萍，吾兄向何处寻起？”平如衡道：“兄不要管我，待小弟自查。”因再四捡来捡去，忽捡着一个鸿胪少卿姓冷，因大喜道：“这不是！”燕白颔又笑道：“兄痴了？天下有名姓尽同尚然不是，那有仅一冷姓相同，便确确乎以为绛雪之家。天下事那有如此凑巧！”平如衡道：“天下事，要难则难，要容易便容易。兄不要管我，待小弟自去一访。是不是，也可尽小弟爱才之心。”大家又笑笑，各自安歇。

到次日清晨，燕白颔尚未起身，平如衡早已自去寻访了。燕白颔起来闻知，因大笑道：“‘情之所钟正在我辈。’千古名语！”吃了早饭，尚不见来家，又听得城南梅花盛开，自家坐不住，遂带了一个小家人，独自出城南闲耍去。

出了城，因天气清明，暖而不寒，一路上断断续续有梅花可看，遂不觉信步行有十数余里。忽到一处，就像水尽山穷一般，因问土人道：“前面想是无路了？”土人笑道：“转入山去，好处尽多，怎说无路？”燕白颔依他转过山脚，往里一望，只见树木扶疏幽秀，又是一天，心甚爱之，只得又走了入去。一步一步皆有风景可观，不觉又行了二三余里。心虽要看，争奈足力不继，行到一座花园门首，遂坐下歇息。歇息稍定，再将那花园一看，只见：

> 上下尽甃碧瓦，周遭都是红墙。雕甍画栋吐龙光，凤阁斜张朱网。娇鸟枝头百啭，名花栏内群芳。风流富贵不寻常，大有侯王气象。

燕白颔看见那花园规模宏丽，制度深沉，像个大贵人庄院，不敢轻易进去。又坐了一歇，不见一个人出入，心下想道：“纵是公侯园囿，在此郊外，料无人管。便进去看看，也无妨碍。”遂叫家人立在门外，自家信步走了入去。园内气象虽然阔大，然溪径布置，却甚逶迤有致。燕白颔走一步爱一步，便不觉由着曲径回廊，直走到一间阁下。阶下几树梅花，开得甚盛，遂绕着梅花步来步去，引领香韵。

正徘徊间，忽听得阁上窗子开响，忙抬头一看，只见一个少年美女子，生得眉目秀美，如仙子一般，无心中推窗看梅。忽见燕白颔在阁下，彼此觌面一看，各各吃了一惊。那美女连忙避入半面，把窗子斜掩。燕白颔看得呆了，还仰脸痴痴而望。只见阁上走下两个仆妇来问道："你是甚么人？擅自走到这个所在来。"燕白颔道："我是远方秀士，偶因看梅到此。"那妇人道："这是甚么所在，你也不问声，竟撞了进来。若不看你年纪小，又是远方人，叫人来捉住才好。还不快走出去！"

燕白颔见势头不好，不敢回言，只得急急走出园外来，心下想道："天下怎有这样标致女子！我燕白颔空长了二十岁，实未曾见。"因坐在园门前，只管呆想。跟来的家人见他痴痴坐着不动身，因说道："日已沉西了。还有许多路，再耽搁不得了。"燕白颔因问道："带得有笔砚么？"家人道："有，在拜匣里。"燕白颔遂叫取了出来，就在园门外旁边粉壁上，题诗一首道：

闲寻春色辨媸妍，尽道梅花独占先。
天际忽垂倾国影，梅花春色总堪怜。

燕白颔才写完，正要写诗柄落款，忽园外走了一个童子来看见，大声骂道："该死的贼囚根子！这是甚么所在，又不是庵观寺院，许你写诗在墙上。待我叫人来拿你！"遂一径飞跑了进去。家人见说慌了，忙说道："相公快去了罢！这一定是公侯大人家。我们孤身，怎敌得他过。"燕白颔着了急，也不敢停留，遂叫家人收了笔砚，忙忙照旧路一直走了回去。不题。

你道这园是甚么所在？原来就是天子赐与山显仁住的皇庄数内的花园。皇庄正屋虽只一所，园亭到有五六处，有桃园、李园、柳园、竹园，这却叫做梅园。那一座阁，叫做先春阁。山显仁因春初正是梅花开放时节，故暂住于内赏玩。这日因偶然感了些微寒，心下不爽，故山小姐来看父亲。见父亲没甚大病，放了心，遂走到先春阁上来看梅。忽推窗看见了燕白颔，人物俊秀，年纪又轻。此时山黛已是一十六岁，有美如此，有才如此，岂有无情之理？未免生怜，伫目而视。不料忽被仆妇看见，赶了出去，心下甚是依依。正倚着窗子沉吟想象，忽见童子跑了进来。口里乱嚷道："甚么人在园门墙上写得花花绿绿，还不叫人去捉住他！"山小姐听了，情知就是那生，因喝住道："不要乱嚷，待我去看。"童子见小姐分付，不敢再言，竟走了进去。

小姐因见此园是山中僻地，无人来往，遂带了两个侍妾，亲步到园门边。远远望去，便见园门外粉壁上写得龙蛇飞舞，体骨非常，心下先已惊讶道："字倒写得道劲，不知写些甚么？"及走到面前一看，却是一首诗。忙读一遍，知就是方才遇我感兴之作，心下十分喜爱，道："好诗，好诗！借'梅花春色'赞我，寓意委婉，大有风人之旨。我只道此生貌有可观，不期才更过之。我阅人多矣，从未见才貌兼全如此生者。但可恨不曾留得名姓，叫我知他是谁。"因沉吟了半晌，忽想道："我看此诗之意，大有眷恋，此生定然还要来寻访。莫若和他一首，通个消息与他，也可作一线机缘。"一面就分付侍儿去取笔砚，一面又想道："我若和在上面，二诗相并，情景宛然。明日父亲见了，岂不嗔怪？"又想想道："我有主意了。"因叫侍儿去唤一个大家人，用石灰将壁上诗字涂去，却自于旁边照他一般样的大字，也纵纵横横和了一首在上面。也不写出诗柄，也不落款。自家题完，又自家读了两遍，自家又叹了几口气，依旧进园中去了。

到晚间，山显仁病已好了。罗夫人放心不下，叫家人立逼着将山相公与小姐都接了回大庄上去了，不题。

且说燕白颔被童子一惊，急急奔回，直走出山口，见后面无人追赶，方才放心。心下想道："古称美人沉鱼落雁，眉似远山，眼横秋水。我只道是个名色，那能实实如此。今看阁上美人，比花解语，似玉生香，只觉前言尚摹写不尽。我燕白颔平生爱才如命，今睹兹绝色，虽百才子吾不与易矣！”心上想念美人，情兴勃勃，竟忘却劳倦，一径欢欢喜喜，走回寓所。进门便问：“平相公回来了么。”家人道：“回来久了。”燕白颔一路叫了进来道：“子持兄，访得玉人消息何如?”

平如衡睡在床上，竟不答应。燕白颔走到床前，笑问道：“吾兄高卧不应，大约是寻访不着，胸中气苦了。”平如衡方坐起来道：“白白走了许多路，又受了一肚皮气，那人毕竟寻访不着。你道苦也不苦！”燕白颔道：“寻不着便罢了，有甚么气?”平如衡道：“那冷鸿胪，山西人，粗恶异常。说我问了他家小姐，坏他的闺门，叫出许多衙役与恶仆，只是要打。幸亏旁人见我年少，再三劝解，放我走了。不然，鸡肋已饱尊拳矣，如何不气?”燕白颔笑道：“吾兄不得而空访，小弟不访而自得。岂非快事！”平如衡听了，大惊道：“难道兄在那里遇见了绛雪么?”燕白颔道：“弟虽未遇绛雪，而所遇之美者，恐绛雪不及也。”平如衡笑道：“美或有之，若谓过于绛雪，则未必然。且请问在何处相遇?”

燕白颔道：“小弟候兄不回，独步城南，因风景可爱，不觉信步行远。偶因力倦少憩，忽见一所花园富丽，遂入去一观。到了一座阁下，梅花甚盛。小弟正尔贪看，忽阁上窗子开响，露出一位少年女子。其眉目之秀媚，容色之鲜妍，真是描不成画不就，虽西子、毛嫱，谅不过此。那女子见了小弟，却也不甚退避。小弟正要饱看，忽被两个家人媳妇恶狠狠的赶了出来。小弟被他赶出，情无所寄，因题了一首绝句，大书在他园门墙上。本要落个款，通个姓名，使他知道。不期诗才写完，款尚未落，又被一个小恶仆看见。说我涂坏了他家墙壁，恶声骂詈，跑进去叫人来拿我。我想那等样一个园子，定是势要公卿人家。我一个远方寒士，怎敌得他过?只得急急走了回来。

小弟虽也吃了些虚惊，却遇平生所未遇，胜于吾兄多矣。”

平如衡笑道：“吾兄只知论美，不知千古之美，又千古之才美之也。女子眉目秀媚，固云美矣。若无才情发其精神，便不过是花耳、柳耳、莺耳、燕耳、珠耳、玉耳。纵为人宠爱，不过一时。至于花谢柳枯、莺衰燕老、珠黄玉碎，当斯时也，则其美安在哉？必也美而又有文人之才，则虽犹花柳，而花则名花，柳则异柳。而眉目顾盼之间，别有一种幽悄思致，默默动人。虽至莺燕过时，珠玉毁败，而诗书之气、风雅之姿固自在也。小弟不能忘情绛雪者，才与美兼耳。若兄纯以色言，则锦绣脂粉中，尚或有人，以供吾兄之饿眼。”

燕白颔一团高兴，被平如衡扫灭一半，因说道：“吾兄之论，未尝不是。小弟亦非不知以才为美。但觉阁上女子，容光色泽，泠泠欲飞，非具百分才美，不能赋此面目。使弟一见，心折魂消，宛若天地间山水烟云俱不足道。以小弟推测想之，如是美女，定有异才。即使其父兄明明告我道无才，我看其举止幽闲静淑，若无才，必不能及此也。”平如衡笑道：“弟所论者，乃天下共见之公才；兄所言者，则一人溺爱之私才也。未登泰山，自见天下之大，这也难与兄争执。只可惜兄未及见吾绛雪耳。如见绛雪，当不作如是观。”燕白颔道：“冷绛雪已作明月芦花，任兄高抬声价，谁辨兄之是非？至于阁上美人，相去不过咫尺，虽侯门似海，有心伺之，尚可一见。兄若有福睹其丰姿，方知小弟为闺中之碧眼胡也。”二人争说谈笑不已。家人备了夜宵，二人对酌，直到夜深，方才歇息。

到了次日，燕白颔吃了早饭，就要邀平如衡到城南同去访问。昨日跟去的家人说道：“相公不要去罢。那个园子定是大乡绅人家。昨日相公题诗在他墙上，他家人不知好歹，就乱骂，还要叫家人拿我们。幸亏走得快，不曾被他凌辱。今日若再去，倘若看见，岂不又惹是非？况这个地方，比不得在松江，人都是知道的。倘为人所算，叫谁解救？不如同平相公到别处去顽耍罢。”平如衡听了连连点首道：

"说得有理。我昨日受了冷鸿胪之气，便是榜样。"燕白颔口虽不言，心下只是要去访问。大家又混了一会，燕白颔竟悄悄换了一件青衣，私自去了。

又过了一会，平如衡寻燕白颔讲话，各处都不见，家人想道："定然又到城南去了。"平如衡着慌道："大家同去犹恐不妙，他独自一人走去，倘惹出事来，一发无解。我们快赶了去方妙。"遂带了三四个家人，一径出城赶来，不题。

却说燕白颔心心念念想着阁上美人，要去访问。见平如衡与家人拦阻，遂独自奔出城来。心下暗想道："我再入他园内去，便恐怕有是非。我只在园外访问，他怎好管我？就是昨日题诗，也只一个童子看见。我今日换了衣服，他也未必认得。就是认得，我也可与他胡赖。"主意定了，遂欣然出了城，向南而走。昨日是一路看花看柳，缓步而行，遂不觉路远。今日是无心观景，低着头只是走，心上巴不得一步就到，只觉越走越远。心上急了一会，见走不到，只能转放下心道："想昨日之事，妙在他见了我不慌忙避去，此中大有情景。只可惜我那首诗未落得姓名，他就想我，也没处下手。"又想道："我的诗写在园门外，他居阁中，连诗也未必能见。就是见了，也不知他可识几个字儿。这且由他。如今且去访问他姓名，若是乡宦人家，未曾适人，我先父的门生故吏，朝中尚有许多，说不得去央及几个，与我作媒。若能成就，也不枉我进京一场。"心下是这等胡思乱想，便不知不觉，早已望见花园。

燕白颔虽一时色胆如天，高兴来了，想起昨日受童子骂詈，心下又有几分怯惧，不敢竟走，只一步一步的漫漫的捱将上来。看见园前无人出入，方放胆走到昨日题诗之处。抬头一看，只见字迹照旧在上，心下想道："我便说空费了一番心思。题诗在上，今日美人何处？谁来揪采？岂非明珠暗投，甚为可惜。还是我自家来赏鉴。"因再抬头一看，忽惊讶道："我昨日题的诗不是此诗，怎么变了？"又看看道："这字也不是我写的了。我昨日写的潦潦草草，这字龙蛇有体，大是怪事。莫非做梦？"呆了半晌，复定定神，看那首诗道：

> 花枝镜里百般妍，终让才人一着先。
> 天只生人情便了，情长情短有谁怜？

燕白颔读完，大惊大喜道："这是那里说起！我昨日明明题的诗，今日为何换了？莫非美人看见，和韵之作？为何我的原唱却又不见？"又读了一遍，因思道："看此诗意，明明是和韵答我昨日之意。我的原倡不见，毕竟是他涂去，恐人看见不雅。"因孜孜叹息道："我那美人呀，我只道你有美如此，谁知你又有才如此，又慧心如此。我想天地生人的精气，生到美人，亦可谓发泄尽矣。"想完，又将诗读了两遍，愈觉有味，道："我昨日以倾国之色赞他，他就以花妍不如才美赞我。末句'情长情短'，大有蕴藉。我燕白颔从来未遇一个知心知意的知己。"因朝着壁诗恭恭敬敬作了两个揖道："今日蒙美人和诗，这等错爱，深谢知己矣！"正立着痴痴呆想，听见园内有人说话出来，恐怕认得，慌忙远远走开。心下又想道："我昨日不落款者，是被那恶奴赶逐。我那美人为何今日也不写个姓名？叫我那里去访问？"又想道："园内不好进去，恐惹是非。园外附近人家去访问一声，却也无碍。"只得从旧路走回来，寻个人家访问。怎奈此山僻之处，虽有几家人家，都四散住开，却不近大路。大路上但有树木，并无人家。

燕白颔正尔踌躇，忽丫路上走出一个老和尚来。燕白颔看见，慌忙上前与他拱手道："老师父请了。"那老和尚看见燕白颔人物俊秀，忙答道："小相公请了。"燕白颔道："请问老师父，前面那一所花园，是甚么乡宦人家的？"老和尚笑道："那里有这样大乡宦？"燕白颔道："不是乡宦，想是公侯人家？"老和尚又笑笑道："那里有这等大公侯？"燕白颔道："不是乡宦，又不是公侯，却是甚等人家？"老和尚道："是朝廷的皇庄。你不见房上都是碧瓦，一带都是红墙？甚么公侯乡宦，敢用此物？"燕白颔听了，着惊道："原来是皇庄！"又问道："既是皇庄，为何有人家内眷住在里面？"那老和尚道："相公，你年纪轻，又是远方人，不知京师中风俗。这样事是问不得的。他一个皇庄，甚人家内眷敢住在里面？"燕白颔道："我学生明明见来。"老和尚道："就有人住，不是国戚，定是皇亲。你问他做甚？幸而问着老僧，还不打紧。若是问着一个生事的人，便要拿鹅头、扎火囤，骗个不了哩！"

燕白颔听了，惊得吐舌，因谢道："多承老师指教，感激不尽。"老和尚说罢，拱拱手就别去了。燕白颔见老和尚说得利害，便不敢再问，遂一径走了回来。只因这一回去，有分教：酒落欢肠，典衣不惜；友逢知己，情话无休。

不知果然就得回去么，且听下回分解。

第十五回

醉逼典衣忽访出山中宰相　高悬彩笔早惊动天上佳人

燕白颔见和诗而快心，先对壁揖谢知己。书生文颠情痴之态，已透出八九。至此犹以为不足，又写其独饮自谈，或哭或笑一段妙状。书生情痴，至此极矣。岂等闲笔墨所能窃其一二！

有心访阁上美人，忽被老和尚打住；无意问山阁老，转倩酒家说出。来踪去迹，潜牵暗引，岂许人知？及至说出山阁老，再一回思，始知醉欠酒钱，要脱衣服，皆欲透出绣鸳鸯之一针耳。何等微妙！

二人一路问问答答，信信疑疑，所谈皆妙论，所弄皆奇情，绝不在齿牙之后拾人残唾。所以读者津津，观者跃跃，不得不逢人说项。

燕、平二人，见闻不同，意中各有所注，彼此不服，故两相争论；山、冷二人，红丝无定，肝胆不知谁向，展转无聊，故两相慰藉。彼争论者，明剖是非，心犹不晦；慰藉者，暗茹荼柏，情更可怜。当此之际，谁假谁真，正自莫测，矧定而不定，所望又虚，人虽铁石，亦难消受。此山黛所以成病也。

论其大意，燕之赴考，为山黛也，平之赴考，为冷绛雪也。然二人赴考意中，则止知有山黛，而不知有绛雪也。若二人直直同与山黛对考，则将置冷绛雪于何地？欲山、冷二人同考，又其道无由。无由而欲巧弄其由，则巧莫巧于巧扮青衣矣。但山黛此时，眼空四海，奴隶衣冠，何畏何惧，而作虚心之想？此燕、平二人之彩笔所以高悬也。花有根，水有源，看到后回巧扮青衣之妙，方知此回高悬彩笔之妙。

山黛量才利害，久不提起，故又借和尚口中细说一遍。若照旧重说，未免伤赘，却妙在另是一番说法。不独说得威严，使人害怕；且又说得有笑声，令人绝倒。如此说来，则此说又不可少。

和尚夸山小姐，燕、平二人尚半疑半信。燕、平二人自夸，则和尚全然不信矣。何也？盖和尚知山小姐者深，知燕、平二人者浅也。情理宛然。

词曰：

风流才子凌云笔，无梦也生花。挥毫当陛，目无天子，何有雏娃？　岂期闺秀，雕龙绣虎，真若涂鸦。始知天钟灵异，蛾眉骏骨，不甚争差。

——右调《青衫湿》

话说燕白颔因访阁上美人姓名，忽遇老和尚说出皇庄利害，因不敢再问，恐惹是非，遂忙忙走了回来。到了一个村镇市上，方才定了性，立住脚。他出门时，因瞒着平如衡，不曾吃得午饭，到此已是未申之时，肚中微微觉饥。忽见市稍一竿酒旗飘出，满心欢喜，竟走了进去，拣一副好座头坐下。

此虽是一个村店，窗口种了许多花草，倒还幽雅。燕白颔坐下，店主人随即问道："相公还是自饮，还是候朋友？"燕白颔道："自己饮，没有朋友。"店主人道："用甚么肴？"燕白颔道："不拘，有的只管拿来。酒须上好。"店主人看见他人物清秀，衣饰齐整，料是富贵人家，只拣上品肴馔并美酒搬了出来。

燕白颔一面吃，一面想美人和诗之妙。因叫店主取笔砚默写出来，放在桌上，读一遍，饮一杯，十分有兴。因想道："昨日平子持还笑我所遇的美人徒有其美，却无真才，不如他遇的冷家女子才美兼全，叫我无言回答。谁知我的美人，其才又过于其美。今日回去，可以扬眉吐气矣。"想罢，哈哈大笑，又满饮数杯。忽又想道："冷家女子题诗，是自家寄兴，却与子持无干。我那美人题诗，却是明明属和。非与我燕白颔有默默相关，焉肯为此？此又胜于子持多矣。"想罢，又哈哈大笑，又满饮数杯。又想道："但是他遇的美人，虽无踪迹，却有了姓名。我遇的美人，踪迹虽然不远，姓名却无处访问，将如之何？那和尚说，不是国戚，就是皇亲。我想这美人，若生于文臣之家，任是尊贵，斯文一脉，还好访求。若果是皇亲国戚，他倚着椒房之贵，岂肯轻易便许文人？岂不又是遇而不遇了！”因叹一口气道：“我那美人，你这一首诗岂不空作了？难道我燕白颔与美人对面无缘？”

燕白颔此时已是半酣，寻思无计，心下一苦，拿着一杯酒，欲饮不饮，忽不觉堕下几点泪来。店主人远远看见，暗笑道：“这相公小小年纪，独自一个人哈哈笑了这半晌，怎么这会子又哭起来，莫非是个呆子？”因上前问道：“相公，小店的酒可是好么？”燕白颔道：“好是好，也还不算上好。”店主人笑道：“若不是上好，怎么连相公的眼泪都吃了出来？”燕白颔道：“我自有心事堕泪，与酒何干？快烫热的来，我还要吃。”店主人笑应去了。

燕白颔又饮了几杯，又想道：“就是皇亲国戚，他女儿若是想我，思量要嫁我，也不怕他父母不从。他若嫌我寒士，我明年就中个会元状元与他看，那时就不是寒士了。他难道还不肯？”想到快活处，又哈哈大笑起来，不觉又吃了数杯。

店主人见他有七八分醉意，因上前问道：“相公尊寓不知在城外，还是城中？若是城中，日色已西，这里到城中还有七八里，也该行了。”燕白颔道：“我寓在城中玉河桥，既是晚了，去罢。”遂立起身来，往外竟走。店主人慌忙拦住道：“相公慢行，且算还了酒钱着。”燕白颔道：“该多少？”店主人道：“酒肴共该五钱。”燕白颔道：“五钱不为多，只是我今日不曾带来。我赊去，明日叫家人送来还你罢。”说完，又要走。店主人见他只管要走，着了急，因说道：“这又是笑话了！我又不认得相公是谁，怎好赊去？”燕白颔道：“你若不赊，可跟我回去取了罢。”店主人道：“回往一二十里，那有这些闲人跟你去！”燕白颔道：“送来你又不肯，跟去取你又不肯，我又不曾带来，难道叫我变出来还你？”店主人道：“相公若不曾带来，可随便留下些当头，明日来取，何如？”燕白颔道：“我随身只有穿的两件衣服，叫我留甚么作当？”店主人道：“就是衣服，脱下来也罢了。”燕白颔已是七八分醉的人，听见说要脱衣服，一时大怒。因骂道：“狗奴才，这等可恶！我赵相公的衣服，可是与你脱的？”一面说，一面竟往外走。店主人着了急，也大怒道：“莫说你是赵相公，就是山阁老府中的人，来来往往，少了酒钱，也要脱衣服当哩。”

燕白颔听见说山阁老，因问道：“那个山阁老？”店主人道：“朝中能有几个山阁老？要问！”燕白颔道：“闻得山显仁已告病回去了，为何有人在你这里往来？”店主人道：“大风大雨回那里去？这闲事你且休管，请脱下衣服来要紧。一动粗，相公便没体面了。”一只手扯住，死也不放。燕白颔要动手打他，却又打他不倒。

正没奈何，忽见平如衡带了两三个家人赶来。看见燕白颔被店主人扯住，因一齐拥进来道：“在这里了！这是为何？”燕白颔看见众人来，方快活道：“这奴才可恶！吃了他的酒，就要剥我的衣服。”众家人听了，便发作道：“这等可恶！吃了多少酒钱，就要剥衣服？既开了店，也有两只眼看看人，我们相公的衣服，可是与你剥的？”说罢，兜脸一掌。店主人看见不是势头，慌忙放了手道：“小人怎敢剥相公的衣服，只说初次不相认，求留下些当头。”平如衡道：“要留当头，也须好说，怎动手扯起来？”众家人俱动手要打，转是燕白颔拦住道：“罢了，小人不要与他计较。可称还他五钱银子，我还有话问他。”众家人见主人分付，便不敢动手，因称了五钱银子与他。店主人接了银子，千也陪罪，万也陪罪。

燕白颔道：“这都罢了。只问你：你方才说山阁老不曾回去，可是真么？”店主人道：“怎么不真？”平如衡听了，忙插上问道：“山阁老既不曾回去，如今在那里住？”店主人道：“就住在前面灌木村。”平如衡道：“离此还有多远？”店主人道：“离此只有七八里远。”燕白颔道："都说他告病回去了，却原来还住在此间。"

平如衡因笑对燕白颔道："兄说也不说一声，竟自走了出来，使小弟那里不寻。恐兄落人圈套，故赶了来。不期兄到访出这个好消息。"燕白颔笑道："这个算不得好消息，还有绝妙的好消息，不舍得对兄说。"平如衡道："有甚好消息？无非是阁上之人，有了踪迹下落。"燕白颔笑道："若止是踪迹下落，怎算得好消息？不是气兄说，我这个好消息，连美人心上的下落都打探出来了。"平如衡惊问道："这就奇了！何不明对小弟一说？"燕白颔笑道："若是对兄说了，兄若不妒杀，也要气杀。"众家人见二人只管说话，因说道："天将晚了，须早早回去罢。"燕白颔还打帐同平如衡吃酒，平如衡道："路远，回去吃罢。"遂同了出来。

一路上，平如衡再三盘问，燕白颔笑道："料也瞒兄不得。"因将袖中抄写的诗递与平如衡道："小弟不消细说，兄只看此诗便知了。"平如衡接了一看，嘻嘻笑道："兄不要骗我，这诗是兄自作的。"燕白颔笑道："兄原来只晓的作诗，却不会看诗。你看这诗，吞吐有情，低徊不已。非出之慧心，谁能有此幽悄？非出之闺秀，谁能有此香艳？兄若认作小弟之笔，岂不失之千里！"平如衡道："小弟只是不信，难道美人中又生一个才子不成？"燕白颔道："兄若不信，明日同兄去看，此诗尚明明写在墙上。"平如衡道："他明明写在墙上和你，岂不虑人看见耻笑？"燕白颔道："美人慧心妙用，比兄更高。兄所虑者，美人已虑之早矣。他将小弟原唱涂去，单单只写他和诗在上。在小弟见了，自然知道是他和诗。他人见之，如何能晓？"平如衡听了，又惊又喜道："兄这等说来，果是真了？我只道冷绛雪独擅千古之奇，如今却有对了。且问你：曾访着他姓名么？"燕白颔道："姓名却是难访。"平如衡道："为何难访？"燕白颔道："我曾问个老和尚，他说那座园是朝廷的皇庄，来往的都是皇亲国戚。谁敢去问？若问着无赖之人，便要拿鹅头、扎火囤哩。"平如衡道："这等说来，你的阁上美人，与我壁间女子，都是镜花水月，有影无形，只好当做一场春梦。我二人原为山小姐而来，既是山相公还在这里，莫若原去做本来的题目罢。”燕白颔道：“山小姐原该去见，但只恐观于海者难为水。今既见了阁上美人，这等风流才美，那山小姐纵然有名，只怕又要减等了。”平如衡道：“见了方知，此时亦难悬断。”

二人回到寓所，已是夜了。家人收拾夜宵，二人对酌。说来说去，不是平如衡夸奖冷绛雪，便是燕白颔卖弄阁上美人。直讲到没着落处，只得算计去访山小姐。正是：

鱼情思得水，蝶意只谋花。
况是才逢色，相思自不差。

燕白颔与平如衡算计要见山小姐，不题。

却说山小姐自见了阁下书生与园墙上题诗，心下十分想念。因母亲接了回家，遂来见冷绛雪说道：“小妹今日侥幸，也似姐姐在闵子庙一般，恰遇见一个少年才子。”冷绛雪道：“怎生相遇？”山小姐道：“小妹看过父亲，偶到先春阁上去看梅。忽然推开窗子，只见下面梅花边立着一个少年，生得清秀可喜，见小妹在阁上，甚是留盼。不期被仆妇看见，将他恶狠狠赶了出去。”冷绛雪道：“少年人物聪俊者有之，但不知小姐何以知他是个才子？”山小姐道：“那书生出去，小妹正然寻思。忽见福童一路嚷了进来，说道有人在园外题诗，写污了粉墙，叫人去难为他，被小妹喝住。因走出园门去看，见果然题了一首诗在墙上。小妹再三读之，真是阳春白雪，几令人齿颊生香。故知他是个才子。”冷绛雪道：“那书生题的诗，且请小姐念与贱妾听。”山小姐遂将前诗念了一遍，道：“姐姐，你道此诗如何？”

冷绛雪听了，连连称赞道：“好诗，好诗！许多羡慕小姐，只淡淡借‘梅花春色’致意，绝不露蝶蜂狂态。风流蕴藉，的系才人，怪不得小姐留意。且请问此生落款是何处人？姓甚名谁？”山小姐道：“不知为何，竟不落款，并不知他姓名。”冷绛雪道：“他既无姓名，小姐又回来了，岂不也是一番空遇？”山小姐道：“小妹也是这等想，故和了他一首，也写在墙上，通他一个消息。但不知此生有情无情，还重来一见否。”冷绛雪道：“有才之人，定然有情，那有不来重访之理？只是小姐处于相府深闺，他就来访，却也无益。”

山小姐道：“小妹也是这等想。天下未尝无才，转不幸门第高了，寒门书生，任是才高，怎敢来求？爹爹一个宰相，又不好轻易许人。你我深闺处女，又开口不得。到不如小家女子，贵贱求婚，却都无碍。”冷绛雪道：“虽如此说，然空谷芳兰，终不如金谷牡丹为人尊贵。”山小姐道：“天下虚名，最误实事。小妹以微才遭逢圣主之眷，名震一时，宜乎关雎荇菜，招来君子之求，奈何期及摽梅，人无吉士。就是前日天子所许的燕白颔、平如衡，想亦不虚，不知为何今日尚无消息。就是姐姐所传的《张子新编》十分可诵，又未见其人，毕竟不知真假。就是小妹今日所遇的书生，其人其才，似乎无疑。然贵贱悬殊，他又无门可求，我又不能自售，至于对面而有千里之隔。岂非门第与虚名误事？”冷绛雪道：“此事小姐不必着急。天下只怕不生才子，眼前既有了许多名士，自能物色。况以小姐赫赫才名，内中岂患无一成者？”山小姐道：“婚姻事暗如漆，这也料他不定。”

冷绛雪道：“以贱妾推之，《张子新编》诗虽佳，而杂以平子之咏，大都假多真少。其人即来，未必如小姐之意。这须搁起。而阁下书生，人才纵然出众，但恐白面书生，又未必如太师之意。这个也须搁起。惟有这个燕白颔，既为学臣首荐，又为天子征召，岂有不来之理？若来，天子既许主婚，岂有不谐之理？则小姐婚姻，一定在此。”山小姐道：“据姐姐推论，似乎有理。但未知这个燕白颔，可能如阁下书生。”冷绛雪道：“学臣这番荐举，是奉旨搜求，与等闲不同。若非真才实美，倘天子见罪，将如之何？况与平如衡同荐（若果是闵庙题诗之人，此贱妾所知）。平如衡且逊一筹，则燕生之为人，可想而知矣。岂有不如阁下书生之理？”

二人正论不了，忽一个侍妾拿了一本报来说道：“老爷叫送与小姐看。”山小姐接在手中沉吟道：“不知朝中有甚事故。”冷绛雪道：“定是燕、平二生征召到京之事了。”山小姐道：“或者是此。”因揭开一看，果是学臣王衮回奏：“燕白颔、平如衡奉旨征召，不期未奉旨之先，已出境游学，不知何往。今已差人各处追寻，一到即促驾朝见。今恐迟钦命，先此奉闻。”奉圣旨：“着该部行文各省抚按行查，倘在其境，火速令其驰驿，进京朝见，勿得稽留！”山小姐看完，默默无语。冷绛雪也沉吟了半晌，方才说道：“我只道钦命征召，再无阻滞，平生是假是真，便可立辨。不料又有此变。”山小姐因叹息道：“天下事甚是难料。姐姐方才还说小妹婚姻定在于此，今看此报，有定乎？无定乎？”冷绛雪也叹息道：“这等看来，事真难料。”又想一想道：“天子既着各省行查，二生自然要来，只恐迟速不定耳。”二人虽也勉强言笑，然心下有些不快，未免恹恹搅乱心曲。过了数日，山小姐竟生起病来。山显仁与罗夫人见了，十分着急，慌忙请太医调治，不题。

却说燕白颔因阁上美人难访，无可奈何，终日只是痴痴思想，连饮食都减了。就是平如衡勉强邀他到那里看花饮酒，他只是恹恹没兴。平如衡见燕白颔如此，心下暗想道：“除非是以山小姐之情打动他方可。”遂日日劝他去访问。燕白颔道：“要去访亦何难？就是访着，料也不能胜于阁上美人。况他又倚着天子宠眷，公卿出身，见你我寒士，未必不装腔做势。见他有何益处？”平如衡道：“你我跋涉山川，原为山小姐而来。如今到此，转生退悔，莫非忘了白燕之诗么？就是山小姐骄傲不如，也须一见，方才死心。”燕白颔道：“兄既如此说，明日便同去一访。只是小弟意有所属，便觉无勇往之兴。”平如衡道：“有兴没兴，必须一往。”燕白颔被逼不过，只得依允。

到次日起来打点同去。平如衡道：“我们此去，若说是会作诗，便惊天动地，使他防范。倘有不如，到惹他笑。莫若扮做两个寒士，只说闻名求诗，待他相见。看机会，出其不意作一两首惊动他，看是如何。”燕白颔道：“这个使得。”二人都换了些旧巾旧服，穿戴起来。虽带了两个家人，都叫他远远跟随，不要贴身。一径出城。因记得店主人说山阁老住在灌木村，因此不问山阁老，只问灌木村。喜得一望山水幽秀，蹊径曲折，走来便不觉甚远。问到了村口，只见一个小庵儿，甚是幽雅。二人一来也要歇脚，二来就要问信，竟走了进去。

庵中一个和尚看见，慌忙迎接，道：“二位相公何来？”燕白颔答道：“我二人因春光明媚，偶尔寻芳到此，不觉足倦，欲借宝庵少憩片时。”和尚道：“既是这等，请里面坐。”遂邀入佛堂，闻讯坐下。一面叫小沙弥去煎茶，一面就问：“二位相公尊姓？”燕白颔道：“学生姓赵。”平如衡道：“学生姓钱。”因问：“老师大号？”和尚道：“小僧贱号普惠。此处离城，约有十数余里。二位相公寻春直步到此，可谓高兴之极。”燕白颔道：“不瞒老师说，我二人虽为寻春，却还要问一个人的消息，故远远而来。”普惠道：“二位相公要访谁人消息？”燕白颔道：“闻得说山显仁相公告病隐居于此，不知果然么？”普惠笑道：“我只说相公要访甚么隐人消息，若是山老爷，一个当朝宰相，谁人不知，何须要问？就在这前面大庄上居住。山老爷最爱小庵幽静，时常来闲坐，一日到有半日在此。”平如衡道：“这两日曾来么？”普惠道：“这两日为他小姐有恙，请医调治，心下不快，不曾来得。”燕白颔道：“可知他小姐有甚贵恙？”普惠道：“这到不晓得。”

说罢，小沙弥送上茶来，大家吃了。普惠问道：“二位相公访山老爷，想是年家故旧，要去拜见了？”平如衡道：“我们与他也不是年家，也不是故旧。因闻得他小姐才高，为天子宠贵，不知是真是假，要来试他一试。不期来得不巧，正遇着他病，料想不出来见人，我们去也无益。”普惠道：“据相公说，是来的不巧，遇他不着；依小僧看来，因他有病遇不着，正是二位相公的凑巧。”燕白颔笑道：“遇不着，为何倒是凑巧？”普惠道：“遇不着，省了多少气苦，岂不是凑巧？”燕白颔道：“就是遇着他，难道有甚么气苦不成？”普惠道：“相公不是本地人，不知那山小姐的行事。”平如衡道：“我们远方人，实不知道，万望老师指教。”

普惠道：“这山小姐，今年十六岁，生得美貌，不消说得。才学高美，也不消说得。只是他的生性骄傲，投得他的机来，百般和气，投不着他的机来，便万般做作。你若是有些才学，看得上眼，或是求他诗文，他还正正经经替你作一两篇。你若是肚中无物，人物粗俗，任是尚书阁老的子孙，金珠玉帛厚礼送他，俱不放在他心上。你若生得长，他就信笔作一首长诗讥诮你；你若生得矮，他就信笔作一首矮诗讥诮你。不怕你羞杀气杀。这样的恶相知，定要去见他做甚！小僧故此说个不遇他省了许多气苦。”燕白颔道：“无才村汉自来取辱，却也怪他不得。只是人去见他，他肯轻易出来相见么？”普惠道：“他怕那个，怎么不见？他虽是个百媚女子，却以才子自待。任是何人，他都相见。相见时正色谈论，绝不作一毫羞涩之态。你若一语近于戏谑，他有圣上赐的金如意，就叫人劈头打来，打死勿论。故见他的皆兢兢业业，不敢一毫放肆，听他长长短短将人取笑作乐。”平如衡道：“他取笑，也只好取笑下等之人。若是缙绅文人，焉敢轻薄？”

普惠道：“这个他到也不管。二位相公莫疑我小僧说谎，我说一桩有据的实事与你听。前日都察院邬都堂的公子，以恩荫选了儒学正堂，备了一分厚礼，又央了几封书与山老爷，要面求山小姐题一首诗，写作一幅字当画挂。二位相公，你道这山小姐恶也不恶！这日邬公子当面来求时，他问了几句话儿，见邬公子答不来，又见邬公子人物生得丑陋，山小姐竟信笔写了一首诗讥诮他，把一个邬公子几乎气死。你想那邬公子虽是无才，却也是一个都堂之子，受不得这般恶气，未免也当面抢白了几句。山小姐道他戏言相调，就叫人将玉尺楼门关了，取出金如意要打死他。亏山老爷怕邬都堂面上不好看，悄悄分付家人，将邬公子放走了。到次日，山小姐还上了一疏，道邬公子擅入玉尺楼，狂言调戏，无儒家气象。圣上大怒，要加重处。亏了邬都堂内里有人调停，还奉旨道邬都堂教子不严，罚俸三月。邬公子无师儒之望，改了一个主簿。二位相公，你道这山小姐可是轻易惹得的？小僧故说个遇他也好，不遇他也好。”燕白颔道：“山小姐作了甚么诗讥诮他，这等动气？”普惠道：“这首诗传出来，那个看了不笑！小僧还抄个稿儿在此，我一发取出来与二位相公看看，以发一笑。”燕白颔道：“绝妙，绝妙！愿求一观。”普惠果然入内，取了出来，递与二人道：“请看。”二人展开一看，只见上写着：

家世徒然列缙绅，诗书相对不相亲。
实无点点胸中墨，空戴方方头上巾。
仿佛魁星真是鬼，分明傀儡却称人。
若教混作儒坑去，千古奇冤那得伸。

燕、平二人看完，不禁拍掌大笑道：“果然戏谑得妙！这等看起来，这邬公子吃了大苦了。”

普惠道：“自从邬公子吃了苦，如今求诗求文的都怕来惹事，没甚要紧也不敢来了。二位相公还是去也不去？”燕白颔笑道：“山小姐这等放肆取笑于人者，只是未遇着一个真正才子耳。待我们明日去，也取笑他一场，与老师看。”普惠摇头道：“二位相公虽自然是高才，若说要取笑山小姐，这个却未必。”平如衡道：“老师怎见得却未必？”普惠道：“我闻得山老爷在朝时，圣上曾命许多翰林官与他较才，也都比他不过。内中有一个宋相公，叫做宋信，说他是天下第一个会作诗的才子，也考山小姐不过。皇帝大怒，将他拿在午门外，打了四十御棍，递解回去。此事喧传长安，人人皆知。二位相公说要取笑他一场，故小僧斗胆说个未必。”

燕白颔听了，笑对平如衡道：“原来宋信出了这一场丑！前日却瞒了，并不说起。”平如衡道：“他自己出丑，如何肯说？”因对普惠说道：“老师宝庵与山小姐相近，只知山小姐之才高，怎知道山小姐不过一闺中女子学涂鸦耳。往往轻薄于人者，皆世无英雄耳。若遇了真正才子，自然要以脂粉乞怜也。此时也难与老师说，待我们明日与他一试，老师自知。”普惠心下暗笑其狂，口中却不好说出，只得含糊答应道：“原来二位相公又有这等高才，可喜可敬！”又泡了一壶好茶来吃。

燕白颔一面吃茶，一面见经座上有现成笔墨，遂取了，在旁边壁上题诗一首，道：“山小姐，山小姐，不知你的病几时方好，且留为后日之验。”平如衡候燕白颔题完，也接笔续题一首在后，道：“山小姐，山小姐，你若见了此二诗，只怕旧病好了，新病又要害起。”二人搁笔，相顾大笑，遂别普惠出来道：“多扰了。迟三五日再得相会。”普惠道：“多慢二位相公，过数日再奉候。”遂送出门而去。只因这一别，有分教：才子称佣，夫人学婢。

不知后事如何，且听下回分解。

第十六回

才情思占胜巧扮青衣　笔墨已输心忸怩白面

和尚见燕、平说话狂妄，当面怕伤体面，只好吞吞吐吐，轻嘲微哂，故于去后方自发笑。无关闲笔，亦自入情。

山显仁看了题壁二诗，既惊且喜，便忙问年纪，急急抄诗回去。留心择婿，又微露一斑。

山黛与冷绛雪看题壁诗，正在触怒之际，诗才之美，自不便出口称扬。若竟抹杀，又伤知才之明、爱才之雅。故但用“彼此相视”默默透出。白描之妙，大胜装花。

山黛口虽大言奚落，然巧扮青衣之想，亦是心折二生之才，而思为趋避也。纵非气馁，而此中大费踌躇，亦可想见矣。若不然，而一味骄矜，则视燕、平二子为何如人？文章最难下笔，偏写得两两精神，即使龙门为之，亦当自称得意。

燕、平二人归途，有商有量，方不寂寞。然一是自悔失言，一是高视山黛，彼此揣度。所谓“展转反侧”，正此情也，不定是枕席工夫。

山相公胸中已有女儿的成竹，故不得不谦中带峻，强争数语，以为分考之地。若一味和缓，便开口不得。因知文人下笔，定妙合时情。

此番考试，若山黛与冷绛雪亲自出名现身，固无趣味。即巧扮青衣分考，若使山黛恰遇燕子，冷绛雪恰遇平子，觌面识破为闵庙女子与阁上美人，则疑疑信信，情绪若野马飞尘，便不能完考才之正案矣。故颠颠倒倒，又留而有待。因知文又妙在能忍。

两处相见，却作两样光景：燕白颔见女子青衣打扮，虽慌忙施礼，却不知是谁，只低头偷看，转是侍儿自说破，方才致问小姐，举动全是斟酌。至于平如衡，则一味鲁莽，见了女子，也不问其为谁，便深深作揖，细陈脚册矣。一样机丝，却织成两般异锦。

见了青衣，若只认定是青衣，不知刮目，则二小姐之美不足惊人，而二生之识亦非碧眼胡矣。故燕白颔见容光飞舞，有“颜色转不及此”之想。平如衡见花嫣柳媚，亦惊“那有不是小姐之理”？方见二小姐美自有在，二生识自有在，不等闲为青衣所掩。

燕白颔诗曰“只画娥眉便可怜”，平如衡诗曰“除却娥眉恐不如”，二诗开首俱是一样轻薄。及到后来，才穷乞怜，青衣也不如，又何足恭。非才人成两截，实所遇不敢始终一视也。

倡和十四诗机锋紧对，工力悉敌，故彼此心服。虽一时各各谦让不遑，然怀吉士、慕佳人，实定于此矣。方不失玉尺量才本来题目。

作诗酬和已忙不了，偏有闲工夫逗出“情长情短”并平如衡姓名，暗传一梅花春信，使人猜疑不了。锤凿天然，非神工鬼斧所能到。

词曰：

试才无计，转以夫人学婢。灶下挥毫，泥中染翰，夺尽英雄之气。　明锋争利，芥针投，暗暗输心服意。始信真才，举止风流，行藏游戏。

——右调《柳梢青》

话说普惠和尚送了燕、平二人出门，自家回入庵内，看着壁上笑道：“这两个小书呆，人物倒生得俊秀，怎生这等狂妄！他指望要取笑山小姐，若他说些大话，躲了不来，还是乖的。倘真个再来，纵不受累，也要出一场大丑。”

正想说不完，忽山显仁带领两个童子，闲步入来，看见普惠对着壁上自言自语，因问道：“普惠，你看甚么？”普惠忽回头看见道：“原来是山老爷。老爷连日不来，闻说是小姐有甚贵恙。如今想是安了。”山显仁道：“正是。这两日因小姐有病，故未曾来。今日喜得好了些，我见天色好，故闲步到此。你却自对影壁说些甚么？”普惠道：“这事说来也当得一个笑话。”山显仁道：“何事？”普惠遭：“方才不知那里走了两个少年书生来借坐歇脚，一个姓赵，一个姓钱。小僧问道何事到此，他说要访老爷。小僧问他要访老爷傲甚。他说闻知山小姐有才，特来要与他一试。小僧回说小姐有恙，因怜他是别处人，年纪小，人物清俊，就将小姐的事迹与他说了，劝他回去，不要来此惹祸出丑。他不知好歹，反说要来出小姐之丑。临去又题了两首诗在壁上，说过三五日还要来见小姐，比较才学。岂不是一个笑话？”山显仁道：“这壁上想就是他题的诗了？”普惠道：“正是他题的，不知说些甚么？”

山显仁因走近前一看，只见第一首写的是：

千古斯文星日垂，岂容私付与娥眉。
青莲未遇相如远，脂粉无端污墨池。

云间赵纵有感题

第二首写的是：

谁家小女发垂垂，窃取天颜展画眉。
试看斯文今有主，也须还我凤凰池。

洛阳钱横和韵题

山显仁看了一遍又看一遍，心下又惊又喜，因对普惠说道：“此二生出语虽然狂妄，诗思却甚清新。二生不知有多大年纪了？”普惠道：“两个人都不满二十岁。”山显仁道：“他既要来与小姐较才，为何就回去了？”普惠道：“是小僧说小姐有贵恙，未必见人，他故此回去。他说迟两日还要来哩。”山显仁道：“他若再来，你须领来见我。”普惠道：“二生说话太狂，领来见老爷，老爷量大，还恕得他起。若见小姐，小姐性子高傲，见二生狂妄，未免又要惹出事来。”山显仁道：“有我在，这个不妨。”又坐了一歇，山显仁因要与女儿商量，遂抄了二诗，起身回去。

此时，山黛因思想阁下书生，恹恹成病。又见父母忧愁，勉强挣起身来，说道好些，其实寸心中千思百虑，不能消释。此时冷绛雪正在房中宽慰他，忽山显仁走来问道：“我儿，这一会心下宽爽些么？”山小姐应道：“略觉宽些。”山显仁道：“你心下若是宽些，我有一件奇事与你商量。”山小姐道：“有甚奇事，父亲但说不妨。”山显仁道：“我方才在接引庵闲步，普惠和尚对我说，有两个少年书生，要来与你较才，口出大言，十分不逊。”山小姐道：“为何不来？”山显仁道：“因闻知你有病，料不见人，故此回去了。临去，题了两首诗在接引庵壁上，甚是狂妄。我抄了在此，你可一看。”

山小姐接了，与冷绛雪同看。看了一遍，二人彼此相视。冷绛雪说道：“二生才虽可观，然语句太傲。何一狂至此！”山小姐道：“有才人往往气骄，这也怪他不得。只是他既要来夺凤凰池，没个轻易还他之理。须要奚落他一场，使他抱头鼠窜而去，方知小妹不是窃取天颜，以为声价。”冷绛雪道：“这也不难。等他来时，他是二人，贱妾与小姐也是两个。就是真才实学，各分一垒，明明与他旗鼓相当，料也不致输与他。”山小姐又想一想道：“我与你若明明与他较才，莫说输与他，就是胜他，也算不得奚落，不足为耻。”

山显仁笑道：“我看此生，才情精劲，你二人也不可小视。若与他对试，不损名足矣，怎么还思量要取辱他？”冷绛雪道：“这样狂生，若不取辱他一场，使他心服，他未免要在人前卖嘴。只是除了与他明试，再无别法。”山小姐笑道：“孩儿到有一法在此。输与他不致损名，胜了他使他受辱。”山显仁道：“我儿再有甚法？”山小姐道：“待他二人来时，爹爹只说一处考恐怕有代作传递之弊，可分他于东西两花园坐下。待孩儿与冷家姐姐假扮做青衣侍儿，只说小姐前次曾被无才之人缠扰，徒费神思，今又新病初起，不耐烦剧，着我侍妾出来，先考一考。若果有些真才，将我侍儿压倒，然后好请到玉尺楼，优礼相见。倘或无才，连我辈不如，便好请回，免得当面受辱。若是胜他，明日传出去，只说连侍儿也考不过，岂非大辱？就是输与他，不过侍妾，尚好遮饰，或者不致损名。”

山显仁听了大喜道：“此法甚妙！”冷绛雪也欢喜道：“小姐妙算，真无遗漏矣。这两个狂生如何晓得！”大家算计停当，山显仁又叫人去与普惠说：“若题诗书生来，可领他来见。”一面打点等候，不题。

却说燕白颔与平如衡辞了普惠回来，一路上商量。燕白颔道：“我们此来，虽说考才，实为婚姻，怎么一时就忘记了？今作此二诗，将他轻薄，少不得要传到山相公与山小姐面前。他见了，岂有不怒之理？就是度量大，不怀恨于我，这婚姻事断断无望了。”平如衡道：“作已作了，悔也无益。况婚姻自有定数，强他不得。或者有才女子的心眼与世人不同，见纨袴乞怜，愈加鄙薄。今见了你我有气骨才人，转垂青起敬也不可知。愁他怎么！且回去与你痛饮快谈以养气，迟两日好与他对垒。”燕白颔笑道：“也说得有理。”二人遂欢欢喜喜，同走了回去。

过了三五日，心上放不下，因天气晴明，又收拾了，一径出城，依旧走到接引庵来。普惠看见，笑嘻嘻迎着说道：“二位相公，今日来得早，像是真个要与山小姐考试诗文的了？”燕白颔因问道：“山小姐病好了么？”普惠道：“虽未全愈，想是起得来了。”平如衡道：“既是起得来，我们去寻他考一考不妨。”就要起身去。普惠留住道：“此时太早，山小姐只怕尚未睡起。且请少坐，奉过茶，收拾素斋用了，待小僧送去。”燕白颔道：“斋倒不消，领一杯茶罢。得老师一送更感。”普惠果然邀入去，吃了些茶，坐了半晌，将近日午方才同去。

到了山相公庄门，普惠是熟的，只说得一声，就有人进去通报。不多时，就有人出来说道：“请师父与二位相公厅上坐。”三人遂同到厅中坐下。又坐了半晌，山显仁方葛巾野服，走了出来。燕白颔与平如衡忙上前施礼，礼毕，就以师生礼叙坐。普惠恐怕不便，就辞去了。

山显仁一面叫人送茶，一面就开口问道："那一位是赵兄？"燕白颔打一恭道："晚生赵纵。"山显仁因看着平如衡道："此位想是钱兄了？"平如衡也打一恭道："不敢。晚生正是钱横。"山显仁道："前在接引庵见二兄壁上之作，清新俊逸，真可谓相如再世，太白重生。"燕白颔与平如衡同打一恭道："书生寒贱，不能上达紫阁黄扉，故妄言耸听，以为进身之阶。今既蒙援引，狂瞽之罪，尚望老太师宽宥。"山显仁道："文人笔墨游戏，上天下地，无所不可，何罪之有。只是小女闺娃识字，亦无心僭据斯文，实因时无英雄，偶蒙圣恩假借耳。今既有二兄青年高才，焕奎壁之光，润文明之色，凤凰池礼宜奉还，焉敢再以脂粉相污？"燕白颔道："脂粉之言，亦愧男子无人耳。词虽不无过激，而意实欣慕。乞老太师原谅。"平如衡道："凤池亦不望尽还，但容我辈作鸥鹭游翔其中足矣。"

山显仁道："这都罢了。只是二兄今日垂顾，意欲何为？"燕白颔道："晚生二人，俱系远方寒士，虽日事椠铅，实出孤陋，每有所作，往往不知高下。因闻令爱小姐，著作悬于国门，芳名播于天下，兼有玉尺量才之任，故同造楼下，愿竭微才，求小姐玉尺一量。敦短敦长，庶几可定二人之优劣。"山显仁道："二兄大才，倒就教小女，可谓以管窥天，以蠡测海。然既辱赐顾，怎好固辞？但考之一途，必须严肃，方别真才。"燕白颔道："晚生二人，短长之学尽在胸中，此外别无一物，听凭老太师如何赐考。"平如衡道："老太师若要搜检，亦不妨。"山显仁笑道："搜检也不必。但二兄分做两处，省了许多顾盼问答也好。"燕白颔与平如衡同应道："这个听凭。"山显仁就分付两个家人道："可送赵相公到东花园亭子上坐。"又分付两个家人道："可送钱相公到西花园亭子上坐。"又对燕白颔与平如衡道："老夫不便奉陪，候考过再领教佳章。”说罢，四个家人遂请二人同入穿堂之后，分路往东西花园而去。正是：

东西诸葛八门阵，左右韩侯九里山。
莫料闺中小儿女，寸心偏有百机关。

两个家人将平如衡送到西花园亭子上去坐，且不题。且说燕白颔，随着两个家人，竟到东边花园里来。到了亭子上一看，只见鸟啼画阁，花压雕栏，十分富丽。再看亭子中，早已东西对面摆下两张书案，文房四宝端端正正俱在上面。燕白颔心下想道：“闻他有个玉尺楼，是奉旨考才之地。怎么不到那里，却在此处？”又想道：“想是要分考，楼中一处不便，故在此间。”正沉吟不了，忽见三五侍妾，簇拥着一个青衣女子而来。燕白颔远远望去，宛如仙子，欲认作小姐，却又是侍儿打扮；欲认作侍儿，却又秀媚异常。心下惊疑未定，早已走至面前。燕白颔慌忙出位施礼。那青衣女子略福了一福，便与燕白颔分东西对面坐下。

燕白颔不知是谁，又不好轻问，只得低头偷看。倒是青衣女子先开口说道：“赵先生不必惊疑。妾非小姐，乃小姐位下掌书记的侍妾，奉小姐之命，特来请教先生。”燕白颔道：“原来是一位掌书记的才人。请问：小姐为何不自出，而又劳玉趾？”青衣女子道：“前日也是几位贵客，要见小姐试才，小姐勉强应酬，却又一字不通，徒费许多口舌。今辱先生降临，大才固自不同。然小姐私心过虑，恐蹈前辙。今又养病玉尺楼，不耐烦剧，故遣妾先来领教。如果系真才，贱妾辈望风不敢当，便当扫径焚香，延入楼中，以定当今天下斯文之案。倘只寻常，便请回驾，也免一番多事。”

燕白颔听了，心下暗怒道：“这小丫头，这等作怪！怎自不出来，却叫一个侍妾辱我？这明明高抬声价！我若不与他考，他便道我无才害怕；若与他对考，我一个文士，怎与一个侍妾同考？”又偷眼将那侍妾一看，只见满面容光，飞舞不定，恍与阁上美人不相上下。心中又想道：“山小姐虽说才高，颜色或者转不及此。莫管他侍妾不侍妾，如此美人，便同拈笔砚，也是侥幸。况侍妾之才，料也有限，只消一首诗打发他回去，便可与小姐相见。”心下主意定了，因说道：“既是这等，考也无妨。只是如何考起？”青衣女子道：“听凭先生起韵，贱妾奉和。”燕白颔笑一笑道：“既蒙尊命，学生僭了。”遂磨墨舒纸，信笔题诗一首道：

只画娥眉便可怜，涂鸦识字岂能传？
须知才子凌云气，吐出蓬莱五色莲。

燕白颔写完，早有侍妾取过去，与青衣女子看。那女子看了，微笑一笑道：“诗虽好，只是太自誉了些。”因拈起笔来，全不思索，就和了一首，叫侍儿送了过来。燕白颔展开一看，只见上写着：

一时才调一时怜，千古文章千古传。
漫道文章男子事，而今已属女青莲。

燕白颔看了，不觉吐舌道：“好美才，好美才，怎这等敏捷！”因立起身来，从新深深作一个揖道：“我学生失敬了。”那青衣女子也起身还礼道：“先生请尊重。俚句应酬，何足垂誉。请问先生，还有佳作赐教么？”燕白颔道：“既蒙不鄙，还要献丑，以抒鄙怀。”因又题诗一首道：

爨下风光天下怜，心中情事眼中传。
河洲若许操舟往，愿剖华峰十丈莲。

燕白颔写完，侍妾又取去与青衣女子看。那女子看了，又笑一笑道：“先生何交浅而言深！”因又和了一首，叫侍儿仍送到燕白颔面前。燕白颔再展开一看，只见上写着：

思云想月总虚怜，天上人间信怎传？
欲为玄霜求玉杵，须从御座撤金莲。

燕白颔看了，不胜大异道：“芳姝如此仙才，自是金屋娉婷，怎么沉埋于朱门记室？吾所不解。”那青衣女子道：“先生既以才人自负，要来与小姐争衡，理宜千言不屈，万言不休。怎见了贱妾两首微词，便大惊小怪？何江淹才尽之易，而子建七步之外无余地也！”燕白颔道：“美人见哂固当。但学生来见小姐之意，原为景仰小姐之才，非慕富贵高名者也。今见捉刀英雄不识，必欲钦魏公雅望，此无目者也。学生虽微才，不足比数。然沉酣时艺，亦已深矣，未闻泰山之上更有泰山，沧海之余复有沧海。才美至于记室，亦才美中之泰山沧海矣，岂更有过者？乃即所传小姐才美高名，或亦记室才美高之也。”因又题诗一首道：

非是才穷甘乞怜，美人词调果堪传。
既能根底成佳藕，何不枝头常见莲？

燕白颔写完，又有侍妾取去。那青衣女子看了又看，因说道：“先生佳作，末语寓意委婉，用情深切，实东坡、太白一流人。自须尊重，不要差了念头。”因又和了一首，叫侍儿送过来。燕白颔接在手中一看，只见上写道：

春光到眼便生怜，那得东风日夜传。
一朵桃花一朵杏，须知不是并头莲。

燕白颔看了，默然半晌，忽叹息道：“天只生人情便了，情长情短有谁怜？”那女子隐隐听见，因问道：“此先生所吟么？”燕白颔道：“非吟也，偶有所思耳。”那女子又不好问，只说道：“妾奉小姐之命请教，不知还有甚么见教么？”燕白颔道：“记室之美，已侥幸睹矣；记室之才，已安奉教矣；记室之严，亦已闻命矣。再以浮词相请，未免获罪。”青衣女子道：“先生既无所命，贱妾告辞。敢再申一言，以代小姐之请。”因又拈笔抒纸，题诗一首，叫侍儿送与燕白颔。因立起身道：“先生请慢看。贱妾要复小姐之命，不敢久留矣。”遂带了侍妾，一哄而去。

燕白颔看了，恍然如有所失。呆了半晌，再将那诗一看，只见又写着：

才为人瑞要人怜，莫诋花枝倩蝶传。
脂粉虽然污颜色，何曾污及墨池莲？

燕白颔看完，因连声叹息道：“天地既以山川秀气尽付美人，却又生我辈男子何用？我前日题庵壁诗，说‘脂粉无端污墨池’，他今日毕竟题诗表白。我想他慧心之灵，文章之利，针针相对，绝不放半分之空，真足使人爱杀！”又想道：“小姐既有病，不肯轻易见我，决没个又见老平之理。难道又有一个记室如方才美人的，与他对考？若遇着一个无才的记室，便是他的造化。”只管坐在亭上，痴痴呆想。早有引他进来的两个家人说道：“相公坐在此没甚事了，请出去罢。只怕老爷还在厅上候着哩。”燕白颔听见说老爷还在厅上候着，心下呆了一呆道：“进来时何等兴头，连小姐还思量压倒。如今一个侍妾记室，也奈何他不得，有甚脸嘴出去见人？”只管沉吟不走。当不得两个家人催促，只得随他出来，正是：

眼阔眉扬满面春，头垂肩亸便无神。

只思漫索花枝笑，不料花枝反笑人。

按下燕白颔随着两个家人出来不题。且说平如衡随着两个家人到西花园来，将到亭子边，早望见亭子上许多侍妾，围绕着一个十五六岁女子，花枝般的据了一张书案坐在里面。平如衡只认做小姐，因闻得普惠和尚说他为人利害，便不敢十分仰视，因低着头走进亭子中，朝着那女子深深一揖，道："学生钱横，洛阳人氏，久闻小姐芳名，如春雷满耳。今幸有缘，得拜谒庭下，愿竭菲才，求小姐赐教。"一面说，一面只管低头作揖不起。那女子含笑道："钱先生请尊重，贱妾不是小姐。"

平如衡听见说不是小姐，忙抬头起来一看，只见那女子生得花嫣柳媚，犹如仙子一般，暗想道："这样标致，那有不是小姐之理？只是穿着青衣，打扮如侍儿模样。"因问道："你既不是小姐，却是何人？"那女子启朱唇，开玉齿，娇滴滴应道："贱妾不是小姐，乃小姐掌书记的侍妾。"平如衡道："你既是侍妾，为何假作小姐，取笑于我？"那女子道："贱妾何曾假作小姐，取笑先生？先生误认作小姐，自取笑耳。"平如衡道："这也罢了。只是小姐为何不出来？"那女子道："小姐虽一女子，然体位尊严。就是天子征召，三次也只有一次入朝。王侯公卿到门求见，也须三番五次，方得一接。先生今日才来，怎么这等性急，就思量要见小姐？就是贱妾出来相接，也是我家太师爷好意，爱先生青年有才，与小姐说了，故有是命。"

平如衡听了许多说话，满腔盛气先挫了一半。因说道："不是学生性急，只是既蒙太师好意，小姐许考，小姐若不出来，却与谁人比试？"那女子道："贱妾出来相接者，正欲代小姐之劳耳。"平如衡笑道："比试是要作诗作文，你一个书记侍妾，如何代得？"那女子道：

“先生请试一试看。”平如衡道：“不必试，还是请小姐出来为妙。”那女子道：“小姐掌书记的侍妾，有上、中、下三等十二人，列成次第。贱妾下等，考不过，然后中等出来；中等考不过，然后上等出来；上等再考不过，那时方请先生到玉尺楼，与小姐相见。此时要见小姐，还尚早。”平如衡听了道：“原来有许多琐碎。这也不难，只费我多作两首诗耳。也罢，就先与你考一考。”那女子将手一举道：“既要考，请坐了。”

平如衡回头一看，只见东半边也设下一张书案坐席，纸墨笔砚俱全，因走去坐下，取笔在手，说道：“我已晓得你小姐不出来的意思了，无非是藏拙！”遂信笔题诗一首道：

名可虚兮才怎虚，深闺深处好藏珠。
若教并立词坛上，除却娥眉恐不如。

平如衡题完，自读了一遍，因叫众侍儿道：“可取了去看。若是读不出，待我读与你听。”侍儿果取了递与那女子。那女子看了一遍，也不做一声，只拈起笔来，轻轻一扫，早已和完一首，命侍儿送来。平如衡正低头沉想自己诗中之妙，忽抬头见诗送到面前，还只认作是他的原诗，看不出又送了来，因笑说道：“我就说你未必读得出，拿来待我读与你听。”及展开看时，却是那女子的和韵，早吃一惊道：“怎么倒和完了？大奇，大奇！”因细细读去，只见上写道：

心要虚兮腹莫虚，探珠岂易探骊珠。
漫思王母瑶池奏，一曲双成如不如？

平如衡看完，满心欢喜，喜到极处，竟忘了情，因拍案大叫道：“奇才，奇才，我平如衡今日方遇一劲敌矣！”那女子听见，因惊问道：“闻先生尊姓钱，为何又称平如衡，莫非有两姓么？”平如衡见问，方知失言，因胡赖道："那个说平如衡？我说的是钱横。想是你错听了。"那女子道："错听也罢。只是贱妾下等书记，怎敢称个劲敌？"平如衡道："你不要哄我，你不是下等。待我与你讲和罢。再请教一首。"因又磨墨濡毫，题诗一首道：

千秋白雪调非虚，万斛倾来字字珠。
红让桃花青让柳，平分春色意何如？

平如衡题完，双手捧了，叫侍儿送去，道："请教，请教。"那女子接了一看，但微微含笑，也不做一声，只提起笔来和韵相答。平如衡远远看见那女子挥洒如飞，便连声称赞道："罢了，罢了！女子中有如此敏才，吾辈男子要羞死矣！"说不了，诗已写完。送到面前，因朗朗读道：

才情无假学无虚，鱼目何尝敢混珠。
色到娥眉终不让，居才谁是蔺相如？

平如衡读完，因叹一口气道："我钱横来意，原欲求小姐，以争才子之高名。不料遇着一个书记，尚不肯少逊，何况小姐？前日在接引庵壁上题诗，甚是狂妄。今日当谢过矣。"因又拈笔题诗一首道：

一片深心恨不虚，一双明眼愧无珠。
玄黄妄想裳公子，笑杀青衣也不如。

平如衡题完，侍儿取了与那女子看。那女子看完，方笑说道："先生何前倨而后恭！"因又和诗一首道：

人情有实岂无虚，游戏风流盘走珠。

到底文章同一脉，有谁不及有谁如？

那女子写完，命侍儿送了过来。平如衡接在手中，细读一遍，因说道："古人高才，还须七步。今才人落笔便成，又胜古人多矣！我钱横虽承开慰，独不愧于心乎？"遂立起身来辞谢道："烦致谢小姐，请归读十年，再来领教。"因欲走出。那女子道："先生既要行，贱妾还有一言奉赠。"遂又题诗一首，送与平如衡。平如衡已走出亭外，接来一看，只见上写着：

论才须是此心虚，莫认鲛人便有珠。
旧日凤凰池固在，而今已属女相如。

平如衡读完，知是讥诮他前日题壁之妄，便也不答，竟笼在袖中，闷闷的走了出来。刚走到穿堂背后分路的所在，只见燕白颔也从东边走了出来。二人撞见，彼此颜色有异，皆吃了一惊。只因这一惊，有分教：英雄气短，儿女情长。

不知后事如何，且听下回分解。

第十七回

他考我求他家人代笔　自说谎先自口里招诬

相考时，二青衣颜色之美，才思之奇，当面一时说不尽，故又于考出来诉苦时细细补出，彼此心思情态，方不遗漏。

急急出门问下处，平如衡正要直说□□□□白颔忽尔谎说泡子河。人只认是卖□□□□知误寻宋信，引出张寅，已伏机于此矣。文章过接，只如等闲。

前不作二诗，高悬彩笔，则才子之气谓何，乃望风而先短；今不作二诗，以谢前愆，则美人之心不服，故赞羡以陈情。有一花定有一香，绝不空开空落。

二书生才穷乞怜，考败而去矣。二小姐宜扬扬得意，鼓掌欢谈矣。乃一日“若非贱妾，几乎被他压倒”；一则日“落笔如飞，几令小妹应酬不来”：早已暗暗服心。方见二小姐是真心爱才选才，非徒傲物以博名高。

只叙考时光景，一番情态已勃勃动人。又各述错落姓名，并情长情短之事，与形容肥瘦，使二人柔肠内又各添出一段相思，低回想象，不禁伤神。笔花夹道争开，真令人应接不暇。

山相公见女儿爱二生之诗，自然着家人相请。家人来请，自然寻到吕公堂来。家人寻到吕公堂，自然遇见宋信。宋信知风，自然急催张寅来见。如此看来，分明是一条直路，不知作者于此中费几许委曲，方能成此直路。岂易言哉!

起初原是宋信劝张寅抵死不来，及到此时，又是宋信劝张寅舍命而来。宋、张许多奸险，已十分拿稳，孰知早一惊波，晚一急浪，直调弄其奔走有如小儿。作者之笔，过于造物矣!

张子求婚，所靠以为泰山者，《张子新编》也。谁知大露马脚，又正此《张子新编》也。巧遮瞒正是拙漏洞，几令弄假人没处下手脚。可发一笑。

道破平如衡，便直认平如衡有两首；疑惑燕白颔，便竟认燕白颔有两首：亦可谓善于应答矣。在他人如何应答得出？故吾不服其善应答，而独服其老脸。

张寅和诗，若竟叫宋信和来，虽其中亦有笑声，然不脱代替常套，何如反央冷绛雪代和之更有笑声也。文人之想，愈出愈奇。

和诗不难于嘲笑，而难于嘲笑丑人，仍是文人之笔。若因嘲笑堕入优俳，则是未嘲笑人之丑态，而先留丑态为人嘲笑矣，焉足见才人之致！

词曰：

螳螂不量，虾蟆妄想，往往自寻仇。便不伤身，纵能脱祸，也惹一场羞。

佳人性慧心肠巧，惯下倒须钩。吞之不入，吐之不出，不怕不低头。

——右调《少年游》

话说平如衡考不过侍妾，走了出来。刚走到穿堂背后分路口，撞见燕白颔也走了出来。二人遇见，彼此惊讶。先是燕白颔问道："你考得如何？"平如衡连连摇头道："今日出丑了。"燕白颔又问道："曾见小姐么？"平如衡道："若见小姐，就考不过，还不算出丑。不料小姐自不出来，却叫一个掌书记的侍妾与我同考。那女子虽说是个侍妾，我看他举止端庄，颜色秀媚，比贵家小姐更胜十分。这且勿论，只说那才情敏捷，落笔便成，何须倚马。小弟刚作得一首，他想也不想，信笔就和一首。小弟又作一首，他又信笔和一首。小弟一连作了三首，他略不少停，也一连和了三首。内中情词，针锋相对，不差一线，到叫小弟不敢再作。我想一个侍妾，不能讨他半点便宜，岂非出丑？吾兄所遇，定不如此，或者为小弟争气。"燕白颔把眉一蹙道："不消说起，与兄一样，也是一个书记侍妾。小弟也作了三首，他也和了三首，弄得小弟没法。他见小弟没法，竟笑了进去。临去，还题诗一首，讥诮于我。我想他家侍妾尚然如此高才可爱，那小姐又不知妙到甚么田地。就是小弟所醉心的阁上美人，也不过相为伯仲，小弟所以垂首丧气。不期吾兄也遇劲敌，讨了没趣。”平如衡道：“前边的没趣已过去了，但是出去还要见山相公，倘若问起，何言答之？只怕后面的没趣，更觉难当。”燕白颔道：“事既到此，就是难当，也只得当一当。”跟的家人又催，二人立不住脚，只得走了出来。

到了厅上，幸喜得山相公进去，还不曾出来。家人说道：“二位相公请少坐，待我进去禀知老爷。”燕白颔见山相公不在厅上，巴不得要脱身，因说道：“我们自去，不消禀了。”家人道：“不禀老爷，相公去了，恐怕老爷见罪。”平如衡道：“我们又不是来拜你老爷的，无非是要与小姐试才。今已试过，试的诗又都留在里面，好与歹，听凭你老爷小姐慢慢去看，留我们见老爷做甚么？”家人道：“二位相公既不要见老爷，小的们怎好强留。但只是二位相公尊寓在何处，也须说下，恐怕内里看得诗好，要来相请也不可知。”平如衡道：“这也说得有理。我二人同寓在……”正要说出玉河桥来，燕白颔慌忙插说道：“同寓在泡子河吕公堂里。”说罢，二人竟往外走。走离了三五十步，燕白颔埋怨平如衡道：“兄好不知机！你看今日这个局面，怎还要对他说出真下处来？”平如衡道：“正是，小弟差了。幸得还未曾说明，亏兄接得好。”

不多时，走到庵前，只见普惠和尚迎着问道：“二位相公怎就出来，莫非不曾见小姐考试么？”燕白颔道：“小姐虽不曾见，考却考过了。”普惠笑道：“相公又来取笑了。小姐若不曾见，谁与相公对考？”平如衡道：“老师不消细问，少不得要知道的。”普惠道：“且请里面吃茶。”

二人随了进去，走到佛堂，只见前日题的诗明晃晃写在壁上。二人再自读一遍，觉得词语太狂，因索笔各又续一首于后。

燕白颔的道：

青眼从来不浪垂，而今始信有娥眉。

再看脂粉为何物，笔竹千竿墨一池。

平如衡也接过笔来续一首道：

芳香满耳大名垂，双画千秋才子眉。
人世凤池何足羡，白云西去是瑶池。

普惠在傍看见，因问道："相公诗中是何意味？小僧全然不识。"燕白颔笑道："月色溶溶，花阴寂寂，岂容法聪知道？"平如衡又笑道："他是普惠，又不是普救，怎说这话？"遂相与大笑，别了普惠出来，一径回去，不题。

却说山小姐考完，走回后厅，恰好冷绛雪也考完进来。山小姐先问道："那生才学如何？姐姐考得如何？"冷绛雪道："那生是个真正才子。若非贱妾，几乎被他压倒。"因将原韵三首，与自己和韵四首，都递与山小姐，道："小姐请看便知。"山小姐细细看了，喜动眉宇，因说道："小妹自遭逢圣主垂青，得以诗文遍阅天下才人，于兹五六年，也不为少。若不是庸腐之才，就也是疏狂之笔，却从不曾遇此二生，诗才十分俊爽如此，真一时之俊杰也！"冷绛雪道："这等说来，小姐与考的钱生，想也是个才子了？"山小姐道："才子不必说，还不是寻常才子。落笔如飞，几令小妹应酬不来。"也将原唱三首并和诗四首，递与冷绛雪道："姐姐请看过。小妹还有一桩可疑之事，与姐姐说。"

冷绛雪看了，赞叹不绝口道："这赵、钱二生，才美真不相上下。不是夸口说，除了小姐与贱妾，却也无人敌得他来。且请问小姐，又有甚可疑之事？"山小姐道："那生见了小妹'一曲双成如不如'之句，忽然忘了情，拍案大叫道：'我平如衡今日遇一劲敌矣！'小妹听见，就问他：'先生姓钱，为何说平如衡？'他着惊，忙忙遮饰。不知为何？莫非此生就是平如衡？不然天下那有许多才子！”冷绛雪道：“那生是怎么样一个人品？”山小姐道：“那生年约二十上下，生得面如瓜子，双眉斜飞入鬓，眼若春星，体度修长。虽弱不胜衣，而神情气宇，昂藏如鹤。”冷绛雪道：“这等说来，正是平如衡了。只可惜贱妾不曾看见，若是看见，到是一番奇遇。”山小姐道：“早知如此，何不姐姐到西园来？”

冷绛雪道：“贱妾也有一事可疑。”山小姐道：“何事？”冷绛雪道：“那赵生见贱妾题的‘须知不是并头莲’之句，默然良久，忽叹了一声，低低吟诵道：‘天只生人情便了，情长情短有谁怜？’贱妾听了，忙问道：‘此何人所吟？’他答道：‘非吟也，偶有所思耳。’贱妾记得前日小姐和阁下书生，正是此二语。莫非这赵生正是阁下书生？”山小姐听了，因问道：“那生生得如何？”冷绛雪道：“那生生得圆面方额，身材清秀而丰满，双肩如两山之耸，一笑如百花之开。古称潘安虽不知如何之美，只觉此生相近。”山小姐道：“据姐姐想象说来，恍如阁下书生宛然。若果是他，可谓当面错过。”冷绛雪道：“天下事怎这等不凑巧？方才若是小姐在东，贱妾在西，岂不两下对面，真假可以立辨。不意颠颠倒倒，岂非造化弄人？”

二人正踌躇评论，忽山显仁走来问道：“你二人与两生对考，不知那两生才学实是如何？”山小姐答道：“那两生俱天下奇才，父亲须优礼相待才是。”山显仁道：“我正出去留他，不知他为甚，竟不别而去，我故进来问你。既果是真才，还须着人赶转，问他个详细才是。”山小姐道：“父亲所言最是。”

山显仁遂走了出来，叫一个家人到接引庵去问：“若是赵、钱二相公还在庵中，定然要请转来。若是去了，就问普惠，临去可曾有甚话说。”家人领命，到庵中去问。普惠回说道：“已去久了。临去并无说话，只在前题壁诗后又题了二首而去。”家人遂将二诗抄了，来回复山显仁。

山显仁看了，因自来与女儿并冷绛雪看，道："我只恐他匆匆而去，有甚不足之处。今见二诗，十分钦羡于你。不别而去者，大约是怀惭之意了。"山小姐道："此二生不独才高，而又虚心服善如此，真难得！"冷绛雪遭："难得两个都是一般高才。"山显仁见女儿与冷绛雪交口称赞，因又分付一个家人遭："方才来考试的松江赵、钱二位相公，寓在城中泡子河吕公堂，你可拿我两个名帖去请他，有话说。"家人领命。

到次日起个早，果走到泡子河吕公堂来寻问。燕白颔原是假说，如何寻问得着？不期事有凑巧，宋信因张尚书府中出入不便，故借寓在此。山府家人左问右问，竟问到宋信下处。宋信见了，问道："你是谁家来的？寻那一个？"家人答道："我是山府来的，要寻松江赵、钱二位相公。"宋信道："山府自然是山相公了。"家人道："正是。现有名帖在此。"宋信看见上面写着"侍生山显仁拜"，因又问道："这赵、钱二相公与你老爷有甚相知，却来请他？"家人道："这二位相公，昨日在我府中与小姐对考。老爷与小姐见他是两个才子，故此请他去，有甚话说。"宋信心下暗想道："此二人一定是考中意的了。此二人若考中了意，老张的事情便无望了。"因打个破头屑道："松江只有张吏部老爷的公子张寅，便是个真才子，那里有甚姓赵姓钱的才子？莫非被人骗了？"家人道："昨日明明两个青年相公，在我府中考试的，怎么是骗？"宋信道："若不是骗，就是你错记了姓名？"家人道："明明一个姓赵，一个姓钱，为何会错？"宋信道："松江城中的朋友，我都相交尽了。且莫说才子，就是饱学秀才，也没个姓赵姓钱的。莫非还是张寅相公？"家人道："不曾说姓张。"宋信道："若不是姓张，这里没有。"

家人只得又到各处去寻。寻了一日，并无踪影，只得回复山显仁道："小人到吕公堂遍访，并无二人踪迹。人人说松江才子只有张吏部老爷的公子张寅方是，除他并无别个。"山显仁道："胡说！明明两人在此，你们都是见的，怎么没有？定是不用心访。还不快去细访，若再访不着，便要重责！”家人慌了，只得又央了两个，同进城去访，不题。

却说宋信得了这个消息，忙寻见张寅，将前事说了一遍，道：“这事不上心，只管弄冷了。”张寅道：“不是我不上心。他那里又定要见我，你又叫我不要去，所以耽延。为今之计，将如之何？”宋信道：“他既看中意了赵、钱二人，今虽寻不见，终须寻着。一寻见了，便有成机，便将我们前功尽弃。如今急了，俗语说得好，‘丑媳妇少不得要见公婆。’莫若讨两封硬挣书，大着胆，乘他寻不见二人之际，去走一遭。倘侥幸先下手成了，也不可知。若是要考试诗文，待小弟躲在外边，代作一两首，传递与兄，塞塞白儿，包你妥帖。只是事成了，不要忘却小弟。”张寅道：“兄如此玉成，自当重报。”

二人算计停当，果然又讨了两封要路的书，先送了去。随即自写了名帖，又备了一副厚礼，自家阔服乘轿来拜。又将宋信悄悄藏在左近人家。山显仁看了书帖，皆都是称赞张寅少年才美、门当户对，求亲之意。又见书帖都是一时权贵，又因是吏部尚书之子，又见许多礼物。不好轻慢，只得叫人请入相见。

张寅倚着自家有势，竟昂然走到厅上，以晚辈礼相见。礼毕，看座在左首，山显仁下陪。一面奉茶，一面山显仁就问道：“久仰贤契青年高才，渴欲一会，怎么许久不蒙下顾？”张寅答道：“晚生一到京，老父即欲命晚生趋谒老太师。不意途中劳顿，抱恙未痊，所以羁迟上谒，获罪不胜。”山显仁道：“原来有恙。老夫急于领教，也无他事。因见前日书中盛称贤契著述甚富，故欲领教一二。”张寅道：“晚生末学，巴人下里之词，只好涂饰闾里，怎敢陈于老太师山斗之下。今既蒙诱引，敢不献丑。”因向跟的家人取了《张子新编》一册，深深打一恭送上，道：“鄙陋之章，敢求老太师转致令爱小姐笔削。”

山显仁接了，展开一看，见《迁柳庄》、《题壁》、《听莺》诸作，字字清新，十分欢喜，道："贤契美才，可谓名下无虚！"又看了两首，津津有味，因叫家人送与小姐，一面就邀张寅到厅后留饮。张寅辞逊不得，只得随到后厅，小饮数杯。

山显仁又问道："云间大郡，人文之邦。前日王督学特荐一个燕白颔，也是松江人，贤契可是相知么？"张寅道："这燕白颔号紫侯，也是敝县华亭人，与晚生是自幼同窗，最为莫逆。凡遇考事，第一第二，每每与晚生不相上下。才是有些，只是为人狂妄，出语往往诋毁前辈，乡里以此薄之。家父常说他：既承宗师荐举，又蒙圣恩征召，就该不俟驾而来。却又不知向何方流荡，竟无踪迹，以辜朝廷德意，岂是上进之人？"山显仁听了，道："原来这燕生如此薄劣。纵使有才，亦不足重。"

正说未完，只见一个家人走在山显仁耳边，低低说了些甚么，山显仁就说道："小女见了佳章，十分欣羡。因内中有甚未解处，要请贤契到玉尺楼一解。不识贤契允否？"张寅道："晚生此来，正要求教小姐。得蒙赐问，是所愿也。"山显仁道："既是这等，可请一往，老夫在此奉候。"就叫几个家人送到玉尺楼去。张寅临行，山显仁又说道："小女赋性端严，又不能容物，比不得老夫。贤契言语须要谨慎。"张寅打一恭道："谨领台命。"遂跟了家人同往。心下暗想道："山老之言，过于自大。他阁老女儿纵然贵重，我尚书之子也不寒贱，难道敢轻薄我不成？怕他怎的！若要十分小心，到转被他看轻了。"主意定了，遂昂昂然随着家人入去。

不期这玉尺楼直在花园后边，走过了许多亭榭曲廊，方才到了楼下。家人请他坐下，叫侍妾传话上楼。坐不多时，只见楼上走下两个侍妾来，向张寅说道："小姐请问张相公：这《张子新编》还是自作的，还是选集众人的？"张寅见问得突然，不觉当心一拳，急得面皮通红，幸喜得小姐不在面前，只得勉强硬说道："上面明明刻着《张子新编》，张子就是我张相公了，怎说是别人作的？"侍妾道："小姐说，既是张相公自作的，为何连平如衡的诗都刻在上面？”张寅听见说出“平如衡”三字，摸着根脚，惊得哑口无言。默然半晌，只得转口说道：“你家小姐果然有眼力，果然是个才子！后面有两首是平如衡与我唱和作的，故此连他的都刻在上面。”侍妾道：“小姐说，不独平如衡两首，还有别人的哩。”张寅心下暗想道：“他既然看出平如衡来，自然连燕白颔都知道，莫若直认了罢。”因说道：“除了平如衡，便是燕白颔还有两首。其余都是我的了，再无别人。请小姐只管细看，我张相公是真才实学，决不做那盗袭小人之事。”

侍妾上楼复命。不多时，又走下楼来，手里拿着一幅字，递与张寅道：“小姐说《张子新编》既是张相公自作的，定然是一个奇才子。今题诗一首在此，求张相公和韵。”张寅接了，打开一看，只见上写着一首绝句道：

一池野草不成莲，满树杨花岂是绵？
失去燕平旧时句，忽然张子有《新编》。

张寅见了，一时没摆布，只得假推要和，磨墨拈笔，写来写去，悄悄写了一个稿儿，趁人眼不见，递与贴身一个童子，叫他传出去，与宋信代作。自家口里哼哼唧唧的沉吟，一会儿虚写了两句，一会儿又抹去了两句，一会儿又将原稿读两遍，一会儿又起身走两步，两只眼只望着外边。侍儿们看了，俱微微含笑。掩的工夫久了，楼上又走下两个侍妾来催促道：“小姐问张相公，方才这首诗，还是和，还是不和？”张寅道：“怎么不和？”侍儿道：“既然和，何不只管作去？”张寅道：“诗妙于工，潦草不得。况诗人之才情不同，李太白斗酒百篇，杜工部吟诗太瘦，如何一样论得？”正然着急不题。

却说小童拿了一张诗稿，忙忙走出，要寻宋信代作。奈房子深远，转折甚多，一时认不得出路，只在东西乱撞。不期冷绛雪听得山小姐在玉尺楼考张寅，要走去看看，正走出房门，忽撞见小童乱走，因叫侍妾捉住问道："你是甚么人，走到内里来？"小童慌了，说道："我是跟张相公的。"冷绛雪道："你跟张相公，为何在此乱走？"小童道："我要出去，因认不得路，错走在此。"冷绛雪见他说话慌张，定有缘故，因说道："你既跟张相公，又出去做甚？定是要做贼了，快拿到老爷处去问。"小童慌了，道："实是相公分付出去有事，并不是做贼。"冷绛雪道："你实说出去做甚么，我就饶你。你若说一句谎，我就拿你去。"小童要脱身又脱不得，只得实说道："相公要作甚么诗，叫我传出去，与宋相公代作。"冷绛雪道："要作甚么诗？可拿与我看。"小童没法，只得取出来递与冷绛雪。冷绛雪看了，笑一笑道："这是小姐奈何他了。待我也取笑他一场。"因对小童说道："你不消出去寻人，等我替你作了罢。"小童道："若是小姐肯作得，一发好了。"冷绛雪道："跟我来。"遂带了小童到房中，信笔写了两首，递与他道："你可拿去，只说是宋相公作的。"小童得了诗，欢喜不过。冷绛雪又叫侍儿送他到楼下。

小童掩将进去。张寅忽然看见，慌忙推小解，走到阶下。那童子近身一混，就将代作的诗递了过来。张寅接诗在手，便胆大气壮，昂昂然走进来坐下道："凡作诗要有感触，偶下阶有触，不觉诗便成了。"因暗暗将代作的稿儿铺在纸下。原打帐是一首，见是两首，一发快活，因照样誊写。写完，又自念一遍，十分得意。因递与侍妾道："诗已和成，可拿与小姐去细看。小姐乃有才之人，自识其中趣味。"侍妾接了，微笑一笑，遂送上楼来与山小姐。山小姐接了一看，只见上面写的是：

> 高才自负落花莲，莫认包儿掉了绵。
> 纵是燕平旧时句，云间张子实重编。

又一首是：

荷花荷叶总成莲，树长蚕生都是绵。
莫道春秋齐晋事，一加笔削仲尼编。

山小姐看完，不禁大笑道：“这个白丁，不知央甚人代作，到被他取笑了！”又看一遍道：“诗虽游戏，其实风雅，则代作者到是一个才子。但不知是何人？怎做个法儿，叫他说出方妙。”

正然沉吟，忽冷绛雪从后楼转了出来。山小姐忙迎着笑说道：“姐姐来得好，又有一个才子，可看一个笑话！”冷绛雪笑道：“这个笑话，我已看见；这个才子，我已先知。”山小姐道：“姐姐才来，为何到先知道了？”冷绛雪就将撞见小童出去求人代作，并自己代他作诗之事说了一遍。山小姐拍掌大笑道：“原来就是姐姐耍他！我说那里又有一个才子！”

张寅在楼下听见楼上笑声哑哑，满心以为看诗欢喜，因暗想道：“何不乘他欢喜，赶上楼去调戏，得个趣儿。倘有天缘，彼此爱慕，固是万幸。就是他心下不允，我是一个尚书公子，又是他父亲明明叫我进来的，他也不好难为我。今日若当面错过，明日再央人来求，不知费许多力气，还是隔靴搔痒，不能如此亲切。”主意定了，遂不顾好歹，竟硬着胆撞上楼来。只因这一上楼来，有分教：黄金上公子之头，红粉涂才郎之面。

不知此后如何，且听下回分解。

第十八回

痴公子倩佳人画面　乖书生借制科脱身

张寅敢大胆上楼，虽吏部公子狂妄之常，然张寅若不上楼，则何以劳佳人画面？张寅若不画面，何以动气，要父亲上疏参人？宋信若不在接引庵借坐，何以见赵、钱之诗？宋信若不见赵、钱之诗，何以起勾挑之衅？一花一叶，虽若自生，实不知皆为暗中之春气透出。

张、宋二人店中划策，可谓秘矣。不期早为燕、平二子窃听去，打点作归计。可谓入路即出路，省却许多缠扰。

不敢当征诏，归就制科，虽是燕、平心事，却未曾说破。若悄悄赴试，谁则知之？却妙在撞见王宗师细细说明，方觉去来俱有深意。

词曰：

欲留墨迹，尊容何幸充诗壁。分明一片破芦席，点点圈圈，得辱佳人笔。

何郎白面安能及，杨妃粉黛无颜色。若求美对作相识，除是神荼，郁垒方堪匹。

——右调《醉落魄》

话说张寅在玉尺楼下考诗，听见楼上欢笑，以为山小姐得意，竟大着胆，一直撞上楼来。此时许多侍妾因见山小姐与冷绛雪取笑张寅作乐，都立在旁边观看。楼门口并无人看守，故张寅乘空竟走了上来。

山小姐忽抬头看见，因大怒道：“这是甚人，敢上楼来？”张寅已走到面前，望着小姐深深一揖道：“学生张寅，拙作蒙小姐见赏，特上楼来拜谢。”众侍妾看见张寅突然走到面前，俱大惊着急，拦的拦，遮的遮，推的推，扯的扯，乱嚷道：“好大胆！这是甚么所在，竟撞了上来！”张寅道：“我不是自撞来的，是你家太师爷着人送我来的。”山小姐道：“好胡说！太师叫你在楼下听考，你怎敢擅上楼来！”因用手指着上面悬的御书扁额说道：“你睁开驴眼看一看，这是甚人写的！任是公侯卿相到此，也要叩头。你是一个白丁公子，怎敢欺灭圣上，竟不下拜！”

张寅慌忙抬头一看，只见正当中悬着一个扁额，上面御书“弘文才女”四个大字，中间用一颗御宝，知是皇帝的御笔，方才慌了，撩衣跪下。山小姐道：“我虽一女子，乃天子钦定才女之名。赐玉尺一柄，量天下之才。又恐幼弱，为人所欺，敕赐金如意一柄，凡有强求婚姻，及恶言调戏，打死勿论，故不避人。满朝中缙绅大臣、皇亲国戚，以及公子王孙，并四方求诗求文，也不知见了多少，从无一人敢擅登此楼，轻言调戏。你不过是一个纨袴之儿，怎敢目无圣旨，小觑于我，将谓吾之金如意不利乎？”因叫侍儿在龙架上取过一柄金如意，亲执在手中，立起身来说道：“张寅调戏御赐才女，奉旨打死！”说罢，提起金如意，就照头打来。把一个张寅吓得魂飞天外，欲要立起身来跑了，又被许多侍妾拿住。没奈何，只得磕头如捣蒜，口内连连说道：“小姐饶命，小姐饶命！我张寅南边初来，实是不知。求小姐饶命！”

山小姐那里肯听，怒狠狠拿着金如意，只是要打。虽得冷降雪在旁相劝，山小姐尚不肯依。却亏张寅跟来的家人，听见楼上声息不好，慌忙跑出，到后厅，禀知山显仁道：“家公子一时狂妄，误上小姐玉尺楼。小姐大怒，要奉旨打死。求太师老爷看家老爷面上，速求饶恕，感恩不浅！”山显仁听说，也着忙道：“我叫他谨慎些，他却不听。小姐性如烈火，若打伤了，彼此体面却不好看。”因连叫几个家人媳妇，快跑去说老爷讨饶。

山小姐正要下毒手打死张寅，冷绛雪苦劝不住，忽几个家人媳妇跑来说老爷讨饶，山小姐方才缩住了手，说道：“这样狂妄畜生，留他何益，爹爹却来劝止。”冷绛雪道：“太师也未必为他，只恐同官面上不好看耳。”此时张寅已吓瘫在地，初犹求饶，后来连话都说不出，只是磕头。山小姐看了，又觉好笑，因说道：“父命讨饶，怎敢不遵。只是造化了这畜生！”冷绛雪道：“既奉太师之命，恕他无才，可放他去罢。”山小姐道：“他胸中虽然无才，却能央人代替，以妆门面，则面上不可无才。”因叫侍儿取过笔墨：“与他搽一个花脸去，使人知他是个才子！”

张寅跪在地下，看见放了金如意不打，略放了些心，因说道：“若说我张寅见御书不拜，擅登玉尺楼，误犯小姐，罪固该当。若说是央人代替，我张寅便死也不服！”山小姐与冷绛雪听了，俱大笑起来。山小姐道：“你代替的人俱已捉了在此，还要嘴强！”张寅听说捉了代替，只说宋信也被他们拿了，心下愈慌，不敢开口。山小姐因叫侍儿将笔墨在他脸上涂得花花绿绿，道：“今日且饶你去。你若再来缠扰，我请过圣旨，只怕你还是一死。”张寅听说饶去，连忙扒起来说道：“今已吃了许多苦，还来缠些甚么！”冷绛雪在旁插说道：“你也不吃苦。你肚里一点墨水不曾带来，今倒搽了一脸去，还说吃苦！”说得山小姐忍不住要笑。

张寅得个空，就往楼下走了。走到楼下，众家人接着，看见不像模样，连忙将衣服替他面上揩了。揩便揩了，然是干衣服，未曾着水，终有些花花绿绿，不干净。张寅也顾不得，竟遮掩着往外直走。也没甚脸嘴再见山显仁，遂不到后厅，竟往旁边夹道里一道烟走了。走出大门外，心才定了，因想道：“他才说代作人捉住了，定是老宋也拿了去。我便放了出来，不知老宋如何了。”又走不上几步，转过弯来，只见宋信在那里伸头探脑的张望。看见张寅，忙迎上来说道："恭喜！想是不曾要你作诗？"张寅见了，又惊又喜，道："你还是不曾捉去，还是提了去放出来的？"宋信道："那个捉我？你怎生这样慌獐狼狈，脸上为何花花绿绿的？"张寅跌跌脚道："一言说不尽。且到前边寻个好所在，慢慢去说。"遂同上了轿回来。

走了数里，张寅忽见路旁一个酒店，甚是幽雅洁净，遂叫住了轿，同宋信入来。这店中是楼上楼下两处，张寅懒得上楼，遂在楼下靠窗一副大座坐下。先叫取水将面净了，然后吃酒。

才吃得一两杯，宋信便问道："你为何这等气苦？"张寅叹口气道："你还要问，都是你害人不浅！"宋信道："我怎的害人？"张寅道："我央你代作诗，指望你作一首好诗，光辉光辉。你不知作些甚么，叫他笑我。央你代作，原是隐密瞒人之事，你怎么与他知道，出我之丑？"宋信道："见鬼了！我在此等了半日，人影儿也不见一个出来，是谁叫我作诗？"张寅道："又来胡说了！诗也替我作了，我已写去了，怎赖没有？"宋信道："我作的是甚么？"张寅道："我虽全记不得，还记得些影儿。甚么'落花莲'，甚么'包儿掉了绵'，又是甚么'春秋'，又是甚么'仲尼'。难道不是你作，还要赖到那里去？"宋信道："冤屈死人！是那个来叫我作？"张寅道："是小童来的。"宋信道："可叫小童来对。"张寅忙叫小童。小童却躲在外面，不敢进来。被叫不过，方走到面前。

张寅问道："宋相公作的诗，是你拿来的？"宋信道："我作甚么诗与你？"小童见两下对问，慌得呆了，一句也说不出。张寅见小童不则声，颜色有些古怪，因兜脸两掌道："莫非你这小蠢才不曾拿诗与宋相公么？"小童被打，只得直说道："那诗实实不是宋相公作的。"张寅大惊道："不是宋相公作的，却是谁人作的？"小童道："相公叫我出来，我因性急慌忙，走错了路，误撞入他家小姐房里，被他拿住，要做贼打，又搜出相公与我的诗稿。小的瞒他不得，只得直说了。他说：你不消寻别人，我代作了罢。拿起笔来，顷刻就写完了。我恐怕相公等久，只得就便拿来了。”张寅听了，又跌脚道：“原来你这小奴才误事！作诗原为要瞒他家小姐，你怎到央他家小姐代作？怪不得他笑说代作的人已捉住了。”

宋信道：“如今才明白。且问你：他怎生叫你作起的？”张寅道：“我一进去，山相公一团好意，留我小饮。饮了半晌，就叫人送我到玉尺楼下去考。方才坐下，山小姐就叫侍妾下楼问道：《张子新编》是谁人作的？我答是自作的。他又叫侍妾说道：既是自作的，为何有平如衡诗在内？只因这一问打着我的心病，叫我一句也说不出。我想，这件事是你我二人悄悄作的，神鬼也不知，他怎么就知道？”

宋信也吃惊道：“这真作怪了！你却怎么回他？”张寅道：“我只得认是平如衡与我倡和的两首，故刻在上面。他所以作这一首诗讥诮我，又要我和。我急了，叫这小奴才来央你作，不知又落人圈套，竟将他代作的写了上去。他看了，在楼上大笑。我又不知就里，只认是看诗欢喜，遂大胆跑上楼去。不料他楼上供有御书，说我欺灭圣旨不拜。又有一柄御赐的金如意，凡是强求婚姻与调戏他的，打死勿论，我又不知。被他叫许多侍妾仆妇将我捉住，自取金如意，定要将我打死。是我再三苦求，方才饶了。你道这丫头恶不恶！虽说饶了，临行还搽我一个花脸，方放下楼来。”

宋信听了，吐舌说道：“大造化，大造化！玉尺楼可是擅自上去的？一个御赐才女，可是调戏得的？还是看你家尚书分上，若在别个，定然打杀，只好白白送了一条性命。”张寅道：“既是这等利害，何不早对我说？”宋信道：“他的利害，人人知道，何消说得？就是不利害，一个相公女儿，也不该撞上楼去调戏他。”张寅道：“我一个冢宰公子，难道白白受他凌辱，就是这等罢了？须与老父说知，上他一疏，说他倚朝廷宠眷，凌辱公卿子弟。”宋信道：“你若上疏说他凌辱，他就辩疏说你调戏。后来问出真情，毕竟还是你吃亏，如何弄得他倒？”张寅道：“若不处他一场，如何气得他过？”宋信道：“若是气他不过，小弟倒有一个好机会，可以处他。”张寅忙问道：“有甚好机会，万望说与我知道。”

宋信道：“我方才在接引庵借坐等你，看见壁上有赵纵、钱横二人题的诗，看他诗中情思，都是羡慕山小姐之意。我问庵中和尚，他说二人曾与山小姐对考过。我问他考些甚么，那和尚倒也好事，连考的诗都抄的有，遂拿与我看，被我暗暗也抄了来。前日山相公叫人错寻到我下处的，就是此二人。我看他对考的诗，彼此都有勾挑之意。你若要寻他过犯，上疏参论，何不将此倡和之诗呈与圣上，说他借量才之名，勾引少年子弟，在玉尺楼淫词倡和，有辱天子御书并钦赐才女之名。如此加罪，便不怕天子不动心。”

张寅听了，满心欢喜道：“这个妙，这个妙！待我就与老父说知，叫他动疏。”宋信道：“你若明后日就上疏，他就说你调戏被辱，仇口冤他了。此事不必性急，须缓几日方好。”张寅道：“也说得是。便迟两日，不怕他走上天去！”二人商量停当，方才欢欢喜喜饮酒。饮了半晌，方才起身上轿而去。

俗语说得好：“路上说话，草里有人。”不期这日，燕白颔因放不下阁上美人，遂同平如衡又出城，走到皇庄园边去访问。不但人无踪影，并墙上的和诗都粉去了。二人心下气闷不过，走了回来，也先在这店中楼上饮酒。正饮不多时，忽看见楼下宋信与张寅同了入来，二人大惊道：“他二人原来也到京了！”平如衡就要下楼来相见，燕白颔拦住道：“且听他说些甚么。”

二人遂同伏在阁子边侧耳细听。听见他一五一十、长长短短，都说是要算计山小姐与赵纵、钱横之事，遂悄悄不敢声张。只等他吃完酒去了，方才商量道：“早是不曾看见，若看见，未免又惹是非。”燕白颔道：“我原料他要来山家求亲，只得倚着尚书势头，有几分指望。不期到讨了一场凌辱。”平如衡道：“我二人去考，虽说未讨便宜，却也不致出丑。所可恨者，未见小姐耳。”燕白颔道：“以我论之，小姐不过擅贵名耳。其才美，亦不过至是极矣。小弟初意还指望去谋求小姐一见，今听张寅所谋不善，若再去缠扰，不独带累山小姐，即你我恐亦不能干净。”平如衡道：“就是不去，他明日叫父亲上疏，毕竟有赵纵、钱横之名，如何脱卸？”燕白颔道：“若你我真是赵纵、钱横，考诗自是公器，有无情词挑逗，自然要辨个明白，怕他怎的？只是你我都是假托之名，到了临时，张寅认出真姓名，报知圣上，圣上说学臣荐举，朝廷钦召，都违悖不赴，却更名改姓，潜匿京师，调引钦赐才女，这个罪名便大了。”

平如衡道：“长兄所虑甚是。为今之计，却将奈何？”燕白颔道：“我二人进京本念，实为访山小姐求婚。而这段姻缘，料已无望。小弟遇了阁上美人，可谓万分侥幸。然追求无路，又属渺茫。吾兄之冷绛雪又全无踪影。你我流荡于此，殊觉无谓。况前日侍妾诗中，已明明说道：‘欲为玄霜求玉杵，须从御座撤金莲。’目今乡试不远，莫若归去，取了功名，那时重访蓝桥，或者还有一线之路。”平如衡道：“吾兄之论，最为有理。只怕再来时，物是人非，云英已赴裴航之梦矣。”燕白颔道：“山小姐年方二八，瓜期尚可有待。况天下富贵才人甚少，那能便有裴航？”平如衡道：“山小姐依兄想来还有可待。只怕我那冷绛雪小姐不能待矣！既是这等，须索早早回去。”二人算计定了，又饮了数杯，便起身回到下处，叫家人收拾行李，雇了轿马，赶次日绝早就出城长行。

二人一路上有说有笑，倒也不甚辛苦。一日，行到山东地方，正在一条狭口上，忽撞见一簇官府过来。前面几对执事，后面一乘官轿甚大，又有十余匹马跟随，十分拥挤。燕白颔与平如衡只得下了轿，拣一个略宽处立着，让他们过去。不提防官轿抬到面前，忽听得轿里连叫舍人道：“快问道旁立的，可是燕、平二生员！”燕白颔与平如衡听见，忙往轿里一张，方认得是王提学。也不等舍人来问，连忙在轿前打一恭道："生员正是燕白颔、平如衡。"王提学听了大喜，因分付舍人道："快请二位相公前面驿中相见。"说罢，轿就过去了。

听差舍人领命，随即跟定燕白颔、平如衡，请上轿抬了转去。幸喜回去不远，只二三里就到了驿中。王提学连连叫请，燕白颔、平如衡只得进去拜见。拜见过，王提学就叫看座。二人逊称不敢，王提学道："途间不妨。"二人只得坐下。

王提学就问道："本院已有疏特荐，已蒙圣恩批准征召入京。本院奉旨各处追寻，却无踪影。二位贤契为何却在此处？"燕白颔应道："生员与平生员蒙太宗师培植，感恩无地。但生员等游学在先，竟不知征召之事。有辜圣恩，并负太宗师荐拔之盛心，死罪死罪！"王提学道："既是不知，这也罢了。却喜今日凑巧遇着，正好同本院进京复命，就好面圣，定有异擢。"燕、平二人同说道："太宗师欲将生员下士献作嘉宾，一段作养盛心，真足千古。但闻负天下之大名，必有高天下之大才，方足以当之。若碌碌无奇，未免取天下之笑。生员辈虽薄有微才，为太宗师垂怜，然扪心自揣，窃恐天地之大，何地无才？竟以生员二人，概尽天下，实实不敢自信。"王提学道："二位贤契虚心自让，固见谦光。但天下人文，南直首重。本院于南直中遍求，惟二位贤契出类拔萃，故本院敢于特荐。天下虽大，纵更有才人，亦未必过于贤契。今姓名已上达宸聪，二位贤契不必过逊。"

燕白颔道："生员辈之辞，其实是有所见而然，倒不是套作谦语。"王提学道："有何所见，不妨直说。"燕白颔道："生员闻圣上诏求奇才者，盖因山相公之女山黛才美过人，曾在玉尺楼作诗作赋，压倒翰苑群英。故圣上之意，以为女子尚有高才，何况男子？故有此特命。今应诏之人，必才高过于山黛，方不负圣上之求。若生员辈，不过项羽之霸才耳，安敢夺刘邦之秦鹿？是以求太宗师见谅也。"王提学笑道："二位贤契又未遇山小姐，何畏山小姐之深也？"燕白颔道："生员辈虽未遇山小姐，实依稀仿佛于山小姐之左右。非畏之深，实知之深也。”

王提学道：“二位贤契既苦苦自诿，本院也不好相强。只是已蒙征召而坚执不往，恐圣上疑为鄙薄圣朝，诚恐不便。”平如衡道：“生员辈若是养高不出，便是鄙薄圣朝。今情愿原从制科出身，总是朝廷之人才，只是不敢当征召耳。实是尊朝廷，与鄙薄者大相悬绝。”王提学道：“二位贤契既要归就制科，这便也是一样了。只是到后日辨时便迟了。何不就将此意先出一疏，待本院复命时带上了，使圣上看明，不独无罪，且可见二位才而有让。明日鹿鸣得意，上苑看花，天子定当刮目。”燕、平二人同谢道：“蒙太宗师指教，即当出疏。”王提学就留二人在驿中同住了。

驿中备出酒饭，就留二人同吃。饮酒中间，又考他二人些诗文。见二人下笔如神，无不精警，看了十分欢喜。因说道：“二位贤契若就制科，定当高发。本院岁考完了，例当复命。科考的新宗师已到任多时，二兄速速回去，还也不迟。本院在京中准望捷音。”燕、平二人再三致谢。又写了一道辞召就试的疏，交付王提学。然后到次日各自别去，王提学进去复命，不题。

且说燕白颔、平如衡二人，一路无辞。到了松江家里，正值新宗师科考。燕白颔是华亭县学，自去赴考，不必言矣。平如衡却是河南人，欲要冒籍松江，又严紧冒不得。与平教官商量，欲要作随任子侄寄考。平教官官又小，又担当不来。欲要回河南去，又迟了。还是燕白颔出主意道：“不如纳了南监罢。”平如衡道：“纳监固好，只是要许多银子。”燕白颔道：“这不打紧，都在小弟身上。”平教官出文书，差一个的当家人，带了银子，到了南京监里，替平如衡加纳了。

过了数日，科举案发了，燕白颔又是一等。有了科举，遂收拾行李，同平如衡到南京来乡试。只因这一来，有分教：龙虎榜中御墨，变作婚姻簿上赤绳。

不知此去果能中否，且听下回分解。

第十九回

扬州府求媒消旧想　长安街卖扇觅新知

燕、平二生既中解元、亚魁，又且先辱文宗荐举，则轰轰烈烈进京者，其情也。二生乃忽发高论，恐试官逢迎，令文章减色，反迟迟其行。因知真正文人，存心结想，不啻高人万万。

燕白颔之于山黛，慕其才子之名耳，虽有一面，却直算从无半面，一听圣主赐婚可也。至于平如衡，心中已有冷绛雪久矣，若不出奇作配，也待圣主赐婚，便觉是侥幸，而钟情不在我辈矣。故巧露姓名，突为作合，使今之无端，为后之莫测，绝不以百尺竿头，不复进步。

冷新，尊奉窦知府者也。窦知府之言，安敢不听？故凡事皆唯唯，独以冷绛雪才学考得他过，方才肯嫁之言，再宣一通。不独自明慎重，而冷绛雪之声价，又重振一番矣。

书生寒贱，待报捷而团圆者，泛矣。却从未曾报捷于金銮殿上者。后回金銮报捷，是此书总结出色之大关目。张吏部若不参赵、钱一本，奉旨御审，则燕、平书生，何由上殿？若不押普惠和尚拿人，则谁人识得燕、平二生是赵纵、钱横也？人见燕、平被捉，只以为是燕、平之不幸，不知正引燕、平至金銮也。忽而辱，忽而荣，此览者所以惊惊喜喜也。

卖诗扇大是奇想。不如此，则没头没绪，消息何以相通？此际若不通消息，则阁下一番臭味相投，皆如水矣。虽后来圣主赐婚，前程已如锦片，又需此何为？不知笔墨弄一分情态，则文章增一分颜色。需此者，所谓锦上添花也。

词曰：

道路闻名巧，萍踪得信奇。不须惊喜不须疑，想应三生石上，旧相知。

错认侬为我，休争他是谁。一缘一会不差池，大都才情出没，最多岐。

——右调《南柯子》

话说燕白颔自有了科举，又替平如衡纳了南监，遂同到南京来乡试。真是“学无老少，达者为先”。二人到了三场，场中作的文字，犹如万选青钱，无人不赏。及放榜之期，燕白颔高高中第一名解元，平如衡中了第六名亚魁。二人青年得隽，人物俊美，鹿鸣宴罢迎回，及拜见座师、房师，无不人人羡慕，个个欢喜。凡是乡宦有女儿人家，莫不都来求他二人为婿。二人辞了东家，又辞西家，真个辞得不耐烦。公事一完，就同回松江。不料，松江求亲的也是这等。

燕白颔与平如衡商量道：“到不如早早进京，便好省许多唇舌。”平如衡道：“我们若早进京，也有许多不妙。”燕白颔道：“进京有甚不妙？”平如衡道：“功名以才得为荣，若有依傍而成，便觉减色。我与你不幸为王宗师所荐，姓名已达于天子。今又夺了元魁。倘进京早了，为人招摇，哄动天子，倘赐召见，或邀奖誉。那时再就科场，纵登高第，人只道试官迎合上意，岂不令文章减价？莫若对房师、座师只说有病，今科不能进京，使京中望你我者绝望。那时悄悄进去，挨至临期，一到京就入场。若再能抡元夺魁，便可扬眉吐气，不负平生所学矣。”燕白颔听了，大喜道：“吾兄高论，深快弟心。但只是松江也难久留，不如推说有病，到那里去养，却同兄一路慢慢游览而去。到临期再入京，岂不两全？”平如衡道：“这等方妙。”二人商量定了，俟酬应的人事一完，就收拾行李，悄悄进京。分付家人：“回人只说同平相公往西湖上养病去了。”

二人暗暗上路，在近处俱不耽搁，只渡过洋子江，方慢慢而行。到了扬州，因繁华之地，打帐多住些时，遂依旧寓在琼花观里。观中道士知道都是新科举人，一个解元，一个亚魁，好不奉承。二人才情发露，又忍不住要东题西咏。住不上五七日，早已惊动地方都知道了。

原来地方里甲规矩，凡有乡绅士宦住于地方，都要暗暗报知官府，以便拜望送礼。琼花观总甲见燕白颔与平如衡都是新科举人，只得暗暗报知府县。不料扬州理刑曾聘做帘官，出场回来，对窦知府盛称解元燕白颔与亚魁平如衡是少年才子，春闱会状，定然有分。窦知府听在肚里，恰恰地方来报他，就动了个延揽结交的念头，随即来拜。燕白颔与平如衡忙回不在。

窦知府去了，燕白颔因商量道："府尊既已知道，县间未免也要来拜。我们原要潜住，既惊动府县，如何住得安稳？"平如衡道："必须移个寓所方妙。"一面就叫人在城外幽僻之处寻个下处，一面叫人打探窦知府出了门，方来答拜。只得投两个帖子，就移到新下处去了。窦知府回来闻知，随即叫吏书下请帖请酒。吏书去请了，来回复道："燕、平二位相公，不知是移寓，又不知是进京去了，已不在琼花观里。"窦知府听了，暗想道："进京举人无一毫门路，还要强来打抽丰作盘缠，他二人我去请他，他倒躲了，不但有才，更兼有品，殊为难得。可惜不曾会得一面。"十分追悔，不题。

却说燕、平二人移到城外下处，甚是幽静。每日无事，便同往山中去看白云红树。一日走倦了，坐在一个亭子上歇脚。忽见两个脚夫，抬着一盒担礼，后面一个吏人押着，也走到亭子上来歇力。燕、平看见，因与那吏人拱一拱手，问道："这是谁人送的礼物？"那吏人见他二人生得少年清秀，知是贵人，因答道："是府里窦太爷送与前面冷乡宦贺寿的。"平如衡因记得冷绛雪是维扬人，心下暗惊道："莫非这冷乡宦正是他家？"因又问道："这冷乡宦是个甚么官职？"那吏人道："是个钦赐的中书。"平如衡道："老兄曾闻这冷中书家有个才女么？"吏人道："他家若不亏这个才女，他的中书却从那里得来？"

平如衡还要细问，无奈那脚夫抬了盒担走路，吏人便不敢停留，也拱一拱手去了。

平如衡因对燕白颔说道：“小弟那里不寻消问息，却无踪影。不期今日无意中到得了这个下落。”燕白颔道：“正所谓‘踏破铁鞋无觅处，得来全不费工夫。’但不知这个才女可正是冷绛雪？”平如衡道：“天下才女能有几个，那有不是他之理？只是虽然访着，却怎生去求亲？”燕白颔道：“若果是他，要求亲却不难。”平如衡道：“我在京中冷鸿胪家，只问得一声，受了许多闲气。今要开口求亲，人生面不熟，绝无门路，怎说个不难？”燕白颔道：“窦知府既与他贺寿，定与他相知。只窦知府便是门路了。”平如衡听了大喜道：“这果是一条门路！”燕白颔道：“是便是一条门路，但你我既避了他来，如何又好去亲近？岂不被他笑我们脚跟立不定乎！”平如衡笑道：“但能求得冷绛雪之亲，便死亦不辞，何况于笑！”燕白颔也笑道：“兄为冷绛雪固不足惜，只是小弟何辜？”平如衡道：“兄不要这等分别，兄若访着了阁上美人，有用小弟时，虽蹈汤赴火，岂敢辞乎？”二人俱各大笑。因同了回来，仍旧搬到琼花观来住。随备了一副贽见礼，叫人访窦知府在衙，重新又来拜起。到了府前，将名帖投入。

窦知府正然追悔，忽见名帖，不胜欢喜。先叫人请在迎宾馆坐，随即出来相见。相见毕，逊坐，待茶。看见燕、平二人年俱是二十上下，人物秀俊异常，满心爱羡。因说道：“前日奉拜不遇，又承降失迎，随即具一小柬奉屈，回说二兄已命驾矣。正以不能一面为歉，今忽蒙再顾，实出望外。想是吏员打探不实？”平如衡道：“前日奉谒不遇后，实移寓行矣。不意偶有一事，要请教老公祖大人，故复来奉求。”因叫家人送上礼帖，道：“不腆微仪，少申鄙敬。”窦知府道：“薄敬尚未曾申，怎敢反受厚礼。但不知台兄有何事下询？”平如衡道：“闻贵治冷中翰有一才女，不知他的尊讳叫做甚么，敢求老公祖大人指教。”窦知府道：“他的名字叫做冷绛雪。台兄何以得知而问及？”

平如衡听见说出“冷绛雪”三字，便喜得眉欢眼笑，竟忘了情，不觉手舞足蹈起来。窦知府见了，因问道：“平兄何闻名而狂喜至此？”燕白颔看见光景不像模样，因替他说一个谎道：“不瞒老公祖大人说，平兄昔年曾得一梦，梦见有人对他说：‘维扬才女冷绛雪与你有婚姻之约。’平兄切记于心，遍处寻访，并无一个姓冷的乡宦。昨日偶闻冷中翰之名，又闻他有一才女，但未知名，犹在疑似。今蒙老公祖大人赐教明白，平兄以为其梦不虚，故不觉狂喜，遂至失仪于大人之前。”

窦知府听了道：“原来如此。既是有此奇梦，可见姻缘前定。待本府与平兄作伐何如？”平如衡见窦知府自说作伐，便连忙一恭到地道：“若得老公祖大人撮合此姻，晚生没齿不敢有忘大德。”窦知府笑一笑道：“平兄不必性急，这一事都在我学生身上，包管成就。只是明日有一小酌，屈二位一叙，当有佳音回复。”平如衡道：“既蒙宠招，敢不趋赴。但冷氏之婚，已蒙金诺，万望周全。”窦知府道：“这个自然。”又吃了一道茶，燕、平二人方才辞出。平如衡送的礼物，再三苦求，也只收得两色。燕、平二人别去，不题。

却说窦知府回入私衙，就发一个名帖，叫人去接冷乡宦到府中有话说。冷大户见知府请他，安敢不来？随即坐了一乘轿子，抬到府中。窦知府因要说话，迎宾馆中不便，遂接入私衙相见。相见毕，叙坐。冷大户先谢他贺寿之礼。谢毕，就问道：“蒙老公祖见招，不知有何事见教？”窦知府就将平如衡来问他女儿名字，及燕白颔所说梦中之事与求亲之意，都细细说了一番，道：“我想你令爱年已及笄了，虽在山府中，不曾轻待于他，却到底不是一个结局。今这平举人来因梦求亲，或者原是婚姻，实是一桩美事。况那平举人年又少，生得清俊过人，才又高，明年春试，不是会元，定是状元。你令爱得配此人，方不负胸中才学。他再三托本府为媒，你须应承，不可推脱。”

冷大户道："蒙老公祖大人分付，岂敢不遵。但小女却在京中，非我治生所能专主。治生若竟受聘应承，倘他京中又别许嫁，岂不两下受累？"窦知府道："这个不消虑得。你令爱京中万万不能嫁人。"冷大户道："老公祖大人怎料得定？"窦知府道："山相公连自家女儿，东选西择，尚不能得一奇才为配，怎有余力选得到你令爱？我故说京中万万不能嫁人。"冷大户道："莫若写一个字，叫他京中去商量。"窦知府道："老先，你不要迂了。以平举人的才学人品，若到了京中，只怕山阁下见了，且配与自家女儿，那里还想得到你令爱？依本府主张，莫若你竟受了他的聘，使他改移不得。况父母受聘，古之正礼。就是山相公别有所许，也争你不过。这样佳婿，万万不可失了！"

冷大户被窦知府说得快活，满口应承道："但凭老公祖主张，治生一一领教。只是小女现在山府，恐他明日要娶，迟早不能如期，也须说过。"窦知府道："这不消说。若说在山府，未免为他所轻。且到临娶时，我自有处。"冷大户道："既是这等，还有一事。小女曾有言：不论老少美恶，只要才学考得他过，方才肯嫁。明日临娶时，若是考他不过，小女有话说，莫怪治生。"窦知府笑道："这个只管放心。这平举人才高异常，必不至此。"冷大户说定，遂辞谢去了。

窦知府随发帖请酒。燕、平二人因有事相求，俱欣然而来。酒席间，窦知府备说冷大户允从之事，平如衡喜之不胜，再三致谢。酒罢，就求窦知府择了吉期，行过聘去。约定来春春闱发榜后来娶。冷大户因窦知府为媒，又着人暗相平如衡，见青年秀美，与女儿足称一对，满心欢喜，竟自受了聘礼。平如衡见冷大户受了聘定，因与燕白颔商量道："事已万分妥帖，我们住在此间，转觉不便。"遂辞谢了窦知府，竟渡淮，望山东一路缓缓而来，不题。

却说山黛与冷绛雪，自从赵纵、钱横考诗之后，追寻不见，已是七分不快。又被张寅搅扰一场，便十分惆怅。亏与冷绛雪两人互相宽慰，捱过日子。不期过了许久，忽报张吏部有疏，特参"山黛年已及笄，苛于择婿不嫁，以致情欲流荡，假借考较诗文为由，勾引少年书生赵纵、钱横，潜入花园，淫辞倡和。现获倡和淫辞一十四首可证。似此污辱钦赐才女之名，大伤风化，伏乞圣恩查究，以正其罪”。出黛看了，大怒道：“这都是张寅前日受辱，以此图报复也。”因也上一疏辩论，就诉说“张寅因求婚考诗不出，擅登玉尺楼调戏。因被涂面受辱，故以此污蔑。蒙恩赐量才之尺，以诗文过质者，时时有人，不独一赵纵、钱横。幸臣妾与冷绛雪原诗尚在，乞圣明垂览。如有一字涉私，臣妾甘罪。倘其不然，污蔑之罪，亦有所归。”天子见了两奏，俱批准道：“在奏人犯，俱着至文华殿候朕亲审。该部知道。”旨意一下，事关婚姻风化，礼部即差人拘提。众犯俱在，独有赵纵、钱横并无踪影。礼部寻觅不获，只得上本奏知。圣旨又批下道：“既有其人，岂无踪影？着严访候审，不得隐匿不报。”礼部又奉严旨，只得差人遍访。因二人曾题诗在接引庵，说和尚认得，就押着普惠和尚遍处察访，不题。

却说山黛因被张吏部参论，心下十分不畅，因与冷绛雪在闺中闲论道：“才名为天地鬼神所忌，原不应久占。小妹自十岁蒙恩，于今六载。当朝之名公才士，不知压倒多少。今若觅得一佳偶，早早于飞而去，岂不完名全节？不期才隽难逢，姻缘淹蹇，日复一日，年复一年，以致有今日之物议。”冷绛雪道：“量才考较，是奉旨之事，又不是桑濮私行。就是前日倡和之词，并无一事涉淫，怕他怎的？况眼前已有二三才人，听小姐安择所归，亦易事耳。何必苦苦萦怀？”

山小姐道：“姐姐所说二三才人，据小妹看来，一个也算不得。”冷绛雪道：“为何一个也算不得？”山小姐道：“蒙圣上所谕，松江燕白颔、洛阳平如衡，许为妾主婚，此一才子也。然屡奉征召，而抵死辞谢不来，此其无真才可知矣。即赵纵、钱横二人，才情丰度，殊有可观，得择一以从足矣。不料有此一番议论，就使事完无说，而婚姻之事，亦当避嫌而不敢承矣。此又一才子也。止有一个阁下书生，大可人意，然大海浮萍，茫无定迹。试问姐姐所说已有二三才人，今安在乎？”

冷绛雪道：“小姐因张寅仇参，有激于中，只就眼前而论，未尝不是。若依贱妾思来，小姐今年二八，正是青春，尚未及摽梅之叹。况燕白颔既与平如衡同荐，平如衡妾所可信，料燕白颔必非无才之人。就是辞征召而就制科，士各有志，到底有出头之日，何妨少俟？至若赵纵、钱横，量才是奉君命，临考是奉父命，有何嫌疑而欲避？就是阁下书生，偶然相遇，非出有心。况选吉求良，亦诗人之正，有何私曲苦郁于怀？即明告太师，差人寻访，或亦太师所乐从。小姐何必戚戚拘拘，作小家儿女之态？”山小姐听了，满心欢喜道：“姐姐高论，顿令小妹满胸茅塞俱开矣！但阁下书生，既无姓名，又无梦中画像，即欲明访，却将何为据？”冷绛雪笑道：“小姐何聪明一世，而懵懂一时！书生的姓名虽无，图像未画，题壁一诗，岂非书生之姓名、图画乎？何不将前诗写一扇上，使人鬻于闹市，在他人自不理，今若书生见之，岂不惊讶而得之耶？”

山小姐听了，不禁拍手称赞道：“姐姐慧心异想，真从天际得来，小妹不及多矣！”因取了一柄金扇，将书生题壁诗写在上面。随唤了一个一向在玉尺楼伏侍，今在城中住的老家人蔡老官来，分付道：“你在城中住，早晚甚便，可将这柄扇子拿到闹市上去卖。若有个少年书生，看见扇上诗惊讶，你可就问他姓名居止来报我。他若问我姓名，你切不可露出真迹，只说是皇亲人家女子，要访他结婚的。若果访着，我重重有赏。老爷面前，且莫要说。”老家人领命去了，不题。

却说燕白颔与平如衡，在一路慢慢度了岁，直交新春，方悄悄入京，寻个极幽僻的所在住下。每日只是闭门读书，绝迹不敢见人。

原来燕白颔与平如衡一中后，报到京中，莫说王提学欢喜，山相公欢喜，连天子也龙颜大悦。因召王提学面谕道：“燕白颔与平如衡既能发解夺魁，则尔之荐举不虚，则彼二人之辞征召而就制科亦不为无见地。”因赐表礼，以旌其荐贤得实。又谕：“若二人到京，可先领来朝见。”王提学谢恩辞退出，遂日日望二人到京。山显仁见报，忙与山小姐、冷绛雪说知，道：“燕白颔中了解元，平如衡中了亚魁，不日定然到京。你二人婚姻，自有着落。”冷绛雪因对山小姐说道：“小姐，何如？我就说燕白颔断非无才之人。今既发解，则其才又在平如衡之上矣。”二人暗暗欢喜，不题。

山显仁与王提学遂日日打听，再不见到。只等到大座师复命，方传说二人有恙，往西湖上养病去了，今科似不能会试。大家方冷了念头，不十分打探。谁知二人已躲在京中，每日只是坐在下处，吃两杯闷酒。平如衡因聘定了冷绛雪，心下快畅，还不觉寂寞。燕白颔却东西无绪，甚难为情，早晚只将阁上美人的和韵写在一柄扇上吟讽。只捱到场期将近，方同平如衡悄悄进城，到礼部去报名投卷。

此时，天下的士子皆集于阙下，满城纷纷攘攘。二人在礼部报过名，投过卷，遂杂在众人之中，东西闲步。步到城隍庙前，忽见一个老人家，手中拿着一把金扇，折着半面，插着个草标在上。燕白颔远远望去，见那扇子上字迹写的龙蛇飞舞，十分秀美，因问道：“那扇子是卖的么？”那老人家道：“若不卖，怎插草标？”燕白颔因近前取来一看，不看犹可，看了那诗，惊得他眼睁了合不拢来，舌吐出缩不进去。因扯着那老人家问道：“这扇子是谁人卖的？”那老人家见燕白颔光景有些诧异，因说道：“相公，此处不便说话，可随我来。”遂将燕、平二人引到一个幽僻寺里去，方说道：“相公看这扇子有何奇处，这等惊讶？可明对我说，包管相公有些好处。”燕白颔心下已知是美人寻访，因直说道：“这扇上的诗句，乃是我在城南皇庄墙壁上题赠一位美人的，此诗一面写了，一面就涂了。这是何人，他却知道，写在上面？”老家人道：“相公说来不差，定是真了。这诗就是相公题赠的美人写的。他因不知相公姓名居止，无处寻访，故写了此诗，叫我各处寻访。今果相遇，大有缘法。”

燕白颔听了，喜得魂荡情摇，体骨都酥，因说道：“我蒙美人这等用情留意，虽死不为虚生矣。”因问道：“老丈，请问你那阁上美人姓甚名谁？是何等人家？”那老人家答道：“那美人门第却也不小，大约是皇亲国戚之家。他的姓名，我一时也不好便说。相公若果也有意，可随我去，便见明白。”燕白颔道：“随你去固好，只是场期近了，不敢走开，却如之奈何？”老人家道：“相公既要进场，功名事大，怎敢相误。可说了姓名寓处，待我场后好来相访。”

燕白颔心下暗想道：“若说是赵纵，恐惹张寅的是非；若说燕白颔，恐传得朝廷知道。”因说道：“我的姓名也不好便说。还是你说个住处，我到场后来相访罢。”老家人道：“场后来访，也不为迟。但我家小姐特特托我寻访，今既寻访着了，又无一姓名，叫我怎生去回复，岂不道我说谎？”燕白颔想一想道：“我有个道理。”遂在袖里取出那柄写美人和韵的扇子来，递与那老人家，道：“你只将此物回复你家小姐，他便不疑你说谎了。你那柄扇子，可留在此，做个记头。”老人家接了道：“既是这等说，我老汉住在东半边苏州胡同里。相公场后来寻我，只消进胡同第三家，问蔡老官便是了。这把扇子，相公要，就留在此不妨。”便就递与燕白颔。燕白颔接了道：“有了住处，便好寻了。你回去可拜上小姐，说我题壁书生，何幸得蒙小姐垂爱，场后定当踵门拜谢。”老人家道：“相公分付，我自去说。但场后万万不可失约。”燕白颔道：“访求犹恐不得，既得，焉敢失约？”两下再三叮咛，老人家方才回去，将此事回复小姐，不题。

却说平如衡在旁看见，也不胜欢喜道：“小弟访着了绛雪，已出望外。不料无意中兄又访着了阁上美人之信，真是大快心之事。”燕白颔道：“兄之绛雪，聘已行了，自是实事。小弟虽侥幸得此消息，然镜花水月，尚属虚景，未卜何如。”平如衡道：“美人既然以题诗相访，自是有心之人。人到有心，何所不可？你我且唾手功名，凡事俱易为矣。”二人欢欢喜喜，以待进场。只因这一进场，有分教：吉凶鸦鹊同行，清浊忽分鲢鲤。

不知后事如何，且听下回分解。

第二十回

圣主临轩亲判断　金銮报捷美团圆

燕、平二生撞着普惠和尚，先表明是寻蔡老官，以见为情而忙；又表明场事已毕，以开报捷之路。事虽平浅，却出自深心，所以为妙。

御审期，妙在不拘早晚，御殿时即奏闻，皆为报捷地也。

金銮殿一审，可谓危矣。谁知正妙在此一审，然后辨明是为张寅受辱而起衅。及审张审，张寅认出是燕、平，不是钱、赵，更可谓危矣。谁知更妙在认出是燕、平，然后辨明变姓名是为就考，辞征召是为考不如，迟入京是为避招摇、绝夤缘，而欲彰至公无私之化。天子闻之，安得不喜？再兼报捷，一是会元，一是会魁，不惭征召，不愧科名，其喜更可知也。

天子已许择婿，而所择之婿，又皆素所悦慕之人，可谓快心矣。而快心中仍有许多不快之虑。因知儿女情波，一荡一漾，实无已时。

文章之来踪去迹，最嫌为人猜疑着而不知变。试看此文：天子赐婚，又是才子，又是佳人，有何不乐？而又生变：乃平如衡则以有聘辞矣，燕白颔又以隐情辞矣，岂非一变乎？乃王衮同平如衡入朝面圣，奏辨无疑矣，忽又接着窦国一朝见，说破冷氏即绛雪，不复入奏，岂非又一变乎？冷大户报知女儿婚姻配了新进士，以为必喜矣，谁知天子已赐婚，岂非喜变为愁乎？及冷绛雪埋怨冷大户事做差了，已万分懊恼矣，谁知山相公忽说出平如衡，总是一人，懊恼又不变为快乐乎？此等文章，不过就事叙事，无甚议论可以出奇，乃但只叙事而已，叙得一交又一变，如生龙活虎，不可端倪，真妙文也！

叙述嫁娶之胜，只觉旌旗火炮、笙箫鼓乐，并往来迎送观瞻之人，几将长安俱塞满，笔端疑有五彩。

平如衡与冷绛雪，认得是闵庙题诗之人，各叙天缘，已占尽风流。至燕白颔与山黛，认出是阁上美人与梅下书生，这番庆幸为何如。再迟疑不决，各出诗扇为证，奇情奇态，又不知添许多颜色。如此团圆，过于明月中天矣！

再各指青衣作一笑，不独补明，且以见戏谑之善。

曲终又各作一诗，依稀完题。诗成，钦天监又奏才星光映北阙，应前作结。读至此，“江上数峰青”矣！

词曰：

金銮报捷，天子龙颜悦。不是一番磨与灭，安见雄才大节？

明珠应产龙胎，娥眉自解怜才。费尽人情婉转，成全天意安排。

——右调《清平乐》

话说平如衡既聘定冷绛雪，燕白颔访着阁上美人消息，二人心下十分快活。到了场期，二人欢欢喜喜进去，作得三场文字，皆如锦绣一般。二人十分得意。三场一完，略歇息数日，燕白颔即邀平如衡同到苏州胡同去寻蔡老官。此时场事已毕，不怕人知，竟往大街上一直走去。

不期才走到棋盘街上，忽顶头撞见接引庵的普惠和尚。燕白颔忙拱手道：“老师何往？”普惠看见二人，也不顾好歹，便一只手扯着一个道：“二位相公一向在何处？却叫小僧寻得好苦！”燕、平二人大惊道：“老师寻我为甚？”普惠道：“小僧不寻相公，是吏部尚书张老爷有疏参二位相公与山小姐作诗勾挑，伤了风纪，奉旨拘拿御审。各各人犯俱齐，独不见了二位相公，至今未审。有一位宋相公，说二位相公曾在庵中题诗，小僧认得，就叫差人押着小僧到处找寻。差不多找寻了半年，脚都走折了，今日侥幸才遇着。”燕白颔道：“这等说来，难为你了。只是这件事也没甚要紧。况已久远，朝廷也未必十分追求。若是可以通融用情，待学生重重奉酬何如？”普惠道：“天子辇毂之下，奉旨拿人，谁敢通融？这个使不得！”

旁边押和尚的差人，见和尚与二人说话有因，便一齐拥到面前，问和尚道：“这两个可就是赵纵、钱横么？”普惠连连点头道：“正是，正是。”众差人听得一个“是”字，便不管好歹，拿出铁索套在燕白颔、平如衡颈里，便指着和尚骂道：“你这该死的秃狗！一个钦犯罪人，见了不拿，还与他斯斯文文讲些甚么！莫非你要卖放么？”普惠吓得口也不敢开。燕白颔、平如衡还要与他讲情，当不得一班如龙似虎的差人扯着便走。平如衡还强说道：“你们不必动粗。我二人是新科解元、举人，须要存些体面。”众差人道：“解元、举人只好欺压平民百姓，料欺压不得皇帝。莫要胡说，还不快走！”二人没法，只得跟他扯到礼部。

众差人禀知堂上，说钦犯赵纵、钱横拿到了。堂上分付暂且寄铺，候明日请旨。众差人领命，随即又将燕、平二人带到铺中，交付收管，方各各散去。

礼部见赵纵、钱横二人拿到，便一面报知张吏部，一面报知山相公，好料理早晚听审。到次早，即上疏奏报：“赵纵、钱横已拿到，乞示期候审。”圣旨批发道：“人犯既齐，不必示期。遇御殿日，不拘早晚，随时奏审。山黛、冷绛雪路远，不到可也。”礼部得旨，各处知会，不题。

却说圣天子留意人才，到了放榜这日，绝五更即亲御文华殿，听候揭晓。礼部因遵前旨，随即将一干人犯都带入朝中。众官朝贺毕，礼部出班，即跪奏道：“吏部尚书张夏时，参旧阁臣山显仁女山黛与赵纵、钱横情词交媾一案，人犯已齐。蒙前旨，遇御殿日奏审。今圣驾临轩，谨遵旨奏请定夺。”天子道：“人犯既齐，可先着赵纵、钱横见驾。”

礼部领旨下来，早有校尉官旗将燕白颔、平如衡二人带至丹墀下面俯伏。天子又传旨带上，二人只得匐伏膝行，至于陛前。天子展开龙目一观，见二人俱是青年，人物十分俊秀，皆囚首桎梏，因传旨开去，方问道："谁是赵纵？"燕白颔道："臣有。"天子又问："谁是钱横？"平如衡应道："臣有。"天子又问道："朕御赐弘文才女山黛，乃阁臣之女，你二人怎敢以淫词勾挑？"燕白颔答奏道："山黛蒙圣恩宠爱，赐以才女之名，付以量才之任。满朝名公，多曾索句。天下才士，半与衡文。即张吏部之子张寅，亦曾自往比试。岂独臣二人就考便为勾挑？若谓勾挑，前考较之诗尚在御前，伏祈圣览。如有一字涉淫，臣愿甘罪。况张寅擅登玉尺楼，受山黛涂面之辱，人人皆知。此岂不为勾挑，反责臣等勾挑，吏臣可谓溺爱矣。伏乞圣恩详察。"

天子因传旨带张寅见驾，张寅也匐伏至于御前。天子问道："张寅，你自因调戏受辱，却诬他人勾挑，唆父上疏欺君，是何道理？"张寅伏在御前，不敢仰视，听得天子诘责，只得抬起头来要强辨。忽看见旁边跪着燕白颔、平如衡，因惊奏道："陛下，一发了不得！勾挑之事，其罪尚小，且慢慢奏闻。只是这二人不是赵纵、钱横。欺君之罪，其大如天。先乞陛下究问明白，以正其辜。"天子听了，也着惊道："他二人不是赵纵、钱横，却是何人？"张寅奏道："一个是松江燕白颔，一个是洛阳平如衡。"天子一发着惊道："这一发奇了！莫不就是学臣王衮荐举的燕白颔、平如衡么？"张寅奏道："万岁爷，正是他。"天子又问道："莫不就是新科南场中解元的燕白颔，与中第六名的平如衡么？"张寅奏道："万岁爷，正是他。"天子因问二人道："你二人实系燕白颔、平如衡么？"燕白颔、平如衡连连叩头道："臣该万死！臣等实系燕白颔、平如衡。"天子道："汝二人既系燕白颔、平如衡，已为学臣荐举，朕又有旨征召，为何辞而不赴，却更改姓名，去勾挑山黛？此中实有情弊，可实说，免朕加罪。"

二人连连叩头奏道："微臣二人，本一介书生。幸负雕虫小技，为学臣荐举。又蒙圣恩征召，此不世之遭际也，即当趋赴。但闻圣上搜求之意，原因山黛女子有才，而思及男子中岂无有高才过于山黛者乎，故有是命。臣恐负征召之虚名，至京而考，实不及山黛，岂不羞士子而辱朝廷？故改易姓名为赵纵、钱横，潜至京师，以就山黛量才之考。不期赴考时山黛不出，而先命二青衣出与臣等比试。张寅所呈十四诗，即臣与二青衣比试之词也。臣因见二青衣尚足与臣等抗衡，何况山黛？遂未见山黛而逃归。途遇学臣，再三劝驾。臣等自惭不及山黛，故以小疏上陈，愿归就制科，以藏短也。又幸蒙圣恩拔置榜首、第六，实实感恩之无已也。然历思从前，改名实为就考，就考实为征召，辞征召而就制科，实恐才短而辱朝廷。途虽错出，而黼黻皇猷之心，实无二也。若谓勾挑，臣等实未见山黛，也只勾挑二青衣也。伏乞圣恩鉴察。”

天子听说出许多委曲，满心欢喜道："汝二人才美如此，而又虚心如此，可谓不骄不吝矣。这也罢了。只是你二人既中元魁，为何不早进来会试？朕已敕学臣，一到即要召见，因甚直至此时方来？”燕、平二人又奏道："臣等闻：才为天下公器，最忌夤缘。臣等幸遭圣明，为学臣所荐，陛下所知，今又侥幸南闱。若早入京，未免招摇耳目。倘圣恩召见而后就试，即叨一第，天下必疑主司之迎合。臣固迟迟其行，仅及场期而后入。中与不中，不独臣等无愧，适足彰皇上至公无私之化矣。”

天子听了，龙颜大悦道："汝二人避嫌绝私，情实可嘉。朕若非面审，几误加罪于汝。”因命张吏部责谕道："衡文虽圣朝雅化，亦须自量。山黛之才，已久著国门。即燕白颔、平如衡，为学臣特荐如此，尚不敢明试，而假名以观其浅深。卿子既无出类之才，乃公然求婚，且擅登玉尺楼，妄加调戏，何无忌惮至此！及受辱而归，理宜自悔，乃复唆卿渎奏，以图报复，暴戾何深！本当重罪，念卿铨务勤劳，姑免究。”张吏部忙叩首谢罪谢恩。

天子还要召山显仁，谕以择婿之事。忽天门放榜，主考已先献进会试题名录来。天子展开一看，只见第一名会元就是燕白颔，第二名会魁就是平如衡，龙颜大悦。

此时燕白颔、平如衡尚囚首俯伏于地。天子因命平身，就叫近侍将会试录递与二人看。二人被系入朝，又为张寅识破姓名，心下惶惶，惧有不测之祸，谁还想到会试中与不中？今见天子和容审问，绝不苛求。燕白颔忽又见自家中了会元，平如衡忽又看见自家中了第二名会魁。明明一个鬼，忽然变了仙，怎不快活？慌忙顿首于地，称谢道："皇恩浩荡，真捐顶踵不足以上报万一！"天子道："汝二人不依不附，卓立之志，可谓竟成矣。"又说道："今日且完制科之事，异日还要召汝与山黛御前比试，以完荐举之案。暂且退出，赴琼林宴，以光大典。"二人谢恩而退。走出文华殿门，早有许多执事员役，拿中式衣冠与他换了，簇拥而去。天子然后召山显仁面谕道："平如衡、燕白颔二人俱少年英才。殿试后，朕当于二人中为汝择一佳婿，方不负汝女才名。"

山显仁方叩头谢恩而出，遂回府与山黛细细说知从前许多委曲之事。山黛方知赵纵、钱横果是燕白颔、平如衡，因与冷绛雪说道："燕、平二人既春闱得意，圣上面许择婚，则平自归姊，燕自属妹，平郎与姐姐，可谓天从人愿矣。燕郎与平郎，互相伯仲，得结丝萝，未尝非淑人君子。但有阁下一段机缘，终不能去怀。若是前日寻访不着，也还可解。不料我以题壁之诗访他，他即以和韵诗怀我，才情紧紧相对，安能使人释然？但许场后即来相访，不知为何至今竟又不来？"冷绛雪道："许场后来，则必场前有事。若场前既有事，则场中或得或失，场后羁迟，未为爽约。小姐须宽心俟之，定有好音。到是贱妾之事，尚属未妥。"山小姐道："此是为何？"冷绛雪道："天下事最难意料。妾虽知平郎得意，平郎却未必知妾在此。他少年得隽，谁不羡慕？倘有先我而得之者，为之奈何？"山小姐道："这个不难。待小妹与父亲说知，明日就叫一个官媒婆去议亲，便万无可虑矣。"冷绛雪道："如此方妙。"

山小姐遂与山显仁说知，山显仁随叫个官媒婆去议亲。那官媒婆去议了来，回复道：“平爷说：‘蒙太师爷垂爱，许结朱陈，是夙昔所仰望而不得者，诚生平之愿。但恨缘悭，前过扬州，偶有所遇，已纳采于人矣。方命之罪，容殿试后踵门荆请。’”山显仁听了，说与冷绛雪，把一个冷绛雪气得哑口无言，手足俱软，默然不胜愤恨。正是：

慢道幽闲尽性成，须知才美性之情。
美到有才才到美，谁能禁性不情生？

且不说冷绛雪在闺中幽闷。却说燕白颔与平如衡中后，蒙圣恩放出赴宴，宴罢琼林，归到寓所，十分得意。只有燕白颔，因不曾去访得阁上美人，以为失约，终有几分怏怏。欲要偷工夫去访，又因要谢恩谒圣，见座师、见房师、拜同年，百事猬集，一刻不得空闲。欲要悄悄去访，比不得旧时做秀才，自去自来，如今有长班人役跟随，片时不得脱空。只捱到晚间，人役散去，方叫一个家人打了一个小灯笼，悄步到苏州胡同来寻访。喜得蔡老官人人认得，一问就着。不料蔡老官奉山小姐之命，日日守候，忽见燕白颔来寻，宛如得了异宝，连说道：“相公原许场后就来，为何直到如今？叫我老汉等得不耐烦。”燕白颔道：“我场后已曾来访，不期路上遇了一场是非，故不曾到此。不瞒你说，放榜后，又中了进士，日日奔忙，半刻不空。又恐怕你家小姐道我失约，故乘夜而来。烦你拜上小姐，既有垂爱之情，须宽心少待。等我殿试后，公务稍暇，定来见你，商议求媒，以结百年之好。”蔡老官道：“原来相公中了，事忙。既是这等，我老汉就去回复小姐。只是万万不可失信。”燕白颔道：“我若失信，今日也不来了。只管放心。”蔡老官道：“说得有理。我放心在此守候佳音便了。”

燕白颔嘱付明白，方才回寓，与平如衡说知此事，道：“你我功名亦已成就，兄又聘了绛雪，小弟再和合了阁上美人，便可谓人生得意之极矣。”平如衡道：“事已八九，何患不成！”二人说说笑笑，十分欢喜。

不数日，廷试过。到了传胪这日，天子临轩，百官齐集，三百进士济济伏于丹墀之下。御笔亲点燕白颔状元及第，平如衡探花及第，各赐御酒三杯，簪花挂红，赴翰林院去到修撰、编修之任。到过任，敕赐游街三日，十分荣耀。

过了数日，天子又召学臣王衮面谕道：“尔前特荐燕白颔、平如衡有才，今果次第抡元夺魁，不负所荐。赐尔加官一级，以旌荐贤得实。”王衮叩头谢恩。天子又谕道：“朕前敕尔搜求奇才者，原以山阁臣有亲女山黛与义女冷绛雪，才美过人。朕以为女子有此异才，岂可男子中反无，故有前命。今果得燕白颔、平如衡二人，以副朕求。朕因思天地生才甚难，朝廷得才，不可不深加爱惜。眼前四才，适男女各半，又皆青年，未曾婚配。朕欲为之主婚：状元燕白颔，赐婚山阁臣亲女；探花平如衡，赐婚山阁臣义女。如此则才美相宜，可彰圣化。特赐尔为媒，衔朕之命，联合两家之好。”王衮叩头称颂道：“圣上爱才如此，真无异于天地父母。不独四臣感恩，虽天下才人，皆知所奋矣。”遂谢恩退出。因暗想道：“圣上命我为媒，我若两边去说，恐他各有推却，便费气力。既奉钦命，莫若设一席，请他两边共集一堂。那时明宣诏旨，则谁敢不遵？”主意定了，遂择了吉日，发帖分头去请。又着人面禀道：“此非私宴，乃奉旨议事，不可不到。”

至临期，山显仁与燕白颔、平如衡前后俱到。王衮接入相见。礼毕，略叙叙闲话，王衮即邀入席。山显仁东边太师位坐了，王衮西席相陪，燕白颔、平如衡坐于下面客席。饮过三杯，王衮即开谈道：“学生今日奉屈老太师与状元、探花者，非为别事。因昨日蒙圣恩面谕：人才难得，不可处之不得其当。山老太师有此二位奇才闺秀，实系天生。今科又遇状元、探花二位名世奇英，定从岳降。况年相近而貌相仿，可谓聚淑人君子于一时。若不缔结良姻，以彰《关雎》、

《桃夭》之化，不足显朝廷爱才之盛心也。故特命学生恭执斧柯，和合二姓。故敢奉屈，以宣天子之命。老太师与状元、探花，礼宜遵旨谢恩。”山显仁道：“圣命安敢不遵。但陈人联姻新贵，未免抱不宜之愧。”

燕白颔心中虽要推辞，却一时开口不得。惟平如衡十分着急，因连连打恭说道：“勿论圣上鸿恩，所不敢辞，即老恩师严命，岂敢不遵？况山太师泰山之下，得附丝萝，何幸如之！但恨赋命凉薄，已有糟糠之聘。风化所关，尚望老师代为请命。”王衮道：“探花差矣！守庶民之义，谓之小节；从君父之制，谓之大命。孰轻孰重，谁敢妄辞？”平如衡道：“愚夫愚妇立节，圣主旌之。非重夫妇也，敦伦也。门生之聘，谓门生之义，则轻、则小；谓朝廷之伦，则重、则大也。尚望老师为门生回天。”王衮道：“事有经，亦有权：从礼为经，从君为权。事有实，亦有虚：娶则为实，聘尚属虚。贤契亦不可固执。”

山显仁见二人互相辩论，因说道：“王老先生上尊君命，固其宜也。平探花坚欲守礼，亦未为不是。依老夫看来，必须以此二义上请，方有定夺。”王衮与平如衡一齐应道：“是。明早当同入朝请旨。”燕白颔听见说请旨，因说道：“门生亦有隐情，敢求老师一同上请。”王衮道：“探花已聘，尚可公言。状元隐情，何以形之奏牍？这个决难领教。”燕白颔遂不敢再言。大家又饮了几杯，遂各各散去。

到了次早，王衮果同了平如衡入朝面圣。不期扬州知府窦国一，因平如衡中了会魁、探花，与冷大户说知，叫他速速报知女儿定亲之事。自家在扬州做了四年知府，也要来京中谋复原职。因讨了赍表的差，竟同冷大户赶进京来。到了京师，冷大户竟到山府去见女儿。窦知府这日恰恰朝见，在朝房劈面与平如衡撞见。

平如衡忽然看见，满心欢喜道：“窦公祖几时到京？恰来得好，有证见了！”因引与王衮相见，道：“门生的媒是窦公祖做的。”窦知府忙问道：“探花已占高魁，为着何事，忽言及斧柯？”平如衡道：“晚生蒙圣恩赐婚，欲以有聘面圣恳辞。今恐无据，圣主不信。恰喜公祖到来，岂非一证？”窦知府道：“原来为此。俟面圣时，理当直奏。”

王衮道：“探花苦辞，固自不妨。只可惜辜负圣上一段怜才盛意。”窦知府道：“请教王大人：圣上怎生怜才？”王衮道：“圣上因爱探花有才，又爱山阁下令爱有才，以才配才，原是一片好意，非相强也。探花苦苦推辞，岂非辜负其意乎？”窦知府听了着惊道：“圣上赐婚探花者，莫非就是山阁臣之女山黛么？”王衮道：“不是山黛，是第二位义女冷氏。”窦知府听了，大笑道：“若果是义女冷氏，王大人与探花俱不必争得，也不必面圣。请回，准备合卺。我学生一向还做的是私媒，如今是官媒了。”

王衮与平如衡俱惊问道：“圣上赐一婚，晚生定一婚，二婚也。为何不消争得？”窦知府道：“圣上所赐者，此婚也；探花所定者，此婚也。二婚总是一婚，何消争得？探花，你道山相公义女是谁？即冷绛雪也。”平如衡又惊又喜道：“冷绛雪在扬州，为何结义山府？”窦知府道：“说来话长，一时也说不尽。但令岳闻知探花高发，恐怕要做亲，已同学生赶进京来，昨已往山府报知令爱去了。”王衮与平如衡听了，欢喜不胜，道：“若非恰遇窦老先生，说明就里，我们还在梦中，不知要费许多唇舌！”窦知府道：“不必更言。二位请回，学生朝见过，即来奉贺矣。”说罢，王衮与平如衡先回，不题。

却说冷大户到京，问知山显仁住处，连晚出城，赶到皇庄来见。山显仁闻知冷绛雪父亲来到，忙接入后厅相见。冷大户再三拜谢恩养。山显仁一面就留饮，一面就叫冷绛雪出来拜见父亲。冷绛雪拜毕，冷大户就说道：“我不是也还不来，因与你许了一头好亲事，只怕早晚要做亲，故赶来与你说知。”冷绛雪着惊道：“父亲做事，为何这等孟浪！既要许人，为何不早通知？如今这边已蒙圣上赐婚了，父亲只好回他。”冷大户听见说圣上赐婚，只好回他，竟吓呆了。半晌方说道：“为父的聘已受了，如何回他？”冷绛雪道：“不回他，终不然倒回圣上？”冷大户道：“若是一个百姓之家，便好回他。他是新科的黄甲进士，又是扬州知府为媒，叫我怎生开口？”冷绛雪道：“说也徒然。知府、进士难道大如皇帝？”冷大户听了默然，愁眉叹气，连酒也不敢吃。山显仁看见，道：“亲翁且不必烦恼。还喜得赐婚之人也曾聘过，明早还要面圣恳辞。若辞准了，便两全矣。且请问亲翁，受了何人之聘？”冷大户道：“门下晚生自原不敢专主。当不得窦知府再三骗我，说他是个有名的大才子，新科中了亚魁，这进京会试，不是会元，定是状元。说得晚生心动，故受了他的聘定。”山显仁道：“他如今中了进士，则窦知府也不为骗你了。”冷大户道：“中到果然中了会魁，又殿了探花。虽不是骗我，只是骗我把事做差了，如今怎处？”山显仁听了大惊道：“会魁、探花，这等是平如衡了？”冷大户道：“正是平如衡。”山显仁听了，看着冷绛雪大笑道：“大奇，大奇！平如衡苦苦说扬州已聘者，原来就是你！”冷大户忙问道：“老太师为何大笑称奇？”山显仁道：“亲翁不知，圣上赐婚的，恰正是平如衡。你道好笑不好笑！你道奇也不奇！”冷大户与冷绛雪各各欢喜。

到次早，山显仁忙着人去报知王衮，不料王衮也将朝房遇着窦知府说明之事，来报知山显仁了。两下俱各欢喜。只有燕白颔与山黛，心下微微有些不快。

王衮随将此事奏知，天子愈加欢喜，因说道：“窦国一既系原媒，着复原官，一同襄事。”因赐大第一所，与燕白颔、平如衡同居。又命钦天监择吉成婚。又敕同榜三百进士，伴状元、探花亲迎。又撤金莲宝炬十对赐之。文武百官见圣上如此宠眷，谁敢不来庆贺？金帛表礼，盈庭充室；衣冠车马，塞户填门。满长安城中，闻知钦赐一双才子娶一双才女，大家小户，尽来争看。

到了正日，鼓乐笙箫，旌旗火炮，直摆列至皇庄。燕白颔与平如衡乌纱帽、大红袍，簪花挂红，骑了两匹骏马，并辔而行。王衮、窦国一与三百同年，俱是吉服，于后相陪。道旁百姓看见燕白颔、平如衡青年俊美，无不啧啧称羡。

这边山黛与冷绛雪金装玉裹、翠绕珠围，打扮得如天仙一般。山显仁穿了御赐的蟒服，冷大户也穿了中书冠带，相随接待。须臾，二婿到门，行礼款待毕，然后山显仁与罗夫人送二女上轿，随从侍妾足有上百。一路上，火炮与鼓乐喧天，旗彩共花灯夺目。真个是天子赐婚，宰相嫁女，状元、探花娶妻，一时富贵，占尽人间之盛。娶到了第中，因父母不在堂，惟双双对拜，送入洞房。外面众官的喜筵，都托了王衮、窦国一两个大媒代陪，不题。

却说平如衡与冷绛雪在洞房中彼此觌面，俱认得是闵子祠相遇之人。各叙天缘，与别后系心，今得相逢之故。万分得意，不必细说。燕白颔与山小姐虽各有阁上美人、阁下书生一段心事，然到此地位，燕白颔娶了天下第一个才女，山小姐嫁了天下第一个才人，今日何等风骚，就是心有所负，也只得丢开罢了。不意到了房中，对结花烛，揭去方巾，彼此一看，各各暗惊。这个道："这分明是阁上美人。"那个道："这分明是阁下书生。"但侍妾林立，恐有差误，不敢开口。二人对饮合卺，在明烛下越看越像。燕白颔忍耐不住，便取出蔡老官寻访的那柄诗扇，叫侍妾传与山小姐看，道："下官偶有一诗，请教夫人，幸不嫌唐突。"山小姐接了一看，忽眉宇间神情飞跃，竟不回言，也低唤侍儿，取出一柄诗扇，传与燕白颔道："贱妾也偶有一诗，请教状元，幸勿鄙轻浮。"燕白颔接了一看，见就是前日付与蔡老官的和诗，喜得燕白颔满心奇痒，不知搔处。又见众侍妾观望，不敢叙出私情，只哈哈大笑道："这段姻缘，虽蒙圣恩赐配，又蒙泰山俯就，夫人垂爱，然以今日而论，实系天缘也。"山小姐不好答应，只是微微而笑。饮罢，同入鸳帏。一双才子才女，青年美貌，这一夜真是百恩百爱，说不尽万种风流。

到了次日，夫妻闺中相对，燕白颔见侍妾如云，只不见前日对考的青衣记室，因问山小姐道："莫非记室体尊，不屑侍御，不曾携来？"山小姐道："已来矣，满月时当与状元相见。"燕白颔出见平如衡，说知阁上美人即系山小姐。平如衡大喜道："真可谓奇缘也！"燕白颔又说及青衣之事。平如衡道："小弟也曾问来，弟妇也是如此说。"

到了满月，山显仁与冷大户一齐都来，两位新人出房相见。山小姐、冷绛雪与燕白颔、平如衡是姐夫妹夫、大姨小姨，交相拜见。拜罢，山小姐因指着冷绛雪对燕白颔说道："状元要见青衣记室，此人不是么？"冷绛雪也指着山小姐对平如衡道："探花要见青衣记室，此人不是么？"燕白颔与平如衡看了，俱各大笑道："原来就是大姨娘、小姨娘假扮了耍我们的。我就说天下那有如此侍妾！今日方才明白，不然叫我抱惭一世。"山显仁笑说道："若不如此，二位贤契如何肯服输？"惟冷大户不知，因问其故。山显仁对他说明，也笑个不了。说罢，合家欢宴，其乐无极。

到次日，山显仁因约了王衮、窦国一，率领二婿两女，同诣阙谢恩。天子亲御端门赐宴，因召说道："朕向因见山氏《白燕诗》，方知闺阁有此奇才。复因闺阁有才，方思搜求天下奇才。今获二才子、二才女，配为夫妇，以彰文明之化，足称朕怀矣。汝四人之婚，虽朕所主，今日思厥由来，实白燕为之媒也。汝四人还能各赋一《白燕诗》以谢之么？"四人同奏道："陛下圣命，敢不祗承！"天子大悦，因命各赐笔墨。四人请韵，天子因思说道："不必另求，即以平、山、冷、燕四韵可也。"四臣领旨，各各挥毫，此时方显真才之妙。但见纸落云烟，笔飞鹘兔，日晷不移，早已诗成四韵，一齐献上。天子展开，次第而观。只见平如衡的道：

疑是前身太白生，双飞珠玉兆文明。
不须更羡丹山风，光贲衣裳天下平。

山黛的是：

云想衣裳玉想鬟，不将紫颔动龙颜。
若非毓种瑶池上，定是修成白雪山。

冷绛雪的是：

红芳付与群芳领，双双玉殿飞无影。
九重春色正融融，白雪满身全不冷。

燕白颔的是：

寻莺御柳潜还见，结梦梨花成一片。
天子临轩赏素文，始知不是寻常燕。

天子览毕，龙颜大悦，即赐与山显仁、王衮、窦国一遍观。因谕说道："汝四人有才如此，不负朕求才之意矣。"又赐欢饮。

饮至日午，钦天监奏："才星光映北阙，当主海内文明，国家祥瑞。"天子大喜，因各赐金帛彩缎。山显仁因率领诸臣谢恩退出。

自此之后，燕白颔与山黛，平如衡与冷绛雪，两对夫妻，真是才美相宜，彼此相敬，在闺中百种风流，千般恩爱。

张寅与宋信初时犹欲与他二人作对，到此时见他一时荣贵，只得撺转面皮来趋承庆贺。燕白颔、平如衡度量宽大，不念旧恶，仍认作相知，优礼相待。

山显仁得此二婿，十分快活，竟不出来做官，只优游林下快活。

后来燕白颔同山黛荣归松江，生子继述书香。平如衡亦同冷绛雪回至洛阳，重整门间，祭祀父母，连叔子平教官都迁任得意。

若非真正有才，安能如此？至今京城中俱盛传平、山、冷、燕为四才子。闲窗阅史，不胜忻慕，而为之立传云。